徒步圣地亚哥

九百公里欧洲文化之旅

岳长顺　佟爱萍 ———— 著

中国工人出版社

序

我能走　你就能走

走一趟圣地亚哥之路，计划两年，你敢走吗?

走一趟圣地亚哥之路，说走就走，你能走吗?

走一趟圣地亚哥之路，我能走，你就能走!

走圣地亚哥之路的人，都是勇者!

2016年4月和7月，我用39天时间，徒步900公里，走到圣地亚哥，一直走到素有“世界尽头”之称的菲斯特拉海角。

千百年来，通往圣地亚哥的每一条路都是朝圣之路。

近几十年，圣地亚哥朝圣之路，也成为欧洲文化之路，成为世界著名旅行线路。每年春夏秋冬，全世界有几十万朝圣者、徒步爱好者、骑行爱好者汇集在通往圣地亚哥的条条路上。

从法国边陲小镇圣让·彼耶德波尔通往圣地亚哥的这条路，叫“法国之路”，全长800公里，是最受朝圣者喜爱的一条路。

这是一条古老、神秘的路，这是一条现代、凡俗的路。

这是一条有故事的路，有的故事平淡，有的故事传奇。

这是一条充满爱的路，爱的故事播撒在落日余晖映照的山间阡陌小路上，爱的故事弥漫在人声鼎沸的客栈里。

人们走在这条路上，去获得爱，去给予爱，没有人去猎奇那肤浅的艳遇。

这是一条苦行之旅，只有行走，没有旅游。

这是一条苦行之旅，山高，路远，但你可以静思畅想。

你可以背负超过你头顶的登山包，缓慢艰难地行走，你也可以手拎一瓶水，欢快雀跃地行走。

你的目标是圣地亚哥，你的心中也许还有一个目标。

你可以连续几十天走到圣地亚哥，你也可以只走几天，只走一段路。

你可以按照你的步伐走，按照你的节奏走，沿着前进的方向，一步一步走向你的目标。

在路上，德国同行者告诉我，这条路上德国人多，是因为有一位德国作家写过这条路，大家是受他的书的影响而来的；这条路上韩国人多，韩国同行者告诉我，他们是看了韩国作家写的书之后来走圣地亚哥之路的。我问自己，我能不能写出一本这样的书？

圣地亚哥之旅归来，我向中国读者呈献这本书。

我一直在探索一种回归自然的旅行方式，一种回归人的本性的旅行方式。中国人的旅游（旅行），归纳起来大体是：走马观花游（如西欧十国 15 日游）、深度游（如挪威峡湾游）、休闲度假游（如豪华邮轮游、海滨度假游）、自由行（不跟团的游）等。我们下一步游什么？

徒步旅行，在中国尚处在萌芽状态，远没有形成气候。背包，徒步，远行，是人类最基本的能力，我们现代人却几乎丧失了这个能力。徒步旅行让现代人回归自然，回归人的本性。

我用丰富的第一手资料，原始日记、笔记、六千余张照片，以全写真的方式展现了一个原生态的当代圣地亚哥朝圣之路。

我真实地叙述了圣地亚哥之路沿途的细节，山路、村镇、教堂、村吧、客栈，特别是聚焦我结识的一百多个同行者。他们来自四大洲（欧洲、亚洲、美洲、大洋洲）的四十多个国家，年龄跨度极大，有 9 岁的西班牙小学生，有 87 岁的法国老人，有换过膝关节的加拿大长者，有双腿残疾的英国年轻人。我用故事告诉你：他们为什么走圣地亚哥之路，他们是怎样走这条路的。

我的同行者有多姿多彩的生活阅历，有不同视角的人生态度。徒步 900 公里圣地亚哥之路，我在倾听世界人讲故事。加拿大人琼 69 岁，年轻时做过巴布亚新几内亚志愿者护士，退休后做过西班牙朝圣之路客栈志愿者管理员，换过一次膝关节。琼坚定地对我说：我能走，你就能走！

徒步旅行是我喜爱的旅行方式。我想把我的亲历体验分享给——

二十岁的青年朋友：

在选择、迷茫的十字路口，走一趟圣地亚哥之路，磨炼意志，学会与世界人交流沟通，思考探索人生的意义，找到前进的方向；

四十岁的中年朋友：

放下职场上的拼杀，放下无所事事的日子，走一趟圣地亚哥，800 公里一路充电，反思自己的成功失败，重新发现自己，给人生一个新定位；

六十岁的中老年朋友：

放下单调重复的家务，放下养生之道的老生常谈，走一趟圣地亚哥，磨炼筋骨，永葆年轻人心态。

背上登山包，拎起登山杖，选择这条全世界最著名的徒步线路——圣地亚哥之路，说走就走，一定抵达目标！

徒步旅行是最古老的旅行方式，也是一种最新的生活方式。

岳长顺　佟爱萍

2019 年 6 月 5 日

斯德哥尔摩

目 录

C O N T E N T S

C O N T E N T S

C O N T E N T S

圣地亚哥朝圣之路是一条神奇的路，但走在路上的人是平凡的人，一代又一代平凡的人，延续着这条路的神奇。在这条路上，我结识了来自四十几个国家的一百多位同行者，亲历了三百多个朝圣之路小故事。

楔 子

>>> 说走就走　踏上圣让·彼耶德波尔

说走就走

2015年，女儿告诉我们，西班牙有一条圣地亚哥朝圣之路。

2016年3月中旬，女儿非常认真地说，她要走圣地亚哥之路，还说爸爸妈妈可以跟她一起去走。走一条完全陌生的、深受青年人喜爱的徒步旅行线路，太令人兴奋了。我们当然也有一丝顾虑，背包负重走30多天，徒步800公里，我们能行吗？

从计划走圣地亚哥朝圣之路这天起，我们就意识到这是一趟苦行之旅。我们计划4月初出行，3月下旬订好飞往巴塞罗那的机票，订好巴塞罗那的青年旅馆，订好巴塞罗那至潘普洛纳的火车票。我知道这趟苦行之旅已不可退却。

最近几年，圣地亚哥朝圣之路的国际知名度越来越高。每年二三十万朝圣者从世界各地拥到朝圣之路的不同起点，每天数以千计的朝圣者从沿途的乡村客栈出发，背着沉重的登山包，走向圣地亚哥。我们计划走最受全世界朝圣者、徒步爱好者、骑行爱好者喜爱的法国之路，从这条路上最知名的法国小镇圣让·彼耶德波尔启程。

我不是基督徒，我走圣地亚哥朝圣之路跟宗教信仰无关。

我走这条路，是想探寻千年延续的历史文化，想体验这条古道沿途的风土人情，想体验这条古道的崎岖山路和乡间阡陌。

圣地亚哥朝圣之路究竟是一条什么路？

这条路是什么样子？

沿途的村镇、客栈、教堂是什么样子？

走这条路的朝圣者是一些什么人，是怎样的一个行走群落？

他们为什么要走这条路？

我想探秘这个行走群落，想倾听同行者的故事。

当然，我也想挑战自己，重新发现自己。

女儿从网上打印了一套比较新的法国之路徒步指南。这个指南是按 32 天行程编写的路书。出发前三四天，我粗略浏览一遍前七八天行程的攻略，大体知道了一些要点。我对这趟徒步旅行充满了好奇心，不想带着满脑的攻略上路。我想用我的脚步，用我的身体，用我的眼睛，用我的大脑，去感受路上的一切。

计划赶不上变化。出发的前一天，全家三人行改为一人行，我将独自一人走圣地亚哥朝圣之路。

这条朝圣之路是在法西边境和西班牙的北部山区，四月是雨季，最好配置防雨的专业装备。我自认为有一些徒步经验，没把专业装备当回事，为此吃了不少苦头。

家里有三个 deuter 牌登山包，分别是 32 升、40 升和 65 升；有两个睡袋，薄一点的小而轻，厚一点的又大又重。我认为暖和是第一位的，带厚睡袋。大包空间大，好放东西，我选择 65 升的包。

我的全部东西分六类装进 6 个袋子：1. 旅行证件、银行卡和现金；2. 洗漱用品；3. 衣服；4. 电器；5. 日记本、旅行资料和文具；6. 食品。

为全家三人行准备的食品都堆在了我的包前：一袋 650 克瑞典肉丸、4 板巧克力、一包300克坚果、几袋方便面、一餐盒自制的点心、几百克燕麦、半袋肉松。这一堆食品有2000多克。

开始装包。家里有两根登山杖，只带一根，便于拍照。我有一个单肩斜挎包，可以斜挎在胸前，放随手用的东西，方便安全，也带上。最后过电子秤，登山包12公斤。

这是我第一次背登山包徒步远行。

在站台上等车时，我对妻子说：我现在就感觉背包沉了。

妻子说：谁让你坚持背大包的?！

火车进站，登车去斯德哥尔摩阿兰达机场。几个小时后飞抵巴塞罗那机场，午夜入住巴塞罗那青年旅馆三人间，老板奇怪另外两个人没来。上网给家人报平安，打开谷歌地图，下载巴塞罗那北站地图。谷歌地图显示步行时间是24分钟。凌晨6点起床，按照谷歌路线图直奔火车站。

徒步旅行，从改变使用地图的习惯开始吧。

早上7点，在服务台，工作人员按我的订单号码打印出3张车票。我登上去潘普洛纳的火车，坐在靠窗的座位，把登山包放在邻座，邻座后排的座位也是空的。这是我预订的3个座位，每张票42欧元。

中午，火车到达潘普洛纳站。我觉得时间很宽裕，不慌不忙向市里走。

跨过一座桥，穿过一座城门，走过大半个城市，绕过一个大转盘，前方一座长方形建筑的玻璃墙上出现了神奇的中国字：潘普洛纳汽车站。

我沿螺旋式台阶走到地下汽车站，向售票窗口的售票员出示第1天行程的起点——圣让·彼耶德波尔。女售票员什么话也没说，在计算器上打出22，又在一张纸上写14:30和17:00。这一组国际化数字语言告诉我，票价22欧元，14:30和17:00各有一班车。我指着14:30，掏出信用卡付账。

买完车票，我还有两个小时，想去城里看看。今天是星期天，城里冷冷清清，上路的车少，逛街的人少，抢在一家面包店关门前的最后一分钟买了一根法棍。

返回汽车站。站台上已有十来个乘客。几个女人带着登山包和登山杖，打探一下，是从美国来的。

一辆大巴驶进车站，十几个乘客陆续上车。我随手拍了一张照片，画面里有两个中年女士，一个穿绛红色上衣，一个穿绿色上衣。大巴不要求对号入座，我坐在右侧第二排靠窗座位。

前排女士是个美国教师，年龄五十来岁。她在车上一针一线缝一件衣服，心情极为轻松，似乎不是去走朝圣之路，而是在回家的路上。几十分钟后，大巴驶入法国境内的山区，一路是新奇的大自然风光。我沉浸在一种兴奋状态之中。

下午 4 点，大巴停在小镇外一片空地上。女司机用西班牙语报了一下地名，美国女教师说，到站了。十几个乘客都是朝圣者，从大巴行李箱里取出登山包，个个如老马识途般，沿坡路向上行，瞬间就散开了，美国女教师也不见了。

踏上圣让·彼耶德波尔

我踏上了法国小镇圣让·彼耶德波尔。

忽然间，红衣女士和绿衣女士出现在我的前面，我感觉她俩是西班牙人，跟在她们后面向镇里的方向走。

我手里捏着第 1 天行程那张纸，穿过一条几十米长的小巷，找到 Rue de la Citadelle（古堡街），沿这条东西向石街向西走，跨过古桥，路过古老的大教堂，一路上坡。

这条古街一点也不冷清，Albergue（客栈）和 Hostel（青年旅馆）的小楼一家挨一家，卖登山杖、雨衣、休闲鞋、纪念品的店铺、西班牙火腿店、酒专卖店也是随处可见。

街上有稀稀拉拉的朝圣者，背包的是在找客栈，空手的是在逛小镇。

圣让·彼耶德波尔弥漫着古老的朝圣气氛和现代商业气息。

Albergue 是西班牙语，是朝圣之路上为朝圣者提供住宿的地方，传统译作“庇护所”。我不喜欢“庇护所”一词。这是一个弥漫着历史感的旧词，不适用于当代

圣让·彼耶德波尔有多家朝圣客栈。毛驴是古代朝圣者的帮手

朝圣之路上的albergue，我们都不是被庇护者。走圣地亚哥朝圣之路的人被冠以一个统称“pilgrim”（朝圣者）。我不喜欢被称作“朝圣者”，我不是基督徒，不是朝圣者，我是一个徒步旅行者。但我避不开使用“朝圣”“朝圣者”“朝圣之路”这样的词汇，一是囿于历史传统，二是找不到合适的替代语。我没有办法，那就把albergue叫作“朝圣客栈”，简称“客栈”吧。

在僻静的街西头，我找到55号小楼——圣让·彼耶德波尔公立客栈，低矮的小门上有朝圣之路标识和西文albergue。

客栈工作人员抬起头，呆呆地望着我，没有笑容，也没有欢迎语。他让我先去朝圣者办公室办理通行证。

朝圣者办公室的大门有一扇是敞开的，背包的、不背包的朝圣者进进出出。三个工作人员分别接待三拨朝圣者。

靠近大门口的女士接待完一拨澳大利亚朝圣者后，冲我们微笑，大声说：说英语的到我这里来。我和大巴上的美国女教师坐在了她的面前。

女士微笑着说：我是志愿者，来自法国，叫多米尼克（Dominique），在这里工作一个星期。多米尼克递给我们每人一本credential book——一个用白板纸折叠起来的小册子，比护照大一点。

她说：这本通行证是新版的，每一个朝圣者都可以领取，一本2欧元。朝圣者住客栈时要出示这本通行证，客栈管理员在上面盖章并签上日期，走到圣地亚哥后凭通行证领取朝圣证书。

她还说：如果你们是虔诚的教徒，你必须到教堂去与神父约谈，讲明去圣地亚哥的宗教理由。神父认可后，教堂发给你一本“特别通行证”，你在投宿客栈时，客栈优先为你安排住宿。

我和美国女教师都同意领这本白皮通行证。多米尼克让我们在通行证上写上名字、地址，她亲自填写国籍和护照号码，用法语签上时间和地点：3 avril 2016 St Jean Pied de Port (2016-04-03 圣让·彼耶德波尔)。之后，多米尼克在登记簿上填写领取通行证的个人信息。这个程序是登记，多米尼克一直面带微笑，办事一丝不苟。

下一个程序是介绍圣地亚哥之路的资讯。多米尼克发给每人一套资料：

34 天行程海拔地形图

全程客栈资讯一览表

圣让·彼耶德波尔至龙赛斯瓦耶斯彩色路线图

圣让·彼耶德波尔出城示意图

多米尼克说：圣让·彼耶德波尔至龙赛斯瓦耶斯分南线和北线，南线也叫拿破仑之路，用红线标示，北线用绿线标示。现在红色线路的后半段还有积雪，不能走，谁走谁就是找死。

美国女教师用西班牙语跟多米尼克交流。她想走一段红色线路到 Orisson，然后租车横跨到绿色线路。多米尼克帮她查找当地租车电话。

多米尼克最后讲圣让·彼耶德波尔出城图，我感觉有点困惑。多米尼克说：你明天早上来找我，我带你出城。

美国女教师在我的出城图上写上 albergue，说：你应该记住这个最有用的西班牙语单词。

最后，多米尼克微笑着祝我们：Buen Camino！

她看我听不懂，把这句话写在一张纸条上。美国女教师解释说，这是圣地亚哥朝圣之路的问候语，是旅途愉快的意思。

这个活动进行了一个小时，感觉新奇。多米尼克讲的是我不熟悉的朝圣之路的各种事项，不就是徒步行走吗，有那么复杂吗？

下午 5 点 46 分，我赶回客栈。30 来岁的男管理员把白皮通行证上的个人信息抄写在登记簿上，看了一下我的护照，冰冷地说，交 10 欧元，含早餐，自己去找床位。

客栈只有一间大宿舍，20 个双层铁床横竖摆放，男女混住。我找到最里边靠窗的一个下铺。上铺躺着一个大个子男孩，回应我的招呼，友好地坐起来。我站在床边，大男孩在二层铺上盘腿而坐，我们随意交谈起来。

大男孩是美国加州人，叫艾瑞克（Erik），28岁，母亲是葡萄牙人，父亲是犹太人。艾瑞克先到葡萄牙，寻根来到母亲的山村老家，之后从葡萄牙坐大巴到西班牙利昂，从利昂开始徒步，前天走到圣让·彼耶德波尔，在这里住三个晚上，休整一下。

我好奇地问：你走朝圣之路有宗教原因吗？

艾瑞克答：没有。

我问：大家都是从圣让·彼耶德波尔出发，走到圣地亚哥，你却走的是反方向。

他说：I don’t care。（我不在乎。）

我问：下一站你去哪？

他说：坐火车去巴黎，从那里飞到瑞士，与朋友会合，一起在瑞士徒步6个星期。

我问：你做什么职业？

他说：你是问我做过什么工作？我夏天在阿拉斯加的渔船上打过鱼，在加州的森林做过救火队员。我工作一个夏天就有足够的钱去旅行了。

客栈没有Wi-Fi，我去朝圣者办公室蹭网。办公室大门紧闭，门上贴着一张时间表，18:30至20:00休息，20:00至22:30办公。

晚上8点，我又来到朝圣者办公室，想跟多米尼克聊天，另外两位志愿者也在。

我问多米尼克：晚上关门的时间你们在干什么，吃饭，休息？

休息？多米尼克重复了一遍，用的是疑问语气。

我们在接电话，很多年轻人的父母从世界各地打来电话，问他们孩子的情况。

我问：年轻人的父母怎么知道你们的电话呢？你们的电话公开吗？

多米尼克说：我们也不知道他们是怎么知道的，关门的一个小时我们一直在接电话。

我坐下来，想跟多米尼克多聊一会儿。

我问：你的职业是什么?

多米尼克说：我是一家公司的秘书。

我问：你走过朝圣之路吗?

多米尼克哈哈笑了，说：我们都走过朝圣之路，我走过几次朝圣之路，走过不同的线路，做志愿者的基本要求是必须走过朝圣之路。

志愿者大叔来自南美洲的哥伦比亚，另一个志愿者女士来自葡萄牙。

我问：能问你们的年龄吗?

多米尼克哈哈大笑。

我先自报：60 岁。

他们都爽快地报了年龄，多米尼克 48 岁，葡萄牙女士 52 岁，哥伦比亚大叔 62 岁。

他们的名字，哪个也不好记。我的名字，多米尼克重复几遍，也觉得很拗口。多米尼克把他们三人的名字写在一张朝圣之路明信片上，我拿起桌子上的朝圣之路纪念章，在明信片上盖了一个章。

有人陆续进来，遇见了同客栈的荷兰小伙子大卫。

办公室的窗边有一个从房顶吊下来的秤，墙上有一张徒步负重表。体重 70 公斤的人，负重是 10.20 公斤，不要超过 12.75 公斤；体重 75 公斤的人，负重是 11.50 公斤，不要超过 15 公斤。

我和大卫聊起背包的重量。

我说：我的包可能是 12—13 公斤。

大卫说：重了，背包越轻越好。你先走 4 天，4 天之内没有用过的东西，就是没用的东西，可以寄回家，也可以扔掉。前面路上的客栈，可能是第 3 天晚上的客栈，有一个物品交换台，你可以把不需要的东西留在那里，也可以拿走你需要的东西。

看看今晚的小城夜景吧。晚上 9 点多的街上，已是冷冷清清，临街一家青年旅馆的灯光很亮，大厅里有一个人坐在椅子上缝东西，啊，是那个美国女教师。我来到圣让・彼耶德波尔后一直处于高度兴奋的状态。美国女教师像是来小镇度假，串亲戚，更像是回到了自己的家。古镇，小街，明亮的窗，一个宁静的身影，融入了我的记忆。

晚上9点50分，返回客栈。

10点30分时，一个女孩背着登山包走进客栈，但她没有通行证，我告诉女孩赶快去办。女孩冲出客栈，十几分钟后拿着白皮通行证回来了。多米尼克她们的服务太棒了，肯定是延长了办公时间。

睡觉，明天出发。

Part 01

>>> 圣让·彼耶德波尔—龙赛斯瓦耶斯

（St Jean Pied de Port）　（Roncesvalles）

4月4日　08:47出发　19:20到达　徒步10小时33分　27.1公里

加州大男孩艾瑞克

今天走的是最艰难的路。按照指南，今天行程是从法国的圣让·彼耶德波尔走到西班牙的龙赛斯瓦耶斯，全程27.1公里。

睡梦中被人捅了一下，蒙蒙眬眬睁开眼，看见一个人影正在离去，很像那个英国大哥，也许是我打呼噜了。我本能地摸了一下贴在肚脐上的旅行腰包。包已滑到胯下，硬板板的护照还在。

天还是黑的。客栈里到处发出窸窸窣窣的声音，有人起床收拾行装了，我眯瞪着没动。

早上六点，房间里的灯亮了，大部分人都起床了。我的上铺艾瑞克起床了，我也起。起来的第一个活儿是卷睡袋，装包。

昨晚睡觉前，我把包里的东西都翻出来了，把包横放在地板上。我没有背包徒步几百公里的经验。我第一次使用登山包，这个包对我来说很陌生，在家里装包时把东西都塞进去了，但总觉得放得不到位，第 1 天上路前重新整理一遍。登山包有上下三层：底兜、筒子兜和顶兜。筒子兜是包的躯干，我把睡袋卷成一个卷儿放进去。这是一个有十几年历史的老睡袋，布里，主体长 190 厘米，右侧有拉链，钻进去睡觉比较舒服。底兜有七八升的空间，与筒子兜是一体的，隔层有拉链。我有 4 个袋子，依次放进衣服袋、药品袋、电器袋和食品袋。斜挎包里放的是文件袋，有旅行指南，还有随时用的东西。

整理完背包，我问艾瑞克：你有丰富的徒步旅行经验，你怎么保管你的贵重东西，比如钱和护照。我直截了当说出了钱字。

艾瑞克举起一个塑料手袋说：我的贵重东西都在这里，外面套一个防水塑料袋，我把它放在背包的顶兜里。如果谁把它拿走了，他可能需要，我不 care。别人想偷，我会感觉到的。

钱丢了也不 care，艾瑞克的话很大气。艾瑞克身高有一米九，背上登山包，顶兜的高度就是二米了，小偷不会明目张胆在他头上作案的。

洗漱之后吃早餐。餐厅长条桌两边有五六个人，我坐在顶头的位子。早餐极简，有两小篮儿法棍（baguette）和两小碗果酱，一壶咖啡，一壶茶，杯子不够用，可用小碗。

我倒了一碗咖啡，抹点橙皮果酱，吃了两小段法棍。咖啡的颜色很浅，口味很淡。小篮子里的法棍没了，一位西班牙大妈又添上几根，可能是她准备的早餐吧。疑似半夜推醒我的英国大哥坐在我的左侧，依次是美国人艾瑞克，黑头发、黑皮肤的小伙子，一直端着杯子喝水的白人女孩。我的右侧是荷兰小伙子大卫。几个人认真地交流着什么。我注意到那个黑头发黑皮肤小伙子，昨天入住时看见他趴在床上看一本书。

吃完早餐，我不着急上路，这个小城还没看全呢。天还没有大亮，打开木窗，趴在窗台上，欣赏城外的景色。老城高，城外的新区低，近景是大片红房顶别墅，远景是比利牛斯山脉，云雾还没有散尽。

我拍了几张照片，看艾瑞克，他也没有走的意思。他个子高，站在床边就能整理上铺的东西。我跟艾瑞克聊了起来。

我说：这条朝圣之路千百年来是一条宗教之路。近年来，全世界每年有二三十万人汇聚于此，走这条路，不同文化的人在这条宗教底色极强的路上留下了他们的文化元素。这条朝圣之路正在被现代文化浸染着，宗教色彩越来越弱。

艾瑞克认真地听我的表述，点了点头，说：You are right（你说得对）。

艾瑞克酷爱旅行，还是单身。

我问：你梦想的家是什么样子?

他说：有一片地，有森林，自己盖房子，自己种地。我当过森林救火队员，砍树烧草的活都干过，我喜欢干这些活。

我说：你抓紧干活存钱买地吧，地价越来越贵。

他说：对，我母亲老家的村子，原来的地是几十美元买的，现在值十几万美元了。我很喜欢母亲的老家，在山区，但冬天很冷。

艾瑞克告诉我，几个星期前，他在美国加州街道上玩滑板，被一辆汽车撞倒，当场昏迷，被救护车送到医院抢救。艾瑞克给我看第二天苏醒之后自拍的照片，头上缠着绷带，脸上有伤痕。他指着门牙说：门牙被撞掉，临时配了一颗假牙。两个月后，我要回加州，请律师打这场官司。

近9点，准备出发。艾瑞克在我的日记本上留下名字和电子邮箱。美国大男孩艾瑞克光着脚丫子，穿着人字拖，背上他的二十来公斤的登山包与我握手告别。他微微弓着身子，背包的顶兜与他的头平齐，一米九的个子顿时矮了一点，两只登山靴挂在包的两侧，随着他的步子摇摇摆摆。

徜徉古镇难出城

8点47分，我也出发，背上登山包，拎起登山杖。我用过滑雪杖，但从来没有使用过登山杖，感觉不一样。黑头发、黑皮肤的小伙子还趴在床上看书，我停下跟他聊几句。小伙子叫本，是美国波士顿人，那个白人女孩叫麦根，是他的女朋友。

出客栈大门，沿台阶而上，爬上一座高坡平台，周边有矮墙，穿过一道门，再往上攀登，看见一座古建筑。古建筑有两扇高大木门，用力推，却推不开。这就是建于1628年的古堡Citadelle。

我沿着小路，绕古堡外墙走了半圈，来到一座小桥前。跨过小桥是古堡正门，石头门洞上有西班牙语的提示牌，大意是游客止步。我向石头门洞里面的大操场溜了一眼，一位老师告诉我这是学校。下山的路上，几拨学生跟我打招呼，有的还说一两句日语，我用中文“你好”回应，告诉他们我是中国人。

坡下是1998年被列为世界遗产的圣让·彼耶德波尔城门，进城门就是我住过的客栈。客栈已经关门，门上写着：14:00开门。

朝圣者办公室大门依然是敞开的，多米尼克三个志愿者正在接待朝圣者。跨进大门，我把登山包挂在秤上，是12公斤，把斜挎包也挂上，是14公斤。我背上14公斤的登山包和斜挎包，没有跟忙碌的多米尼克打招呼，悄悄地走了。

走在古城的石头长街上，出古城门，伫立小桥上，欣赏小镇的“小桥流水人家”。今天是走圣地亚哥朝圣之路的第一天，我还没有完全进入状态。

我东瞅西看，沿街的火腿店、杂品店已经开门，一家杂品店的女店员正在往店外的货摊上摆货。丁字街角的葡萄酒店门前摆放着一个巨型酒瓶，比站在门口聊天的女店员高很多。

我昨天就是从这条支岔街走进老城的。我手里拿着出城图，问女店员怎么出城。

女店员居然说：我也不知道，很多人都沿着长街走。

看来她不是本地人。我不敢贸然前行，站在街口，观察一会儿，果然看见几个朝圣者走在长街上。

回到长街，向前走一二百米到大路。这是一条编号的公路，公路牌、朝圣之

古堡远眺

圣让·彼耶德波尔古城门，1998 年被列为世界遗产

路标识、朝圣客栈牌有十来个。这时两个朝圣者走过来，前面是妈妈，后面是儿子，母子俩是哥伦比亚人，在圣让·彼耶德波尔住了一晚，今天走红线去 Orisson。长街的延长线是一条坡路，路边的木杆上有指向 Orisson 的路牌。昨天多米尼克说过，红线还不能全线通行。美国女教师、哥伦比亚母子都想走一段红线，那里的风光一定更美吧。

昨天一起乘车的红衣绿衣二女士走过来。我跟她俩打招呼，绿衣女士举起登山杖朝前一指。我确信，两位西班牙女士走的是绿线，我跟随其后，慢慢地走。

踏上圣地亚哥之路的第一感觉

古城外是城郊别墅区，走在人行道上，感觉是城市旅游，而不是走圣地亚哥之路。

几百米外是一条干线公路，路牌指示，向右是圣让·彼耶德波尔。圣地亚哥之路的标识引导我跨过公路，向左拐，沿干线公路前行。

现代朝圣之路的标识是扇贝壳形状的图案，蓝底，扇贝壳的条纹变形成九条线，汇聚交于一条竖线。

公路上每隔一二百米就有一个标识，有的贴在电线杆上，有的贴在地面的石碑上，还有的就贴在公路牌上。圣地亚哥之路的另一种标识是黄色箭头，箭头的方向就是前行的方向。

按黄色箭头指示的方向，向右拐进乡村石子路，两旁是草场，牛羊成群。

一对骑行者艰难地向上爬坡，跟我打招呼，我回应一声，说：等一下，我给你们拍张照片。两个年轻人正要下坡，立刻刹车减速，女车手回头给了我一个笑脸。

大约走了一个小时，感觉肚子饿了，早餐实在是没吃什么东西。一座房子下的公路边恰好有两块木板，坐下来吃点东西。

穿行巴尔卡洛斯镇的商业中心，有大型超市、农具商店、餐馆酒吧，穿过加

Luzaide 是法西边境河，跨过桥是西班牙的巴尔卡洛斯镇

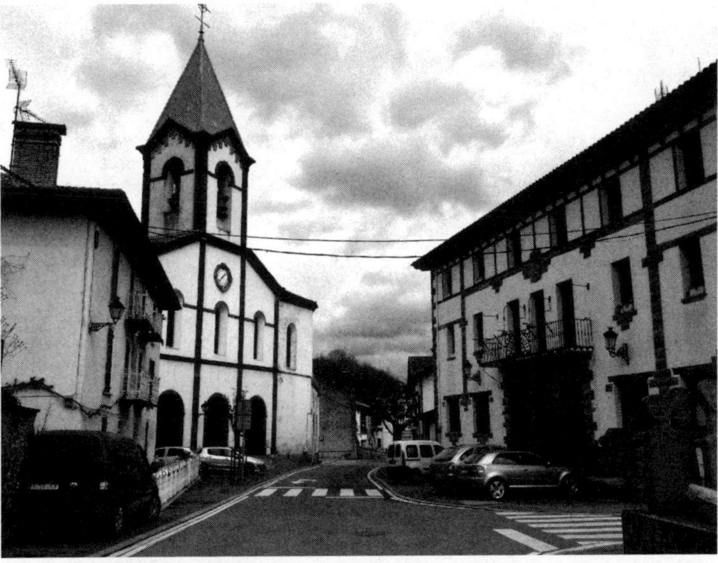

法国之路西班牙境内的第一镇——巴尔卡洛斯镇

油站，继续前行。不时有朝圣者赶上来，一声哈罗，向前冲去。

Luzaide 是法西边境河，我时而走在法国一岸，时而走在西班牙一岸。

跨过这座桥，走进巴尔卡洛斯镇（Valcarlos）。这里是西班牙还是法国？一位女士从办公楼里出来，我迎上去，用西班牙语说了一个词 España（西班牙），又用法语说了一个词 Français（法国）。女士先是愣了一下，缓过神儿来回答说是西班牙。

攀登 10 公里陡坡

在山村的小路上，走累了，坐在一栋房子墙角的石头上。休息一会儿，喝水，起身，抡包上肩，迈左腿，左脚被绊了一下，膝盖一软，跪在地上，先是左臂撑在地上，接着后背也摔在地上。我被摔蒙了，躺着地上缓了一会儿，用左臂撑起身子，拼力站起来，左手背和胳膊擦破几处，渗出鲜血，用餐巾纸擦一擦流血的伤口，调整登山包的腰带和胸带，握紧登山杖，继续前行。前面的小路与湍急的河流平行，是泥泞的土路，有横倒的大树，有湿滑的小桥，我开始小心翼翼地走路，不敢贪恋风景。

看见一块标有黄色箭头的石头，突然一下子就走不动了，卸下背包，坐在石头旁。法棍已不脆，很难撕咬，瓶子空了，水没了。

上山，上坡，走不动了，开始大口喘粗气。我不断地松动背包的胸带扣，放到了极限。

红衣绿衣二女士赶上来，也是走几步一停。这是我第三次看见她们。我渴极了，想喝水，但早已没有水了。周围荒无人烟，无处找水。

又走了一段上坡路，看见公路，也看见了一块石头，形成条件反射了，看见石头就想坐下。大脑开始出现缺氧反应，连连打哈欠，有点发困。

下午 6 点 20 分，又见叮咚山溪，渴死我了。

山溪从山上流到山下，横穿山间小路。我选择小溪流水的最窄地段，用登山

比利牛斯山鸟瞰

杖撑地，小心翼翼跳过去，然后回过身来，看红衣绿衣二女士跨过来才往前走。这之后，我们一前一后走，相距总是不太远，开始产生一种同行伙伴的感觉，我们成为同行者。

与我同行的人，我不喜欢给他们贴上“朝圣者”的标签。朝圣者这个称谓沿袭已久，不能准确地表达圣地亚哥之路的当代气息。我喜欢把一路上有同行伙伴感觉的人称作“同行者”。

又艰难地爬了一段山坡，用手表测一下心跳频率，已达每分钟 110 次。记得医学专家讲过，心跳频率的安全上限是 170 减去年龄，心率 110 次已是我的上限，我应该放慢脚步。

我与红衣绿衣二女士同时登到山顶，终于看见龙赛斯瓦耶斯（Roncesvalles）的路牌。木牌箭头指示还有 1.5 公里。

我的左膝已有轻微不适的感觉，凭经验我知道再走下去膝盖会疼痛。脚下是一片松软的草地，穿过一个小木门，我们三人沿着小道走了十几分钟。在一幢大型

与红衣绿衣二女士同时登到山顶

建筑前，一位女士正好走出来，带我们走进建筑群的入口。红衣女士扭头用西班牙语跟我说话，我只听懂了一个词 albergue，点点头。我向左转，去客栈，红衣绿衣二女士向右转，去旅馆。

龙赛斯瓦耶斯客栈

晚上 7 点 20 分，走到客栈门口，一位系红围巾的男士彬彬有礼地给我开门，告诉我把背包放在楼道，脱下脏鞋，放到储藏室，然后去前台办理手续。红围巾男士是这里的志愿者管理员，递给我一张表让我填写，第一栏是回答走朝圣之路的原因，有 5 个选项：宗教、精神（spirit）、文化、运动、其他，我对 spirit 一项有点迟疑，这个词还可以理解为“精神”“心灵”“神灵”，我按“精神”理解，勾选后 4 项，排除第 1 项。红围巾管理员要求出示护照和通行证，登记信息，在我的通行证上盖章，手写日期。

我的床位是227号，按西班牙的说法是二楼，在中国就是三楼。我穿着拖鞋，拎着背包，艰难地爬到三楼，找到我的床位，是个下铺。我惊喜地发现，邻铺是波士顿男孩本，他还是趴在床上看书。这家客栈很干净，像是刚刚装修过，风格很现代。三楼宿舍对称分出两条通道，中间用木板隔离，我住的是右通道的一个隔间，类似火车的包厢，里面有两个双层床，床的顶头有两个柜，也分上下层，一张床配一个小柜。

今天走的这条路是最难走的比利牛斯山，我很疲劳，但疲劳还是压抑不住兴奋。

我的兴奋需要宣泄，去找人聊天。红围巾管理员，还有一个穿红坎肩的管理员正在接待一群俄罗斯朝圣者，填表，登记，收钱，盖章，售贝壳纪念品。

我到一层巡视一圈，大通道石砖地面，颇有古风，有厨房、大餐厅、洗衣房和阅览室。餐厅内外是Wi-Fi区，几个朝圣者站在楼道上网聊天。楼道里有一个大桌子，上面摆满了朝圣者留下的物品。我想起了荷兰小伙子大卫说的话。

今天爬比利牛斯山，后半程是漫长的大陡坡，我负重14公斤，走得非常吃力，万幸的是左膝没有疼痛。

我遇见了大卫。大卫说，他是早晨8点出发，下午2点到的。大卫仅用了6个小时，除去休息时间，平均每小时走5公里多。我大约10点上路，晚上7点多才到，用了9个多小时。

在圣让·彼耶德波尔见过的英国大哥在楼道上网，俄罗斯小伙子在厨房煮意大利面。我坐在石头地面上，背靠墙壁，一边给手机充电，一边跟妻子通微信电话。今天和明天的路程是上山又下山，山高坡陡，明天还降雨，妻子很担心。

红围巾管理员告诉我，8点教堂有弥撒。外面下着淅淅沥沥的小雨。我去储藏室换上我的泥巴鞋，一路小跑到几十米外的教堂，推开木头大门，跨进屏风间，透过玻璃看见神父正在布道。我从侧门走到大厅的最后一排，神父的声音像在唱也像在说。两个神父身披白衣站在布道台上，教徒和听众肃立着。我瞥见屏风间里有一个人站一下就走了，我也退吧，一不是信徒，二听不懂西班牙语。

我又到厨房，烧水，泡茶，走一天路，途中没有灌水，后一段路是断水状态，渴极了。我喝了一杯又一杯，总算解渴了。一位韩国女士是从美国来的，我给她一撮绿茶，她喝得很开心，连连说好喝。

前台冷清下来，我跟红围巾、红坎肩管理员聊天。他们是荷兰人，是荷兰朝圣者协会派来的志愿者，在这里工作七天。他们提醒我，一层大厅 10 点关灯、关门。

我忽然想起我还没吃晚饭呢。我还是极度兴奋的状态，也不感觉饿，都说今天的路最难走，我却没有感到极度疲劳。我端着一杯茶，上楼，本很友好，打过招呼，又低头看书。

晚上 10 点，宿舍熄灯。在黑暗中，我坐在床边吃了几块小点心，喝了几口茶。通道顶头的厕所和淋浴间还亮着灯。我去冲个澡，用手机照亮，从背包的底兜里摸出洗发香波。在洗手间，一个中年男士，是亚洲人，可能是韩国人吧，戴着墨镜，摸索着走出。他是盲人，怎么不带盲人杖呢？这个盲人有点神秘。

客栈的玻璃门上，楼梯墙壁上，到处贴着通告：22:00 关门，08:00 离开。波士顿小伙子本睡了，麦根睡在他的上铺。我的上铺也来人了，是个小伙子，骑行者，来自美国纽约。

Part 02

>>> 龙赛斯瓦耶斯—苏必里

（Roncesvalles）　　（Zubiri）

4 月 5 日　08:00 出发　21:01 到达　徒步 13 小时 1 分　21.5 公里

早 8 点被红围巾管理员轰出客栈

今天也是一段艰难的路。按照指南，今天的行程是从龙赛斯瓦耶斯走到拉腊索阿尼亚（Larrasoaña），全程 27 公里，可是我在森林里迷了路，还没有走到苏必里（Zubiri）天就黑了，我的腿也瘸了，只能投宿苏必里。

早上 6 点，很多人起来收拾行装。一夜没有睡好，我继续眯瞪着。

纽约小伙子在我的床边找苹果手机充电器，我说你昨天半夜还在用呢，别紧张，随便找。小伙子慌慌张张跑了，一会儿跑回来告诉我找到了，然后坐在墙根下充电。

今天还得重新装包。斜挎包不能再背了，左肩受力重，还是酸痛。先装睡袋，把斜挎包里的东西归入不同的袋子，把斜挎包和餐盒装在睡袋的上面，把旅行指

比利牛斯山上海拔 1000 米的龙赛斯瓦耶斯客栈，四月初院内还有积雪

南、充电宝装入顶兜的外兜，把通行证和日记本装入顶兜的内兜。

6 点 41 分，我一边收拾东西，一边跟本说话。

我问本：你在看什么书？那么入迷。

本看完最后一页，合上书说：是一本写耶稣门徒圣雅各的书，非常有意思。你要吗？都是路上的人扔下的。

我拿过来翻看一下，不想带，我的包已经很沉了。

麦根在看一本写当代朝圣之路的书，是我想要的。我说：哪天你们看完了，别扔，给我。

一切整理好，背包下楼到一层大通道。昨晚没有吃晚饭，今早没有吃早餐，想到厨房烧水泡一包方便面。打开电炉，放上小锅，等了几分钟水就是不开。

电炉上的指示灯熄灭。断电了？红围巾管理员走过来，催促大家离开。我有点不太高兴，无可奈何地摇头，把锅里温乎的水灌进保温杯。厨房里聚集的人向客栈大门口走，红围巾管理员拉开大门，高声喊着 8 点啦，做出请大家出去的手势。

我感觉是被红围巾管理员轰出来的。我们前脚迈出门，砰的一声，红围巾管理员关上了大门。天色阴沉，下起小雨，我们几个人在门前广场的长椅上匆匆整理行装。收拾停当，抡包上肩，碰断左手腕上的表链，我拾起长椅边上的登山杖就走，竟忘了掉在白沙石地上的手表。

教堂的钟声响了。雨中，穿过广场，走到楼洞底下，一位女士和一个男孩在穿雨衣，我也把包放在地上，掏出红色雨披穿上。我忽然想起手表，又返回到长椅。手表链的桯子脱落了，在细碎的沙石地面上很难找到一根约一厘米长的针状物。我把断了表链的手表塞进了裤兜。

教堂的钟声又响了。我第二次穿过广场，穿过门洞，雨中，站在外广场上拍摄云雾缭绕的教堂建筑群。

我身披红雨衣，站在圣地亚哥之路里程牌前。里程牌上有醒目的大字：SANTIAGO DE COMPOSTELA 790（圣地亚哥 790 公里）。我的装备不专业，雨衣是一件自行车雨披，前长后短，遮不住登山包。

我站在公路边上，对着马路对面的一个塑像拍照，转身迈右脚，踩在路肩的斜坡上崴了一下，右膝跪了下去，身体失去平衡跌倒。右脚踝轻微扭伤，右臂挫地，但没受伤，只是小棉袄袖子和裤脚沾上了泥水。

第 1 天走路摔了一个跟头，第 2 天走路又摔了一个跟头，必须小心走路了。

波士顿小伙子本很厚道

9 点 4 分，波士顿小伙子本和他的女朋友麦根赶了上来。本的年龄有二十八九岁，一米八高，身体健壮，黑头发，黑皮肤。

本很厚道，背的登山包很大，可能把女朋友的东西都装到自己的包里了。

我问本：你的包有多少公斤？

本说：不知道。

麦根背的是城市休闲双肩背。据我观察，她的包里有一个睡袋，一个饮水袋，

美国作家海明威在布尔格特旅馆留下了足迹

一点小食品，一本书，最多 3 公斤重，小巧轻盈。麦根把饮水袋的水管留在包外，可随时饮水。

走在与公路平行的林间小路上。四个韩国女士超越我，叽里咕噜说着韩语，赶到前面去了。她们背着小包，走得很轻快，跟走在城市的公园里一样。

走了几公里，穿过一个小村子，村头有一家超市，进去买了 4 盒酸奶和 1 根长法棍。老板很和气，说自己经营这家店有七八年了。朝圣者常年穿过这个村子，老板开着自己的店，朝圣者走着自己的路，仿佛没有什么交集。

穿行小镇布尔格特（Burguete），主街上有一幢四层老房子，是布尔格特旅馆（Hostal Burguete）。美国作家海明威与妻子和朋友当年在此住过。小楼前宣传栏上有文字图片，详细介绍这段名人往事与这一带的自然环境和历史文化。

多伦多大叔八年里七次走朝圣之路

中午，走在公路上，拐过一个弯道，爬上一个高坡，回头看风景，一派田园风光。一个身披绿色雨披的男人赶上来了，我们友好地打招呼。

我说：我是中国人，来自瑞典。

他说：我是加拿大人，来自加拿大。

我们都笑了。这就是聊天的气场。

他说：我在八年里七次走朝圣之路，我上瘾了。

加拿大大叔一开口就让我惊呆了。八年里七次走朝圣之路，这得有多少故事啊！雨天，我们先谈防雨装备。

他说：我喜欢用雨披，雨披是长方形的，没有袖子，透气好，不捂汗。

他又说：我只带了两件速干 T 恤衫，倒换穿。

说着，他撩起雨披，亮出 T 恤衫。

我们一路走，一路聊，走到一个酒吧。店里都是背包的朝圣者，进进出出，地面湿漉漉的。我们找到空位，把包放在椅子上。我买了一杯咖啡，加热牛奶，雨天冷，补充能量。加拿大大叔点了一份奶酪三明治，女店员去给加热。

加拿大大叔来自多伦多，今年 58 岁，有三个孩子。我叫他多伦多大叔吧。

多伦多大叔说：我每年度假都走一趟朝圣之路，可以锻炼身体，比躺在海滩晒太阳强多了。

我问：你每年走朝圣之路有宗教的原因吗？

多伦多大叔认真地说：没有。我生长在一个有宗教信仰的家庭，但我基本不去教堂。

出太阳了，天晴了，我们又上路了。多伦多大叔身强体壮，甩开大步，独自向前。

韩国中校和盲人大叔

下午 2 点 15 分，我独自走，进村庄，出村庄，走路边草地中的小路，突然听到身后有人说话。是什么语？回头看是三个亚洲男人，我们隔着老远就打招呼，互报来自何方。这三位大叔是韩国人，其中一个会说英语，带着一股热乎劲儿，招呼他的朋友给我们俩照合影，我也给他们三人拍照。三人中有一位戴着墨镜，昨晚在客栈洗手间见过。我和讲英语的韩国大叔一路走一路交谈，墨镜大叔与另一人走得很快，领先而去。

韩国大叔说：我是军人，中校军衔。

我问：韩国军人训练，负重多少公斤？

中校说：我是空军，从来不背包。

我问：你指挥多少人？

他说：六百人。

中校还告诉我：在韩国军队，中校 53 岁退休，上校 57 岁退休，少将 62 岁以后退休。

他说：我已经退休了，那两个人是我的高中同学，戴墨镜的同学在部队当兵时被炸瞎了眼睛。

我注意到了，墨镜大叔背着一个小包，左手握着他同学的右臂，贴近他的同学，两人走得飞快。

中校问：你知道你去哪吗？

我随口说：跟你们去一个地方啊。

我对中校说：你去追赶你的伙伴吧。

中校微笑着，跟我挥挥手，迈开了军人的步伐。我看见远处有一片水，中校第一个从一棵大树后的草丛绕过去，墨镜大叔攥着他的伙伴的上臂，两人一前一后敏捷地绕了过去。

等到我绕过这片水洼时，中校和他的两个伙伴都消失了。前面的路越来越难走，汽车轱辘留下的两条车辙很深，车辙里有积水，沙石路面上也有积水，有的地段还翻出了泥浆，我几乎只能沿着路边的草丛向前走。

朝圣之路的路标呢？我搜索着，贝壳路标，蓝底黄色箭头路标，黄漆箭头路标，一个都不见了。继续向前走，还是不见路标，却见路边大树上有蓝白条喷涂标识。也许这也是朝圣之路的标识？人走过留下的纸巾和烟头干扰了我的判断，是不是有朝圣者从这里走过？我疑惑，做不出判断，只得往前走。不记得从什么时候开始，又下起雨来。

雨中森林迷路

在雨中，在草丛中，在泥泞的路上，我终于走到一块木头杆子路牌前，仰头向上望，一块木牌箭头指向 Erro 4.1 km，那是我走来的方向，没有走错啊。另一块木牌箭头指向 Bizkarreta 2.4 km，第三块木牌箭头指向前方 Ureta 1.3 km。我从裤子后兜里掏出今天的路线图。图湿透了，粘在一起打不开。我庆幸找红围巾管理员多要了一张图，另一张在文件袋里。我解下背包，垫在脚上，打开筒子兜，摸出文件袋。在雨水中，我怕最后一张图也被打湿，先用手机拍照，后隔着透明塑料皮看图。

图上有 Erro 和 Bizkarreta 的地名，Erro 的方位和我的直觉不符。走 Bizkarreta，走了十几米，路上的草没过膝盖，根本不是人可以走的路。

我迅速返回到路牌底下，又凝视了路牌好一会儿。在一片森林里，在雨中，我独自一人，迷路了。

我不能在雨中等待有可能走过来的人，在雨中站立，我肯定会被打湿，肯定会冷的。我只有去试探走 Ureta 这条路，路还是非常难走，路边的大树上还是只有蓝白条标识。我不能顾虑这些了，只要能找到下一个村庄，只要能见到人，就能找到朝圣之路的正确线路。

几十分钟后，我终于走到一座房子前。房前的木头路牌上指示：Erro 5.4 km。绕过房子，走到水泥路上，正好一辆小汽车驶来。我伸手示意，车停了，一个女士开半扇车窗，望着我。

我用英语说：我迷路了。

女士听不懂。

一根木头杆子上有三块路牌，指示三个方向，森林雨中迷路的人很难做出判断

我说：Camino。

女士看我这身行装，也猜出来了，伸手朝后一指，说了一句西班牙语，我一个词也没有听懂，但懂她的手势。

我向汽车驶来的方向走，不知道这条路通向哪里，也不知这条路有多长。这是通往小村 Ureta 的村路，水泥路面，两辆车宽，下坡，路况好，没有往来车辆。我加快了脚步。

走了一公里，走到公路，看到一个分岔路牌，感觉很熟悉。我又看主路上的路牌，向左是 Pamplona（潘普洛纳）方向，向右是 Francia（法国）方向。向左是正确的，我跨过公路，站在路边不敢轻易走了。路下边是一片空地，竖着一块信息布告栏，上面有周边地形图，图上都是我不熟悉的地名。

一辆出租车从远方驶来，我伸手求助。出租车停在路边，司机告诉我方向是对的，但不能走公路，要走小路。我看见了公路旁的小路，问司机到拉腊索阿尼亚有多远，司机说还有十五六公里吧。

我钻进林间小路，爬上一个小坡就看见朝圣之路的路标了。这就是我中午走过的路啊！看到路标，我开始加速了。

孤独前行

下午 4 点 30 分，我又转回到中午休息的酒吧。说到酒吧、咖啡厅，总是带有一点城市的味道，圣地亚哥之路上的乡村酒吧，一时找不到一个恰当的名字。酒吧门前，静静的，没有人进出，走到近前，透过玻璃窗往里看，店里昏暗，无一人，椅子也被架到桌子上，门上贴有联系电话。

我原想在这里遇到朝圣者，找个人结伴一起走。我的愿望落空了，我只能独自一人，勇敢前行。

走进这个不知名字的小村，敲开路边一家私人旅馆的大门。

我问当班的女孩：这里到苏必里有多远？

女孩说：还有八九公里。

我又问：到拉腊索阿尼亚呢？

女孩说：有十四五公里。

我说：我要去拉腊索阿尼亚。

女孩惊讶地瞪着我说：你今天走不到了。

我用旅馆的 Wi-Fi 下载从这里到苏必里的步行路线图。我攥着手机，裤子右兜里塞着充电宝，给手机连上充电线，匆匆上路了。

小村尽头是一家商店，向一个刚出店门的女顾客问路，女顾客一指草地上的小路。没错啊，这就是我中午走过的路。我穿过草地，看到朝圣之路的路牌，又钻进一片森林。这也是我中午走过的路啊。我是在哪里迷路的呢？再往前走一段路，看到一个箭头指向右侧岔路，向右拐，走五十米后是公路，按标识箭头指示穿过公路。这一段是全新的路，没有任何记忆。我和三个韩国大叔都错过了这个分岔路标。

这是一段上坡的沙石路，走得非常吃力，一个小时后才走到一个村子。

箭头路牌：Zubiri 6.9 km。在森林里迷路两个半小时，又快走几公里到中午休息的酒吧，然后费力爬上一段很长的陡坡，我的左膝关节受伤疼痛，左腿瘸了。

雨又淅淅沥沥地下起来。在雨中，在路牌边的草地上，我放下背包，找出药品袋，卷起裤腿给左膝贴上一贴云南白药膏，套上老式护膝，吞服一片止疼药，一瘸一拐地向前走。

在雨中，在山路上，有五个人赶上我。

一个大叔关心地问：Are you ok（你没问题吧）？

我说：我跟几个韩国人一起走，我迷路了，在森林里转了半天才回到原路上。

大叔说：我还以为你是韩国人呢。

我说：我是中国人。

大叔说：我看到了那三个韩国人，他们也迷路了，在很远的后边。

这几个人超过我，飞快地走远了。从背后看，他们的登山包防雨罩色彩很鲜艳，蓝色，绿色，橙色，搭配很和谐。

我还是一瘸一拐地向前走。

一个当地人从山路的对面走来，冲我说了一声“Hola”（奥拉，西班牙人打招呼用语，相当于英语的“哈罗”，汉语的“你好”），与我擦肩而过。我看到了他挂在树枝上和用石子儿压在路碑上的纸片，原来他是在派发私人客栈的小广告。

晚上七点十六分，走出这一大片林区，上了公路，正想沿公路而下，一辆小汽车开到我的身旁停下。

车里的女士开窗冲我说：不对，你应该往那条路走。

我说：我去苏必里。

她说：没错，我是本地人，相信我，朝那边走。

如果没有这个女士指路，我就顺公路走下去了，肯定又是迷路。这里的路标呢?

按女士指的与公路垂直的方向，走了几十米才看到一个路牌：Zubiri 3.4 km。

前面是一道铁门，左侧有一个小木门，推开小木门，我又走进一片森林，走

小门上有一个很小的黄色箭头——朝圣之路标识

在林间阡陌土路。

狭窄的小路，雨后泥泞，我的膝盖更加用力，更加吃力，更加疼痛。这是一条下山的路，每迈出一步，身体的冲击力反弹到左膝关节深处，触发一阵尖锐而钻心的疼痛，我走得非常痛苦。

忽然，山谷那边的日落景象夺去了我的注意力，让我暂时忘记疼痛。我停下，站在路边高处，用手机拍日落，一个硕大火红的球，光芒四射，红得耀眼，把地平线都染红了。

十几分钟后，落日的余晖不见了，天色骤然暗淡，山下的村庄，若隐若现。

一瘸一拐登上苏必里石桥

晚上 8 点 58 分，终于走到了苏必里，看到镇口的信息牌，但我已无力辨认地图。

艰难地走上陡峭的石拱桥，站在桥顶，看见了桥头那边露出灯光的客栈。

客栈小木门紧闭，我拍打了一下，静静等候。一分钟后，一位长者给我开了门，他微笑着，很温和。

我问：有床吗?

他点头，把我让进门，引到过道右侧杂物间。我解开背包扣带，放下包，但已无力弯腰脱鞋。长者给我搬来一把椅子，让我坐下，他跪下左腿，为我解开鞋带，脱掉沾满泥巴的脏鞋。

我拖着带伤的膝盖，跟在长者后面爬楼梯到二层。长者为我办理入住手续，在我的通行证上盖了一个朝圣之路纪念章，接着带我到三层的宿舍。

我已经饿了一天了，要做一点吃的。小楼的二层是厨房餐厅，也是活动室。长者殷勤地指给我看，冰箱里有什么，厨台上有什么，我可以吃什么喝什么。他说西班牙语我也听不懂，我一心只想做一碗方便面。厨房的电磁炉很现代，烧开一锅水，倒进一袋方便面，把所有的汤料都倒进去。

苏必里石拱桥下的石头小楼客栈

我做了一锅方便面，盛一大盘子，还有一锅汤，泡上剩余的法棍，这就是我走朝圣之路第 2 天的晚餐，一顿很简单很热乎的晚餐。早上 8 点背上登山包，负重 14 公斤，走了 13 个小时的山道，我几乎耗尽了全部体能，仅剩的一点力气只能做一碗面了。

长者悄悄告诉我，他把我的那双沾满泥巴的湿鞋放在了壁炉前。我在餐桌这头，看到了餐桌那头蹿着火苗的壁炉，几个朝圣者坐在壁炉前烤火看电视足球赛。

吃完汤面，我恢复了一点体力，走到我的房间。这是一个四人间，有两张双层木床。我的上铺靠窗，窗临一条大河，开着几寸宽的缝，湍急的河水冲击着石头，发出瀑布般的响声。这瀑布般的水声与房间三人的呼噜声，交织成一曲交响乐，一起伴我入眠。

Part 03

>>> 苏必里—潘普洛纳
（Zubiri）（Pamplona）

4月6日　09:40出发　21:00到达　徒步11小时20分　20.5公里

为我脱鞋穿鞋的苏必里客栈

昨晚，长者，也是客栈老板，对我说，你明天可以7点走，8点走，9点走，什么时间走都没关系。我放心大胆地睡了。

夜间，把我唤醒的不是如雷的鼾声，而是湍急的河流冲击石头的瀑布般的声音。负重行走一天的大腿，特别是左腿极不舒服，不由自主地伸展扭动，也常常把我弄醒。

7点30分，起床。这才看清同屋三个人的模样，两个美国人，一个奥地利人。卷睡袋，整理包里的东西，底兜里的裤子和T恤衫都湿了，是侧雨打湿的，总觉得各类东西还是没有放到最合适的地方。

8点40分，去餐厅吃饭，与第1天同行的红衣绿衣二女士不期而遇，她俩露

苏必里古石桥。清晨，一拨又一拨朝圣者走过阿尔加河上的这座古桥，向潘普洛纳走去

出惊喜的表情。我告诉她们昨天我迷路了，很晚才到这里。红衣女士说了一通西班牙语，看我听不懂，拿出手机翻译，我说英语，她写西班牙语，手机同步译成英语，两个人加一部手机交谈起来。她让我下载一个圣地亚哥朝圣之路的软件，我用手机下载，手机提示更新操作系统。我的苹果手机 4s 是我的照相机，也是我的笔记本，我怕更新操作系统会出问题，没敢更新。

我们约定一起走，9 点 30 分出发。

长者已经准备好了早餐，很简单，有半片法棍，有两小盒几克装的黄油，有几种不同风味的小包装果酱，放在桌上的小篮子里，不限量。

我是最后一个来的，咖啡壶里的咖啡已经凉了。我烧了一小锅开水，用滚开的水兑凉咖啡，又泡上一杯茶。一晚住宿加一顿简单早餐是 15 欧元，走到苏必里我已是精疲力竭，就是 50 欧元我也没有力气去找第二家了。又见到为我脱鞋的长者，与长者合影留念。

9 点 40 分，把东西更合理地分类装包。左膝贴上一贴云南白药膏，套上护膝，把随身药品放在外套上衣口袋。我拎起壁炉旁的鞋，下楼去杂物间。我正要坐下穿鞋，客栈的小伙子跑进来，单腿跪地拿起一只鞋，我一迟疑，竟坐了下来，舒舒服服地享受了一把穿鞋服务。

长者和小伙子一同送我出门。

我问长者：年轻人是谁?

长者说：他是我儿子。

父子俩为我脱鞋穿鞋令我十分感动。后来我跟同行者谈起这件事，有人说也享受过这种服务。脱鞋穿鞋服务是这家客栈的传统吧。

老板的儿子英语好，告诉我西班牙女士半小时前就走了。我有一点怅然，赖我，是我走晚了。

长者把我送出门外，比画着上路的方向。我走上石桥，回头望一眼石桥根儿底下的这座石头小楼和桥下湍急的河水。这座石头小楼和它的主人给了我许多温暖。

上午 11 点，跨过石桥，向右拐，走上乡间小路。一个小时后，我走到一个村子，村口有一个遮雨棚，两面有墙，两面开放，靠墙有长椅。昨天迷路后，疾走赶路，左膝关节受伤。我归结为，一是负重行走时间过长，徒步 13 个小时；二是中途只休息了两次，一次是站在雨中吃酸奶和法棍，一次是在酒吧喝咖啡。

我给自己规定：从今天起，每走一个小时休息 10 分钟。我坐在长椅上，看墙上的布告栏，全是西班牙文。一个壮汉和一个小姑娘在棚外张望，我招呼他们进棚休息。

我说：我昨天跟三个韩国人一起走，迷路了，其中一个还是韩国中校。

背着与头一般高的登山包的壮汉说：我是上校，比他高一级。

哈哈，来了一个有故事的人。昨天是韩军中校，今天来个上校，我们的开场白有意思。上校没解背包，靠墙壁坐下。

上校说：我是美军上校，腰部做过四次手术，去年 11 月做的最后一次手术，手术后没怎么活动，肚子吃大了，走一趟圣地亚哥之路锻炼锻炼。

上校说着，拍拍自己的将军肚。

我说：我的膝盖受伤了，走路，特别是走下坡路疼痛难忍。

上校来了兴致，传授他的经验：登山时你要用两根登山杖，用一根是防滑，用两根交替支撑身体才能减轻膝盖的受力。还有，这是一个军事训练的秘密，上山的时候，每登一步站稳之后，腿部一定要伸直，用整条腿的骨骼支撑身体重量，让大腿和小腿肌肉有一瞬间的放松。你下山的时候，要先用脚后跟着地，也可以缓解腿部肌肉疲劳。

上校又与丹麦小姑娘讨论起来，是穿登山靴好，还是穿普通运动鞋好。

上校认为：一般山地，穿普通运动鞋好，轻便，登山靴笨重。

丹麦小姑娘认为：穿登山靴好，登山靴的后跟部高，便于登山。

运动鞋细分跑步鞋、徒步鞋、训练鞋。我们平常说的旅游鞋可以是运动鞋，也可以是城市休闲鞋。我认同上校的观点，穿普通运动鞋就行。

我提到圣让·彼耶德波尔朝圣者办公室墙上那张徒步负重表。

我说：身上的所有东西都是负重，甚至脚上的袜子也是负重。

上校：你说得对，穿在身上和背在肩上是半斤八两。

南非旅行家买下一座古教堂

11 点 30 分，东瞧西看，慢慢穿过这个村子。在村口外的下坡路边，一座古老的教堂，大门紧闭。

教堂为什么建在村外?

为什么没有朝圣者光顾这个教堂?

我走到教堂近前，对着教堂拍了一张照片。这时，我才注意到路边停着一辆白色汽车，车旁站着一个中年男人。我跟中年男人打招呼，他回应我，说一口标准的英语。

中年男人谈起了这座教堂。

一位南非职业旅行家买下了一座 12 世纪的古教堂

我是南非人，两年前我和我的生活伴侣回到西班牙，看到了这座教堂。这座教堂坐落在古朝圣之路上，一般说法是十四五世纪建造的，我们考证的文献证实是十二三世纪建造的。教堂年久失修，从 20 世纪 50 年代起就不能使用了。我懂古建筑修缮技术，也走过朝圣之路。我们跟当地政府谈了两年，终于买下了它。我们把教堂修好之后，再交给政府，让走朝圣之路的人参观。

我问：我能进去看看吗？

南非旅行家说：我刚刚锁好门出来，设定了警报。原来没有警报系统，后来发现村民随意进出，很危险，也影响我的维修工作。我每天都在这里工作一整天，昨晚我的孩子生病，我的伴侣没有休息好，我回去帮助她照顾孩子。

我问：你维修教堂要花很多钱，你靠什么挣钱呢？

南非旅行家说：我过去是职业旅行家，在登山时受伤，保险公司赔偿了我一笔钱，我用这笔钱来生活。

南非旅行家补充道：我从来不跟别人提这件事。

我换了一个话题，南非的曼德拉。

我问：曼德拉和他的前妻，是谁先提出离婚？他们为什么离婚？

南非旅行家说：是曼德拉提出离婚，曼德拉在监狱期间，他的前妻对他不忠。还有，曼德拉前妻在政治观点上跟他不一致，主张暴力解决问题。

我问：你见过曼德拉吗？

南非旅行家说：见过，我在曼德拉和他夫人下榻的酒店见过曼德拉，我那次是作为摄影师给曼德拉拍照。我目睹了曼德拉的夫人照顾曼德拉非常细致，他们在一起非常和谐。

我注意到南非旅行家手里端着一个专业单反相机。

我问：曼德拉有孩子吗？

南非旅行家说：曼德拉有一个女儿和一个儿子，是与前妻生的。

我问：曼德拉的孩子成功吗？

南非旅行家说：不知道。曼德拉是一个非常强大的名字，听说曼德拉的儿子用曼德拉的名字做事，但不知道他做得如何。

南非旅行家开始问我：你是去潘普洛纳吧？我看到你走得非常慢，我住在潘普洛纳，可以带上你一程。

我说：我的膝关节受伤了，走路疼痛。我很想坐你的车，但我不应该坐车走。

我想起了朝圣之路上流行的一个说法：坐车就是作弊。

南非旅行家说：你的腿受伤了，尽量不要走山路上山下山。**古老的朝圣之路是在阿尔加河沿岸，因为有河流才有水，有水才有村落人家，古代朝圣者要喝水吃饭，要找到地方住宿。**当地政府可能不愿意让朝圣者占用古道，占用当地居民的道路，就把朝圣之路引到山上去了。你走到一个烧烤休息区，会看见两块信息牌和一个厕所，那里的朝圣之路标识指向一条山路。你的腿不好，不要上山，一定要沿着河走，沿着河边的白色水泥路走，河水流经潘普洛纳，你不会迷路的。

他在记事本上画了一张详细草图，用西班牙语和英语标注了关键地点和走法提示，撕下那张图递给我。

我目送白色汽车远去。我走过南非旅行家教堂的900平方米草地，走过乡间的小木桥，走过牧羊的草场，走进又一个古老的村庄。穿越一个小木门，走在一条沙石小路上，走着走着，走上一条依山傍水的小路。河水向潘普洛纳的方向奔驰流淌。

沿阿尔加河走到潘普洛纳

下午4点50分，走到zabaldika烧烤休息区，歇一会儿，吃点东西。一个西班牙小伙子骑车过来，用英语跟我交谈，先绕圈子说几句周旋的话，然后向我推销别墅客栈，在3公里之外，一个房间20欧元。

我看到了朝圣之路标识指向一条上山的土路。这就是南非旅行家劝告我不要走的山路。

那条白色水泥路在哪里呢？

我问一个当地自行车手，车手飞快骑过桥，又飞快骑回来，告诉我，过桥就是白色水泥路。

走到桥下，看到路牌：至潘普洛纳马格达列纳桥10公里。

这几公里的河流非常平静，可以坐在河滨大道的椅子上休息。

这段路是城郊景象，不少车手骑行健身，也有老人散步。一个穿红色羽绒服的年轻爸爸推着童车与我走了一个对头儿，10分钟后又返回，与我并肩而行。我们互相望了一下，开始交谈。

我说：我是从圣让·彼耶德波尔走过来的。

他说：我年轻时参加过从圣让·彼耶德波尔至潘普洛纳的长跑赛，全长69公里。

我问：你跑了多长时间？

马格达列纳古桥建于 12 世纪

他说：6 个多小时。

我问：你多大年龄？

他说：35 岁。

我说：你仍然很年轻啊。

我从圣让·彼耶德波尔走到潘普洛纳用了 3 天，他只跑了 6 个多小时。

傍晚时分，走到潘普洛纳的马格达列纳古桥（Puente de la Magdalena）。这座古桥建于 12 世纪，桥头石雕十字架建于 16 世纪，上面刻有圣雅各像，指引朝圣者进城。

晚上 9 点，我终于走到了老城内的朝圣客栈。

Part 04

>>> 潘普洛纳—女王桥

（Pamplona）　（Puente la Reina）

4月7日　08:50出发　20:30到达　徒步11小时40分　23.5公里

巴黎大妈

6点多醒了。不到7点起床，脚一着地，感觉左脚大脚趾疼痛，低头一看，大脚趾肿了。我知道这是痛风发作的症状，试着走路，大脚趾不能弯曲，只能踏步走。左膝疼痛，左脚趾肿痛，我必须去药店买药了。

9点45分，一瘸一拐，穿行于老城的老街。路旁是圣玛利亚大教堂，仰头望望塔尖，没有时间进去。

路过潘普洛纳旅游办公室，大厅昏暗，10点才开门，不等了。路过一家户外装备店，进去看看，想买一件雨披，老板说没有。

走出老城，穿过一个街心花园，在红灯前遇到一个背登山包的大妈。大妈肩背硕大的背包，腰挎超大腰包，双手握登山杖，脚穿登山靴，很不一般的样子。

大妈告诉我，她69岁，来自法国巴黎。

我问巴黎大妈：你为什么走朝圣之路?

巴黎大妈爽快回答说：有三个原因，一是退休了，朋友交往太多，烦了；二是锻炼身体；三是宗教，我信天主教。

巴黎大妈还透露了一个秘密：我们年龄大了，要坐一段公共汽车，出市区之后才开始徒步。

我感觉新奇，原来朝圣之路还可以这样走啊!

城郊的街道上，见到一家书店，一家鲜鱼店，便道上一个一人来高的黄色邮筒，勾起我的中国城市记忆。

过去出国，我们是看国内没有的新鲜东西；现在出国，我们是看国内已经消失的东西。

天津北京遍布全市的书店早已不见踪影，天津北京小街胡同的鱼铺也绝迹了，天津北京的老式绿色邮筒也成了罕见之物。

英国女孩彬彬有礼

10点47分，这一带是纳瓦拉大学校区，一大片绿茵茵的草坪。三个女大学生抱着书本走下公交车，朝校园走去。

一个背登山包的女孩在拍一座小石桥，我们相遇同行。这个英国女孩，29岁，是音乐教师，也是小提琴手，背一个七八公斤的包，走得轻松悠闲。

我问英国女孩：你为什么走朝圣之路?

英国女孩说：有几点原因，一点宗教，但不是天主教徒，一点文化，一点运动，混合的。

英国女孩问我：你的年龄?

我答：60岁。

贝壳图标是圣地亚哥朝圣之路标识，黄色箭头指示方向

女孩说：我爸爸 59 岁，妈妈 52 岁，爸爸自己开一家商店。

我问：你爸妈支持你走朝圣之路吗？

女孩说：他们支持，但不会走这条路，他们觉得自己年龄大了。

我说：你告诉你爸妈我走过这条路。

路过一个小镇，英国女孩说要去路边咖啡店买个三明治，顺便去看看小镇的教堂。

与英国女孩同行很愉快。女孩走路轻快，我拖着一条带伤的腿，膝关节疼，脚趾痛，每走一步都是痛。我一个人慢慢走，绕过小镇的大转盘，看见路边有一个长椅。英国女孩已走远，在小镇教堂前转悠。此时周边无人，我就放肆一把，脱掉鞋，抬起带伤的腿和脚，翘到长椅的扶手上。

歇息了很长时间。继续沿公路走，半个小时后见到一个石碑路标。石碑顶部有一只大号登山靴，它告诉每一个朝圣者：我能走，你也能走！

这是一条村路，沙石路面，有大鹅卵石，有细碎沙粒，还有杂拌棱角碎石，可以通汽车、拖拉机，两旁是一望无际的草场和油菜花。

不知是什么时候，英国女孩悄然走到了前面，女孩脚步也慢，东瞅西看，后来干脆坐在沟旁草地上，掏出刚买的一尺长三明治。

与英国女孩拜拜，单独前行。

一个木杆上有几个箭头路牌，其中一个指向女王桥——Puente la Reina 17.2 km。

又走到一个木杆路牌前，箭头路牌指向女王桥 14.6 公里。我用手机计算了一下，这一程的速度是每小时 3.25 公里。

一路上，没有人停下来等你，超过你是因为你停了下来。

一路上，朝圣者留下的只是脚印和登山杖戳的泥孔。

村吧小憩

下午 2 点，走到山村 Zariquegui，离女王桥还有 10.8 公里。在村口客栈前，一位韩国女士邀我一同进酒吧休息。酒吧很小，有五六张桌子，有几拨朝圣者，店内有几个登山包，店外有一堆登山包。

吧台有一圈高台吧凳，韩国女士坐左边，我坐右边。我的右手是一对男女年长顾客，不带疲惫的样子，不像朝圣者，也不像本地人。

韩国女士要黑咖啡，我要加奶咖啡。韩国女士来自马德里，英语不好，我们交流不畅。我听见旁边这对夫妇讲纯正的英语，煞是高兴，于是插入他们的谈话。

这是一对澳大利亚夫妇，每人面前有一杯红酒，先生 69 岁，女士 65 岁。大叔少了一颗牙，说话有点漏气。他们从龙赛斯瓦耶斯启程，绕过了比利牛斯山那一段 27 公里，计划用 50 天走到圣地亚哥。这座小楼一层是酒吧，二层是客栈房间，澳大利亚夫妇今天住在这里。

澳大利亚夫妇告诉我，他俩每人背一个 7 公斤包。

我说：我的包出发时是 14 公斤。

大叔表示惊讶。

我自嘲说：我喜欢收藏东西。

大叔调侃道：我也喜欢收藏东西，但不喜欢背东西。

今天是徒步第 4 天，总结一下：走圣地亚哥之路，千万别背吃的。

下山是一段乱石路。走在乱石路上，我突然产生一种非常自信的感觉，以后的路途不会有问题。

坐在路边木凳上。感觉大脚趾疼，吃 1 片布洛芬。第 1 天背斜挎包引起的左肩酸痛消失了。起身走了几步，回头一看，登山杖倒在木凳下面，忘记拿了。

6 点 19 分，至女王桥还有 7.4 公里，走！沿公路快走了 35 分钟，一个朝圣者也没遇到，也没看见黄色箭头。

一个多小时后，走进小镇 Obanos，听见教堂的钟声。在教堂前草坪的长椅上坐一会儿，教堂钟楼的尖顶直插蓝天白云，阳光还很暖和。

我卷起裤腿，左小腿肿得变粗，腿肚子硬邦邦，像一块石头。我迅速解下箍在左膝关节的医用袜筒。昨晚一个匈牙利大妞好意送我这个医用袜筒，告诉我走路时一定要戴上。

女王桥客栈不见管理员

晚上 8 点 30 分，看到一片草地，一头毛驴，就走到女王桥镇的西口了。西口有一家客栈，是一座二层小楼，一楼冲门是楼梯，楼梯口有一张小桌，桌角边有一块牌子：5 EURO。哦，5 欧元一个床位。

前台无人，一楼左侧是餐厅，人声鼎沸，一群人在喝酒，有几个人见过，有荷兰大卫，有叫不上名字的英国大哥。

前台桌上还有一个小牌，写着两个电话号码。我拨打这两个号码，哪个也不通，听到的是一通西班牙语。荷兰人喝高了，英国人帮我拨打，试着加国家号，加区号，也是拨不通。

英国大哥说：你问那个坐在里面的西班牙人。

那个人说：我不是西班牙人，我是魁北克人。你去看看哪个屋子有空床，有空床就住下。

一层右侧是几间宿舍，都已满员。我上二层，一间满员，推开另一间却几乎是空的，8个上下铺只有3个人，我选了门后靠墙的下铺。

客栈的网还不错，与家人联系，报告平安。

凌晨一点，熟睡中，我被邻铺的人推醒了三次，我迷迷糊糊地用中文回应：怎么啦？突然意识到这是国外，又用英语说sorry，他轻轻地嘟囔了一个词，回到自己铺去了。我不好意思再进入梦乡，眯瞪一会儿，打开手机一看才凌晨一点。这一夜太难熬了，我怎么睡啊！

在黑暗中，我闭着眼睛，一个接一个打哈欠，太困了，却不敢睡，突然右大腿根抽筋，抽得蜷曲起来，蜷曲抽得更厉害，剧疼，绷直腿，抬起来，抬高，一通抻拉，好了。

凌晨两点，我终于抵抗不住极度困倦又进入梦乡。

二十五分钟后，我第四次被推醒。那个人嘟囔了一句英语stupid to do so（干的什么蠢事）。

又过了十几分钟，传来汽车驶过的声音。屋里漆黑，依稀看见玻璃窗。

凌晨五点，我裸露在睡袋外的肘部被重重地推了一下，我第五次被推醒。屋里还是黑得不见人影，不时有汽车呼啸而过。

Part 05

>>> 女王桥—埃斯特利亚
(Puente la Reina)　(Estella)

4月8日　09:57出发　21:00到达　徒步11小时3分　21.5公里

从陌生到朋友

我开始喜欢在朝圣之路上独行，也喜欢最后一个离开客栈。站在窗前欣赏眼前的古老教堂，柔和的金色阳光洒在教堂屋顶上。

上午10点，在一家咖啡店买一根我喜欢的法棍，刚迈出大门就撞上了红衣绿衣二女士。她们见到我非常兴奋，我也很高兴，犹如他乡遇故知。二女士问我这两天住在哪里，比画着问我膝关节好了没有，绿衣女士还模仿自己第1天攀登比利牛斯山时大喘气的模样。她俩说，她们的路线和行程跟我一样，但不走了，昨天和今天在这里住两个晚上，明天回巴塞罗那，星期一上班。

二女士说，她俩在银行工作，边说边比画着数钱的动作，回去上班很无奈，做出悲伤的表情。

阿尔加河上的女王桥，古镇因古桥得名

她俩还告诉我，昨天晚上 8 点左右一个中国人在买东西时钱包被人偷走了。绿衣女士比画了一个偷钱包的动作，嘱咐我小心。

她俩说西班牙语，我说英语，各说各的，连比画带说，后来红衣女士干脆打开手机，用翻译软件交流。

我们互留名字和电子信箱，红衣女士让我给她写信，说她儿子会英语，最后请一个顾客大叔给我们拍合影照，与红衣女士合影，与绿衣女士合影，三人一起合影。

徒步圣地亚哥之路的第 1 天，我们从陌生人成为同行者，第 5 天早上分手时我们已是朋友。

从小镇的东头到西头，沿街有不少骑楼廊柱。女王桥是纳瓦拉大区（Navarra）

的大镇，设有旅游办公室。我走进旅游办公室拿了一份朝圣之路地图和一些资料。大厅里摆放着一张纳瓦拉大区立体地形图，我仔细看了前几天走过的路线，山连山，都是山路；也看了后几天要走的路线，也是山连山，都是山路。

这条长街的最西头有一座教堂，一座古城门。

穿过古城门，豁然开朗。眼前是一条宽阔的大河，河上有一座石拱古桥，建于中世纪，名叫女王桥。女王桥边立有一块信息牌，讲述女王桥的故事，是西班牙语。一位法国女士告诉我，西班牙语 Puente la Reina 就是女王桥。

跨过这座桥，也出镇了。

壮士大哥送药

中午，又走在西班牙的田野路上，沙石土路。

一个动力十足的壮士大哥赶上我，扭头冲我一笑，抛出一句温暖的话：你怎么样？

我说：我的膝关节疼。

壮士停下来，递给我一板药片，说：这是止疼药，一次吃 2 片，一天 2 次。

一路上不断有人向我推荐止疼药，热心送给我药。

我问壮士：你也吃止疼药，管事吗？

壮士回答：我也吃止疼药，疼痛减轻很多。

我问壮士来自何方，壮士答西班牙。

英语的 where are you from，可以回答来自哪里，也可以回答是哪国人。有人这样问我，我回答，我是中国人，我从瑞典来。

开始过一个山头。夜里没睡好，犯困，老打哈欠，总想找个有阳光的草地睡一觉。站住，双手拄着登山杖，闭上眼睛，美美地打了个哈欠。

走几步打一个哈欠，已经是哈欠连连，还流鼻涕眼泪。关节不那么疼了，是不是止疼药管事了？我连续吃了两天止疼药，这几天，每天上午膝关节和大脚趾疼痛比较厉害，下午症状缓和，基本上不疼了，可能是疼痛感麻木了。傍晚，疼痛和疲劳一起袭来。

这是一段陡峭的上坡路，脚下沙石滑动。一个车手推车上坡，打招呼，扬手致意。车手大哥来自意大利，艰难地推着自行车走到坡顶，然后呼啸着下坡而去。

无人售货村屋有 Wi-Fi

来到小村 Mañeru，村口路边有一间无人售货小屋，开放式，地砖地面，中间有一张铝合金桌子，几把椅子，墙边有一个自动售货柜。

神奇了，这个无人售货村屋竟有免费 Wi-Fi！这里静无一人，打开微信，与妻子语音通话，交流这几天走朝圣之路的情况。

一辆小汽车停在门前，一位女士走进来，跟我打招呼，说她是邮递员，早上在女王桥咖啡店见过我。我想起早上那里是停着一辆邮政小车。

女邮递员投币买了一个什么棒，就是一种小包装食品，比冰棍棒略小一点，英语叫 bar。

在小屋足足休息了一个小时，妻子催我上路。吸取昨天的教训，袜筒不能在膝盖上箍一天，解下来，出发上路。

古老残桥

下午 3 点，到达一个没记住名字的村子。

穿过一座古残桥，沿古老的石阶而上，右手是一段残墙，脚下是残石残砖。

两个青年骑行者，一男一女，小伙子扛着爱车走下台阶，回去帮女孩，两人在古桥上推着自行车走，跨过古桥，又得扛着爱车上台阶。

古桥上边是一座现代桥。跨过这座现代桥，眼前还是一条无尽的乡村沙石路。

一块蓝色路牌写着 Estella 12.8 km，底下一行小字 Lorka 5.3 km。中国不少城市

76 岁丹麦奥登斯人 Arne Skov Schmldt 墓碑

的高档别墅小区取名洛卡小镇，真正的洛卡小镇到底是什么样子？

那两个青年骑行者赶上来，微笑着进入我的镜头。

西班牙北部古桥多，眼前这座历史名桥叫双孔桥。跨过萨拉多河（Rio Salado）上这座中世纪双孔桥，见路边土坡下有一个十字架纪念碑，走到近前，弯腰仔细看，是丹麦文，凭我这点瑞典语，竟看懂了。纪念碑是丹麦朝圣者协会立的，不锈钢碑文是：丹麦奥登斯人 Arne Skov Schmldt，1935 年 5 月 12 日生，2011 年 5 月 16 日在朝圣之路途中逝于此处。你在一瞬间离开了，你永远在我们的心里。落款还有逝者的亲人 Pia。

我拐过纪念碑，依草坡坐下，小腿有点微肿。

洛卡小镇

下午 5 点 40 分，又穿过一个桥洞，爬上一个高高的山坡，走进洛卡小镇（Lorka）。在一家酒吧喝咖啡，灌一杯热水。

这家酒吧的二楼是客栈，几个朝圣者住在这里不走了。这种私人客栈沿途很多，大都是客栈加酒吧的模式。

喝一杯咖啡，休息提神，肚子还是饿的。路边有一家商店，走到近前往里看，一个奶奶级店主正要撤离，看见我，过来开门。我买了酸奶、香蕉、香肠和法棍。老奶奶很和蔼，但我累了，已经无力交流。

走出洛卡小镇。中国人似乎都知道洛卡小镇这个名字，天津还有个洛卡小镇商业中心和洛卡小镇高档小区。洛卡小镇的原型是这里吗？

在洛卡小镇多坐一会吧。

又见路牌：Estella 2.4 km。

我的双腿平均年龄 50 岁

晚上 9 点，走到埃斯特利亚（Estella）公立客栈，推开厚重的大门，办理手续，拎包入住。二楼有两间宿舍，可以说是两间大教室，一间满员了，另一间用家具板隔出了四个“断间儿”，两头靠窗的“断间儿”还有空床。我选择了最左边的断间儿，三个双层铁床摆成一个“雪”字底，中间一横是我们活动的空间。一个高大健壮的男人躺在下铺，他的上铺空着。

几个女士正在忙碌着，我问可以睡在这里吗？她们爽快地说可以。对面的女士坐在床边写日记，右边下铺女士在护理脚，她来自加拿大，64 岁。她的上铺是黑人女士，来自澳大利亚，热情友好，告诉我，没有罩上一次性床罩的就是空铺。

我说：我的右腿是 30 岁，走路不疼也不酸，我的左腿是 70 岁。

黑人女士问：你的双腿平均年龄 50 岁，你多大岁数？

我说：60 岁，刚过 60 岁。

两个白人女士和一个黑人女士齐声祝贺：生日快乐！

在一片欢声笑语中，我爬上了我的床铺。

Part 06

>>> 埃斯特利亚—洛斯阿尔科斯
（Estella）　　　（Los Arcos）

4月9日　09:00出发　21:30到达　徒步12小时30分　21公里

埃斯特利亚客栈

走朝圣之路的第2天膝关节疼，第4天大脚趾肿痛，背包必须减重。走过大厅，见十几个登山包散放在墙边门旁。有的人背不动包了，有的人不想背包了，不背包好办，出租车提供送包服务，将包送到下一站，按包计价，收费在5—8欧元之间。

我感觉空手走朝圣之路是不完美的，是一个瑕疵，我还能咬牙坚持！

走出客栈大门，伫立一看，这家客栈是现代风格，又有古典风韵，橘红色墙壁左侧是古代朝圣者画像，右侧是西班牙语Albergue的木刻艺术。

见到传说中的酒泉

上午十点半，上坡路，走到第一个村子。

站在坡顶，俯瞰远近风光，远方有一座恢宏的修道院和一个大酒庄。

穿越公路，绕过葡萄园，眼前就是酒泉。

酒泉在一个幽静的小院，酒泉壁上有酒庄的名字 Bodegas Irache，建于 1891 年，迄今已有 125 年历史了。

这就是朝圣之路上久负盛名的酒泉！

我有一种兴奋感，酒泉的酒是怎么流出来的？酒泉的酒是什么味道的？

我凑到近前，酒泉壁上有两个不锈钢水龙头，用手轻轻一碰，红酒哗哗流出来。我的保温杯里有龙井茶，舍不得倒掉。我用杯盖勉强接了一点，喝一口，感觉有点涩。

一个大叔走过来，用塑料水瓶接了一点，大妈给大叔照相，我跟大叔大妈打招呼。

大叔说：我们是德国科隆人，开房车过来的。我们都退休了，去年 10 月开车去西班牙南部，那里暖和，待了 6 个月，现在是在回家的路上，路过有意思的地方就停下来看看。

我用开玩笑的语气说：你们很富啊。

德国大妈小声说：走在路上比待在家里还省钱呢。

大妈喜欢照相，给我照，给我和大叔照合影，几张照片上都有大妈手指遮挡镜头的痕迹。

来了一位猛士，侧身弯腰，扭头噘嘴，打开酒龙头，直接饮。后面又陆续来了几个朝圣者，寂静的酒泉小院热闹起来。

酒泉壁上有两段文字：

Irache 酒庄传统酿酒器具

我们很高兴邀请你品尝，如果你要带走，请购买。

朝圣者，请喝一口美酒，充满活力地走到圣地亚哥，祝你开心。

这就是传说中的酒泉！喜欢品红酒的朋友一定不要错过哦。

Irache 酒庄博物馆在酒泉的后面，是一座平房，有地面和地下两层，地面是展示厅，地下是酒窖。我走下酒窖，墙壁上有一排大酒罐，通道上展示着传统酿酒器具。

地面层展示酒庄的图片、奖状和几十种样品酒。

这时进来一对老人，服务员与他们用西班牙语聊天，我想问点什么，也不方便了。

博物馆外是分岔口，有两个路牌，左线到洛斯阿尔科斯 17.4 公里，途经 Luquin 6.6 km，右线到洛斯阿尔科斯 19.1 km，途经 Azqueta 4.7 km。

一个德国女孩晃晃悠悠走过来。

我问她：看到酒泉了吗？

她摇头。

我问她：参观酒庄博物馆了吗？

还是摇头。

女孩手里拿着一本最流行的朝圣之路旅行指南。几乎所有的欧美朝圣者都用这本书，英美人用英语版，德国人奥地利人用德语版，法国人用法语版，西班牙人用西班牙语版。

女孩说：我要走左线，那是一条山路，稍近一点；你走右线吧，远一点，没有高山。

女孩还说：我想自己一个人走，静静思考。

走在朝圣之路上没有一个人害怕孤独，也没有一个人不喜欢孤独。

我独自一个人走，一拐弯，看见一个大哥躺在路边管道的水泥斜坡上，头枕登山包，翘起双腿，光着一只脚丫子。好舒服啊，壮士！我问壮士哪里人，原来是西班牙哥们儿！

西班牙长者为五走朝圣之路热身

中午 12 点，就要穿过这个村子时，一位长者迎面走来，双手持登山杖，步履矫健。我停在路边，举起手机拍照，长者很配合，放慢脚步。

长者是本村人，72 岁，走过四次朝圣之路，正在计划第五次走朝圣之路，在做热身训练，每天走七八公里。

长者打量着我的背包。

我说：从圣让·彼耶德波尔出发时是 14 公斤。

长者说：太重了，你不应该背这么大的包。

我问：你背多少？

他说：只背 7 公斤。

长者问：你来自哪里？

我说：我的家乡是中国天津，天津有一家西班牙食品厂，生产可可粉，品牌是高乐高。

长者很高兴地说：走在朝圣之路上，我就喝高乐高，高乐高热量高。

20 世纪 80 年代末，西班牙高乐高公司在天津建厂。我当时在天津外国语学院工作，我的同事张老师被高乐高聘为特别助理，帮助高乐高建厂。张老师学西班牙语出身，西班牙语很棒，曾给国际奥委会主席萨马兰奇做过翻译。有一天张老师带回高乐高的宣传歌，请我帮忙润色他翻译的中文歌词。歌词我忘记了，歌名还记得很清楚：我是一个黑孩子。

另一个老人牵着狗走来，两位老人交谈起来。

连背的一张纸都是有分量的

走进小村 Azqueta。小广场有长椅，有泉水，休息，喝水，灌水。我决心扔掉一部分旅行指南。这套资料约 500 克，每天的行程有几页纸，把前几天走过的行程扔掉，以后走一天扔一天的。

走在路上，背包越走越重，连背的一张纸都是有分量的。

走出村口，距洛斯阿尔科斯 13.4 公里。

走到下一个村子 Villamayor de Monjardin，在路边椅子上坐一会儿。

田边路上有一间房子和一个棚子，棚子里有一溜石台，把红雨披铺在石台上躺一会儿。

瘸腿倒走进小镇

晚上 8 点 20 分，终于看见洛斯阿尔科斯镇牌。牌子上有十来个标识，标明这个镇有旅馆、旅游信息点（大镇有旅游办公室，小镇和村庄立一块信息牌）、教堂、学校、药店、运动场、朝圣客栈、咖啡店、酒吧、餐馆。

走进洛斯阿尔科斯主街，新铺地砖，干净。

这条街真长啊，至少有一公里吧，还是我走得太慢了？我的膝关节很疼，我是一步一步倒着走进来的。

教堂亮着灯光，钟楼很亮，路边的骑楼也很亮。

在路边见到会说中国话的韩国小伙子，他让一个台湾女孩给我带路。几分钟后，我走到客栈的前台，女主人接待我，办理登记手续。

我说：我没有零钱了，只有一张500欧元的大票，可以收吗？

女主人说：可以。

我掏出那张大票交给她，她转身去里屋找钱，过一会儿，又出来找男主人。

男主人接替女主人接待我，表情严肃地告诉我，找不开这张大票。

他说：万一，只是万一，这张票是假的，我负不起这个责任。

他接着说：没关系，我不会让你睡在大街上的，你先住下。你带银行卡了吗？

我点点头。

他说：广场上有两个取款机，你可以去那里取钱。

说完，他带我出门去另一处房子，走到院子中间，又带我回来，安排我住在前台隔壁的房间。这间屋有两个双层床，门就是一个塑料拉帘。旁边的办公室是管理员的宿舍，朝圣者住在二层，一层很安静。

我迈着疲惫的双腿，走出客栈，绕过教堂，来到小镇广场。一家银行的侧门里有自动取款机。我插进银行卡，在机器界面上选择英语，按照指令操作，取了50欧元。

我到小店买了一堆食品，该好好吃顿饭了。

回到客栈，交费，去餐厅吃饭，一边吃，一边跟几个德国孩子聊天。睡觉前，跟妻子商定，就按原来的行程和这个速度走，不改计划了。

Part 07

>>> 洛斯阿尔科斯—比亚纳

（Los Arcos）　　（Viana）

4 月 10 日　09:15 出发　19:30 到达　徒步 10 小时 15 分　19 公里

72 岁比利时大叔与老伴儿做搭档

早上 8 点 52 分，女主人在收拾阳台的垃圾，我举着日记本，比画着说找他的先生签名。女主人大声一呼，男主人从院子对面的房子走过来。我先给管理员夫妇拍了一张合影，又跟男主人照了一张合影，然后请男主人给我签名留念。

大叔告诉我，他是比利时人，今年 72 岁，家住安特卫普附近。

大叔说：我原是施乐公司的售后工程师，退休多年了。我有两个孩子，孙子都 14 岁了。去年冬天，我和妻子，就是女管理员，开房车去西班牙南部度假，3 月 17 日开车到这里做志愿者。我们住在客栈的办公室，负责管理和打扫卫生。这回工作 4 个星期，因为没有合适的接替者，下周五，也就是 4 月 14 日，开我们的房车回比利时。这样，度假并做志愿者，是开顺路车，比从比利时专程开车来做志愿者经济。

大叔还告诉我：我自己走过一趟圣地亚哥之路，我和老伴儿骑双人自行车走过一趟圣地亚哥之路。2007年起我开始做朝圣之路客栈志愿者，原来跟一个朋友做搭档，2012年起我和老伴儿做搭档。

国内现在有一句时髦的话：我和你一起慢慢变老，优雅地老去。

72岁比利时大叔和他的老伴儿就是榜样啊！

9点15分，出发。背上登山包，手持登山杖，一副全副武装的模样。朝圣者都走了，只好请清洁工给我拍一张照片。

坐过的石头都有感情

一条沙石土路，笔直，通向远方。

弯道口有一个石碑路标，背后是一个石头垒的小屋，屋顶长着草。回头望，是一片绛红色草地，路旁是黄花；远景是碧绿草场，远方是连绵的山，覆盖在蓝天白云之下。

坐在路边啃面包。风大，从南面刮来。一路上膝关节不疼。渐渐感到背包往下坠，膝盖也有点感觉了。

走在圣地亚哥之路上，坐过的石头都有感情。

小树上挂着一块白牌子，提示前面有一个酒吧。

11点17分，看到路标。前方20米是一条公路，须小心穿行。

膝关节开始剧烈疼痛起来，吃1片布洛芬，没水了，用口水咽下去。西班牙的公里是不是比标准公里长啊？两个小伙子健步如飞，很快超越我，传来登山杖点击路面的清脆声音。

公路上，两个西班牙小姑娘身背小包，体态轻盈，如同走在上学的路上。

11点50分，到达第一个村子Sansol。

匈牙利小姑娘尼克迷茫了

走到下一个村子，爬一段很陡的坡，迎面是 Casa Mariela。这家楼上是客栈，楼下是咖啡店。我买了一杯咖啡、两盒酸奶、一听可乐、一袋火腿，看看插在篮子里的法棍，怕不是今天出炉的。小伙子店员看出了我的小心思，抽出一根，双手一掰，嘎巴折断，教我一招辨别新鲜法棍。

店外遮阳伞下，我吃下喝下这一堆东西，体能消耗太大了。我的旁边是一位匈牙利姑娘，身材苗条，穿着人字拖，饮一罐啤酒，低头写日记。

小姑娘说：我叫尼克，是绰号。我 24 岁，工作几年了，是学前学校的老师。我的工作合同到期了，不知道今后干什么，有些迷茫。我今年 2 月开始计划走朝圣之路，4 月 5 号从圣让·彼耶德波尔出发。

我说：我是 4 号从圣让·彼耶德波尔出发的，你比我快一天。

尼克说：我先是飞到巴塞罗那，从巴塞罗那乘大巴到潘普洛纳，又从潘普洛

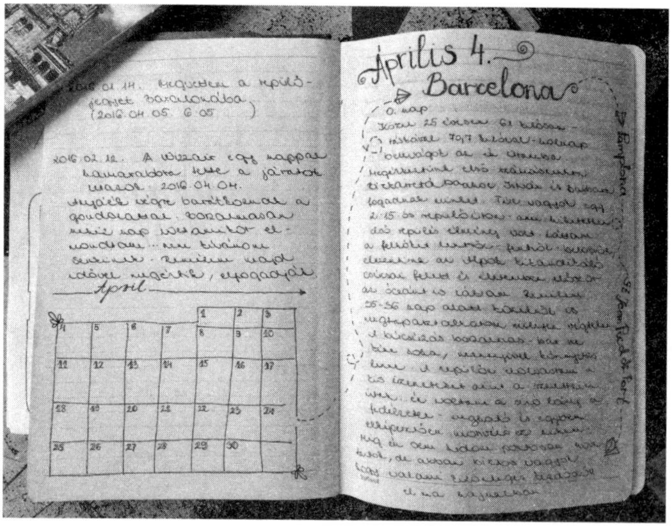

尼克姑娘的日记和手绘日历

纳乘大巴到圣让·彼耶德波尔。

我们走的是同一条路线。

我们聊得很有气氛。小姑娘把她写的日记给我看，是匈牙利语的，我看不懂文字，但看懂了姑娘手绘的4月徒步日历和巴塞罗那→潘普洛纳→圣让·彼耶德波尔路线图。

我告诉尼克小姑娘：迷茫没关系，你正在迷茫的年龄，你们的选择太多了，每做一件事情最好把它做完做好。

尼克把我说的话记了下来。一个很可爱的小姑娘，我把半板巧克力和一把干果给了她。小姑娘说她喜欢巧克力。

我起身说，我们路上见。

穿行小村，一户村民的院门口放着一张小桌子，上面摆放着两个小篮子，藤编的小篮儿里有几个苹果、梨、香蕉和橙子，竹编的小篮儿里有一堆棒状小包装食品。苹果、梨等是0.4欧元一个，小食品是0.5欧元一包，桌上有散落的十几个欧元和一个贝壳。

我把一个黑布手袋挂在路边一棵迎春花的枝条上。又减轻了20克吧?

棚吧墙上的涂鸦

下午3点19分，林地中羊肠小路。一棵松树上钉着一块粗糙的木牌：Casita Lucia Bar 100 Mts（意思是100米外有个酒吧）。

山上有一个棚子，顶子可以遮雨，有两面简易墙，有两摞塑料椅、一摞塑料桌，都是西班牙人喜欢的红色。

吧台是空的，没有东西，迎面墙壁上是满墙的文字和图画，都是朝圣者留下的即兴之作。

这是一个简易棚吧，一路上见过几个。我走进这个无人棚吧，把红雨披铺在沙石地上，躺下来歇歇腰腿。躺了一会儿，站起来看墙壁上的涂鸦，文字大部分

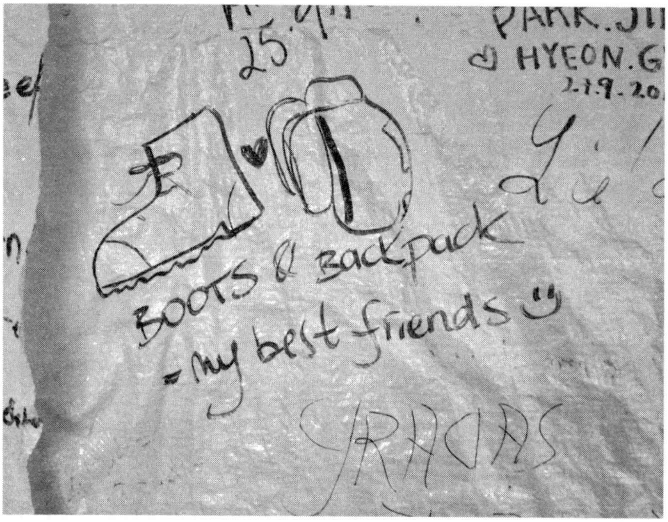

靴子和登山包 = 我最好的朋友（笑脸）

是西班牙文，也有法文、意大利文，我看不懂。韩文日文也看不懂，但能猜出一点意思。我选几段精彩的文字，英文的：

◇ 靴子和登山包 = 我最好的朋友（笑脸）。

我的点评：很容易懂。

◇ 无论你走到哪里，你都会找到家。当香蕉皮脱落的时候，我会滑到你的身旁。

我的点评：有点晦涩。

◇ 朝圣之旅愉快！

我的点评：我懂这句西班牙语。作者画了一幅台湾草图，在岛的北部标了一个点，注明台北。

◇ 这是我的第二次朝圣之旅，每次都不错，我的心灵和身体又统一起来。一次真正的徒步行走！

我的点评：到目前为止，我还没有这样的体会。

◇ 真理是非常简单的，如果真理不是简单的，它就不是真理。

我的点评：有这么简单吗?

◇ 爱就是让恐惧走开。

我的点评：每一个字母都是大写的，作者很坚定。

这面墙上我没有看到中国字，感到有点遗憾。

距比亚纳还有 7.4 公里

快 4 点时，看见路牌，距比亚纳还有 7.4 公里。

陡峭的下坡路，坡度是 10%。

一棵松树下有一块路碑，树荫下凉快。我把路碑当石墩坐，屁股坐上了，但背上的登山包却往下出溜，把屁股也拽了下去，左手把着碑身，却拦不住身子往下坠，仰面翻倒在草地上。

一个壮士走来，见我没事，匆匆走过。壮士脚穿轻便运动鞋，把两只登山靴拴在包上，给人的感觉是，这点山路不在话下。

不远处的橄榄林里，一家三口在忙碌着，是爸爸、妈妈和儿子。地头上停放着一辆汽车，农民是开车来地里干活。

坐在田头路边草地上，喝干杯里最后一滴水。远处驶来一辆汽车，司机大叔开到近前停车，跟我说了一通西班牙语，我猜不出是什么意思，只能微微点头。

上山艰难，下山痛苦。

很多朝圣者在你的眼前匆匆走过，但圣地亚哥之路还在你的脚下。

5 点 40 分，路牌指向前方 Viana 3.8 km，胜利在望。

走在公路的右侧。一辆摩托车从身后疾驰而过，车手伸出左手示意。我是不是走错了？走在公路上，我到底应该走在哪一侧？我觉得走在左侧有道理，对面来车我可以站在路边避让，或走下公路避让，于是我从公路右侧跨到左侧。

看到路牌 Viana Jardin 和朝圣之路的路标，路牌下面是 Izar 客栈指示牌，牌子上有 8 个图标：床、Wi-Fi、餐厅、咖啡、淋浴、洗衣机、自行车、户外花园，距离 300 米。

看到公立客栈的路标。这是我要投宿的客栈。

穿行比亚纳主大街，路过大教堂。

7 点 30 分，走到客栈。不想去餐馆吃饭，也没工夫去餐馆吃饭。在教堂旁的小店买了一盒微波炉海鲜饭，请女店员帮我加热，还买了一袋 110 克装的西班牙火腿。又到另一家店，买了 4 盒酸奶。回到客栈，坐在餐厅，先吃热乎乎的海鲜饭，不好吃，还是把它当能量吃到肚里了。

睡觉前，给妻子发了几条微信：

我只有路上跟人聊天，记在手机上，晚上 9 点走到客栈，人累了，反应慢了，干不了事了。

今晚 4 个人一间大屋，空 4 个铺，8 欧元。这个地方大点，有几家客栈。

同屋有三个德国人，63 岁德国大叔，背 10 公斤包，睡袋超轻只有 550 克；66 岁德国大叔，背 8 公斤包，睡袋才 750 克，还带一个防潮垫；24 岁德国女孩，背 10 公斤，加水才 11 公斤。

今天背包走路还行，昨天最累，倒着走五六公里进小镇的。我把许多东西扔掉了，早上把肥皂都扔了！临行前，掂掂每一件，都很轻；走在路上，掂掂每一件，也都很轻，但加起来就重了。为什么要扔掉呢？都是再三考虑才带出来的。

Part 08

>>> 比亚纳—纳瓦雷特
（Viana）（Navarrete）

4 月 11 日　09:00 出发　20:40 到达　徒步 11 小时 40 分　22.5 公里

与捷克乞丐朝圣者对话

9 点 40 分，背着登山包，手提两个食品袋，快出镇子时，看见匈牙利小姑娘尼克走过来。

我和尼克坐在马路便道牙子上吃早餐，她吃苹果，我吃法棍、点心和草莓，也送给小姑娘几颗大草莓。过一会儿，美国女士琳达走来加入了我们的早餐会。

10 点 10 分，我们三人一起上路。

之后，独自一人走，走进一个村庄。一个老太太在路边摆一个摊，卖一些小纪念品，还给顾客盖纪念章，一只老狗趴在她的旁边。我坐在老太太对面的长椅上休息一会儿。

走小村街上，下起急雨，赶紧找雨披和防雨罩。

走到洛格罗尼奥（Logroño）河畔公园。这里有一个月季花坛，膝关节疼如针扎，坐下来吃早上买的小点心、火腿、法棍。包里有昨天的法棍，咬不动扔掉，还扔掉一袋葡立胶囊、维生素 D，这些药品保健品是现补无效的，继续减重。

一个朝圣者背着包，逆行而来，一边走一边用英语自言自语：我不能走了，我不能走了。他在河边公园来回走了几趟，有几拨朝圣者路过，只有一个人停下来几秒听他说话，又匆匆走了。

这个人坐在了我对面的长椅上，我上前跟他攀谈。

他用英语说：我是捷克人，从意大利罗马出发，边走边打工，用 12 个月 23 天走到圣地亚哥。我要走回罗马，口袋没有一分钱了，我两天没有工作，没钱吃饭，没钱住客栈。

我看看眼前这个乞丐朝圣者，他有一个背包，一个睡袋，两个睡垫系在包外。

乞丐朝圣者从包里掏出朝圣证书给我看

他抬头看看我，从包里拿出了一张圣地亚哥颁发的朝圣证书。我从来没见过真正的朝圣证书，因为这张证书，我对眼前这个乞丐朝圣者产生一丝敬意。

我已经走了八天，至少还要走二十四五天才能走到圣地亚哥，走到圣地亚哥才能领到这样一张证书，而我眼前的这个乞丐朝圣者正在自豪地向我炫耀着这张证书。

我给了他一欧元。

他特别高兴，说：可以买一根法棍了，不，可以买两根法棍。

我问：你没有钱睡在哪？

他环视了一下公园说：就睡在这里。

我问：你都做什么工？

他说：扫地清洁工都干过。

2 点 40 分，上路，穿行洛格罗尼奥市区，又下起雨来，在议会广场酒吧小憩。

4 点 15 分，在公园整理背包，仿佛整理一下背包就能减轻一些重量。

远远看见一个大型超市。我已失去购买食物的欲望，我背上的包已经快要压倒骆驼了。

又过一座桥。在小亭休息。

路过 Nacido 酒庄和葡萄园。Nacido 酒庄竖立着一块广告牌，指示这里距圣地亚哥还有 576 公里。

一路上没有同行者。

晚上 7 点 41 分，看到教堂的尖顶了，离今晚住宿地不远了。

向管理员大叔要三个鸡蛋充饥

一个小时才走到纳瓦雷特（Navarrete）公立客栈。门口两个吸烟的青年人说，可能没有床位了，热心地带我去找管理员。

女管理员说：没有床位了。

我以央求的语气说：我实在走不动了，我可以睡在地板上。我的包太重，又下雨，走不动了。

女管理员给另外一个客栈打电话。

电话没打通，管理员大叔走过来，凭我的经验，他俩是两口子。

大叔说：你等一等。

他去楼里转了一圈，回来一句话也不说，坐在前台，表情严肃。我的运气真好！登记，收费，通行证上盖章，走完这套程序，大叔带我上楼，二层是厨房餐厅和宿舍，三层是宿舍，直接走到通往四层的楼梯口打开锁。

四层是这座楼的顶层，有屋脊，平摆着二十来张床，很冷，可能是夏天旺季才开。大叔说柜子上有毯子。我走到离楼梯最近的一张床，就是它了。

我很累，也很饿，一瘸一拐下楼去餐厅。管理员夫妇和几个长者在餐厅聊天，炉灶旁有一盒鸡蛋。

我问管理员大叔：我可以买几个鸡蛋吗？

大叔说：不用买，给你几个。

我说：我买 3 个。

大叔递给我 3 个鸡蛋，不要钱。

我饿坏了，找到一口小锅，用小锅煮鸡蛋，在一旁盯着，像个饿狼。

刚才帮我找管理员的哥们儿正在准备晚餐，剥洋葱皮，切香肠，二十岁出头的小伙子在一旁打下手。

我们站在厨房聊天。我这才看清这哥们儿，四十岁上下，他和小伙子都是比利时人。

我去过比利时，女儿在比利时安特卫普上大学时，我在那里住过一个月。安特卫普大河很美，安特卫普火车站是世界上最漂亮的火车站。我也去过布鲁塞尔，布鲁塞尔的老城广场很漂亮，还去过几个小城市。

鸡蛋煮好了，用冷水激一下，在洗菜盆边剥开皮就塞进嘴里一个，我顾不上斯文了。

比利时哥们儿说：我想请你与我们一起吃晚餐，我们吃 spagetti（意大利面条）。

我嘴里有鸡蛋，含混不清地说：好，谢谢。

我在橱柜上找到一个小碟，也找到盐，走到餐桌，剥皮沾盐，又吃了 2 个鸡蛋。

饥饿是硬道理，我已顾不上吃 3 个鸡蛋有多少胆固醇了。我自己都佩服自己，我的耐饥饿能力如此超强。

管理员大叔坐在斜对面，不时地看我一眼，也许他在想，今天来了一个饿鬼。哈哈，管不了那么多了。

我吃完 3 个鸡蛋，一瘸一拐地爬楼梯到顶层，从登山包里翻出那小半袋混合干果，有大油果、腰果、杏仁。我把干果袋递给管理员大妈，大妈没吃，大叔抓了几个。我顺口说了一句：这是我的紧急备用食品。我问自己：路上饿了为什么不吃干果呢？路上有水的时候，不饿，没水的时候，本来就很渴，也就不想吃这种费唾液的干果了。紧急备用，也有这个意识，要不早就吃没了。

比利时哥们儿侠义请晚餐

比利时哥们儿做好 spagetti，一老一少往餐桌上端。这哥们儿做的 spagetti 是比利时风味，一般的做法是肉酱，他的做法是把香肠切成块炒洋葱头，浇上西红柿酱，最后放入煮好的螺丝意面，搅拌均匀入味。

这一锅 spagetti，通红鲜亮，热气腾腾，香喷喷诱人。比利时哥们儿给每人盛上一盘，又拿出一袋奶酪丝，在自己的面上撒上薄薄一层。我不要奶酪丝，觉得这盘 spagetti 已经很正宗了。

在朝圣之路上，在西班牙北部的小镇纳瓦雷特，能吃上比利时人亲手做的一顿正宗的比利时风味意面，这个概率比天上掉馅饼也大不了多少。

我们三人举杯庆祝在朝圣之路上相逢。他俩喝的是一种粉红色饮料，我喝绿茶。吃了半盘子 spagetti，不是很饿了，是听故事的时候了。

比利时哥们儿说：我的家在比利时南部的一个小镇，比利时南部是法语区，北部是荷兰语区。我 44 岁，小伙子是我的教子，20 岁，刚刚高中毕业。我 4 年前走过一趟朝圣之路，有一些经验。他毕业了，不知道干什么，那就走朝圣之路吧。我的职业是造型师，开了两家美发店，雇了 3 个人，自己当老板，也给顾客做头发。我俩是 4 月 6 号从圣让·彼耶德波尔出发的，计划 5 月 2 号飞回比利时。

小伙子不会说英语，静静地听我和他的教父聊天，不时腼腆一笑。

万分感谢比利时哥们，先谢盛情邀请，再谢美味佳肴，最后道晚安。

我想去冲个澡，四层没有厕所和洗浴间，到二层宿舍淋浴间，脱掉衣服，放了半天水，水就是不热。淋浴间的水泥地面是冰凉的，溅落到地面的水也是冰凉的，我的双脚好似伸进一盆冷水里。我不敢洗冷水澡，穿好衣服退出来。

吃了 3 个鸡蛋和一盘半 spagetti，体能恢复好多，坐在餐厅里跟妻子通微信。

——你说的乞丐，我怎么觉得他是骗子。打一天工能消费好几天呢！

——比利时哥们儿走了 34 公里，08:15 出发，18:20 到住处。

——管理员大叔给我 3 个鸡蛋。有钱也没力气去外面吃饭。

——明天去邮局寄东西。今天背包有点怵！台北买的外套不防水，穿上也走不动，背着抱着一般沉。

已是 10 点，管理员大叔大妈来查看，嘱咐保持安静，没有轰人关门。这一对马德里夫妻志愿者很有人情味。一路上住了 8 个晚上，多是住在教堂附属建筑，晚上 10 点锁大门，断网络。今晚这里有网是特例。

Part 09

>>> 纳瓦雷特—纳赫拉
（Navarrete） （Nájera）

4月12日　09:40出发　20:20到达　徒步10小时40分　16公里

极度疲劳难入眠

走朝圣之路，每天走二三十公里山路，负重十几公斤，走到宿营地已是精疲力竭。

沿途的公立客栈，恪守一个严格的规定：中午12点（或11点、13点、14点）开大门，放朝圣者进来，床位有限，先来先得，满员为止；晚上22点（或22:30）关大门，不允许出入。公立客栈还规定：早6点开大门，允许朝圣者离开，8点清场，所有住宿者必须离开。不少客栈对早8点清场的规定执行得比较宽松，但早6点开大门放行的规矩一般不破。客栈晚10点熄灯的作息规定保证了朝圣者有充足的睡眠时间。

我是个比较能睡的人，可我哪天也没有睡好，一直是睡眠不足的状态。在几

独自一人睡在纳瓦雷特客栈的顶层

个人的小房间，在几十个人的大房间，打呼噜的大有人在，不是你的下铺就是你的隔壁，你今天吵醒别人，明天别人就可能吵醒你。

晚上熄灯后，黎明前的黑夜，总会有人摸摸索索地找东西，发出窸窸窣窣的声响；还有个别人戴着头灯看书，写日记，刺眼的灯光随头的摆动晃来晃去。

这些都是外部干扰，更多的时候，我半夜常常被自己的躯体折腾醒，被肩、胯、腿不由自主的扭动折腾醒。我知道腿不会老实顺溜地待在睡袋里，睡前把睡袋拉链打开，给腿留出更大的空间，热了，腿自然会伸出去，冷了，腿自然会收回来。有好多回，我清醒地意识到，我不由自主地扭动左胯，扭动左腿，弯曲左膝，绷直左脚，有时双肩也会扭动，肩、胯、腿一起发力较劲，关节扭动嘎巴嘎巴作响。

走了一天的山路，肩、胯、腿、膝、踝极度疲劳，大脑过度疲劳很难入眠，肢体极度疲劳也很难老实。

这一夜，我独自睡在顶层，房间冷点。我已吃饱喝足，也与家人微信畅聊，无忧无虑，会睡一个好觉的。

夜间一点多，我被一阵尖刀割肉般的疼痛刺醒，我的左脚大脚趾急性痛风发作了。疼痛钻心，疼痛难忍，我轻轻地呻吟起来，哎哟，哎哟。我蜷缩在床上，一动也不能动，大脚趾触到睡袋就是一阵钻心剧疼。我只能忍着，忍着，等待疼痛像风一样飘走。

有一阵子疼痛缓和了一点，不是那么剧烈了，三点来钟，又是一阵发作，才渐渐平息下来。四五点钟，我下楼去洗手间，是用脚后跟走下楼梯的。我的大脚趾已经红肿起来，一点也不能打弯。

凌晨急性痛风发作，逼我下定决心减轻负重。八点多钟，我把背包里的东西都折腾出来，一一过手，用不上的东西，可用可不用的东西，都塞进了斜挎包，然后把斜挎包装进一个大塑料袋。我的返程是从马德里飞到斯德哥尔摩，我准备把这些东西寄到马德里。

一层大厅小桶里还有最后一根登山杖，肯定是我的。所有的朝圣者都离开了。

女主人对我说：你应该停止走路，继续走路会加重你的病情。

我说：我也许要在这里休息一天。

女主人说：可以。你也可以把包留在这里，下午再来登记入住。

女主人和大叔在打扫二三层的房间。我住的顶层，下楼前清理了一下，没有留下任何纸片碎屑。

一瘸一拐逛纳瓦雷特

今天是晴天，十点钟，阳光照在客栈的东墙上。这是一幢砖砌小楼，底层是石头外墙，小楼与隔壁的楼连成一条骑楼街，大鹅卵石铺地。

穿过这条街，向右拐，坡上是一个小广场，周边有古朴的纳瓦雷特大教堂，一座莲花泉水池，池中有女人取水的铜像，有一个小酒吧。

跨进大教堂的大门，里面空无一人。走进小酒吧，空间很小，比较阴暗，有一两个当地人在看报纸。

小酒吧外有露天座，几张铝合金桌子和几把铝合金椅子，感觉凉飕飕的。一个丹麦高大壮小伙子和一个小姑娘不怕冷，坐在那里吃早餐。

在小城溜达溜达，看看能不能上路，感觉大脚趾肿痛，但可以慢走。走进一个楼门洞里的面包店，买了一根金黄色、热热乎乎的法棍。

又到对面超市买了 4 盒酸奶、2 根香蕉，痛风发作，不能吃肉，只能吃这些不含嘌呤、低嘌呤的食品。

超市旁边是中国人开的日杂用品商店，老板是一对年轻夫妻，浙江青田人。女主人在柜台接待顾客，老板小杨跟我聊天。小杨和妻子三十多岁，来西班牙十几年了，有两个孩子，都是在西班牙出生的。

小杨说：近几年才看到中国人走这条路，每年看见几个，都是年轻人，上个月看见了一个湖南人。

我问：你们走过这条路吗？

小杨说：没有，哪有时间啊。

我说：我的背包太重了，今天半夜还犯了痛风，我背不动了，准备去邮局寄个小包裹，寄到马德里。

小杨说：邮局就在隔壁啊，我陪你去。

邮局寄包裹到马德里

邮局就在隔壁，邮局外观的颜色和标识我都不熟悉，还以为是公司办公室呢。邮局里只有两个顾客，我和前面的黑人姑娘。黑人姑娘说西班牙语，也是寄包裹。女营业员办理业务很慢。

等了二十来分钟终于轮到我了。女营业员不会说英语，我只好说中文，小杨做西班牙语翻译。

我说：我要寄一个包裹，寄到马德里。

我把整理好的塑料袋放到柜台上。

营业员说：买个包装纸箱。

她看到袋里有一个包，又说，寄这个包就行，不用纸盒了。

她用胶带把斜挎包缠了一圈，放到秤盘上，差点3公斤。

她问：寄到哪？

我答：马德里。

她问：谁收？

我答：我收。

她问：寄到哪个邮局？

我答：任何一个邮局都行，最好是市中心的邮局。15天以后我要从马德里飞到斯德哥尔摩，我有半天的时间去邮局取包裹。

她问：我要知道你寄到哪个邮局，马德里有几十个邮局。

我答：我不熟悉马德里，我不知道寄到哪个邮局。我要从利昂坐大巴到马德里。

我进一步补充信息。

她念叨着：机场、火车站……

我对小杨说：你告诉她千万别寄到机场的邮局，机场很大，我是上午的飞机，没有时间去取，一定要寄到市中心的邮局。

这件事还真为难女营业员了。她先打了一通电话，接着用电脑查，找到一个合适的邮局，查看我的护照姓名，打出一张包裹单，告诉我凭这张单子和护照去取，并在马德里邮局的地址一栏上画了一道。

寄一个包裹，2690克，14欧元的邮费，花了将近一个小时。小杨匆匆走了，做老板的没有清闲的时候。

瘸也走，困也走，坚持走到纳赫拉

中午1点，我明显感觉肩上的背包轻了。我在邮局请女营业员称过，背包是

8239 克，包括 4 盒酸奶（4 × 120g）、2 根香蕉和水。沿朝圣之路标识走到街西头，便道上有一个长椅，坐下来吃 2 盒酸奶和 1 根香蕉，减几百克重量。

膝关节疼，还能打弯。大脚趾肿痛很厉害，早晨穿鞋就是穿不进去，一碰鞋帮就疼，把鞋带彻底放松才勉强伸进去。穿上鞋，脚趾也打不了弯，只能勉强用脚掌外侧着地。

走得很艰难，很慢，走到郊外，坐在地上休息，吃最后 2 盒酸奶和 1 根香蕉，再减几百克重量。

路边有一家酒厂，路上停着一辆罐车，是运酒的车吗？跨过公路是一片葡萄园，不是丰收季节，地里只见低矮的葡萄藤。

坐在小桥木护栏上休息。昨晚折腾一宿，没睡好，非常困，闭着眼走路。

看指南，刚到小村 Ventosa，走了 7.9 公里。村口第一家酒吧很大，门前有很多

躺在葡萄园的木椅上

红色桌椅，无顾客。第二家酒吧，有人进出，进去休息一下。

坐在吧凳上喝咖啡，有点不习惯。丹麦大男孩、保加利亚女孩与同行者围坐一圈热聊，桌子有几杯橙色扎啤。

进入一片葡萄园区，躺在木椅上，把脚垫在登山包上，闭眼想象葡萄丰收的季节，睁眼看看蓝天上的白云。

千万别打瞌睡，天凉风大，穿上小棉袄也不行。

一个大男孩骑行过去，路上很久没看到同行者了。

看见桥下水泥墙上有涂鸦，惊喜地看到中国字：

中国加油。2014 年 5 月 11 日 13 点 10 分

还有几条英文的：

路是我的工作，包是我的家，朝圣者是我的家人。TARRYN + FELIX 2015

纳赫里利亚河大桥

你好约翰，千万不能放弃！ Andre 13/04/2016

走了一个半小时了，歇歇腿脚。今天的左膝关节非常给力，走下坡路也没疼，全程一步也没倒着走。右膝微微有一点感觉，必须好好保护这条没有受过伤的好腿。

圣地亚哥之路有两个基本元素：脚下的路和头顶的天。

7 点 30 分，路牌指向纳赫拉（Nájera），还有 1 公里。纳赫拉是城市，昨天穿行的洛格罗尼奥也是城市，同属拉里奥哈大区。

我感觉是从东南进入纳赫拉市区，向西北穿行。城的东南口有一家中餐馆，门外墙上挂着西班牙文菜单，看不懂没关系，有中国菜图片，非常诱人。中国人都有一个中国胃，我很多天没有吃中国饭了，很想进去大吃一顿。

理智告诉我，今晚客栈还没见影呢，能早到就早到，千万别因为吃饭耽搁时间，昨晚已经上了一课，幸亏遇见了好心的管理员。再说，我刚刚犯了痛风，绝对不能吃肉，豆制品的嘌呤含量也高，进去只能点一盘蔬菜。还有，我这是走圣地亚哥之路，如有机会吃正餐，最好是吃西班牙饭。

8 点 4 分，跨过纳赫里利亚河大桥，进入纳赫拉老城区。

纳赫拉客栈

过桥向西拐，沿河走几百米到一座长方形平房前，这是今晚要住宿的纳赫拉公立客栈。从侧门进杂物间，脱掉鞋子，扔掉登山杖，再进餐厅，几十个人正在厅里吃饭聊天。

看见了几个熟面孔，有今早在纳瓦雷特广场见到的几个韩国女孩，有会说中国话的韩国小伙子。韩国女孩跟人打招呼的方式是咋咋呼呼的，仿佛是久别的老朋友。韩国小伙子带我进宿舍。一个跟合班教室一般大的大宿舍，有 45 张双层床，也就是说 90 个上下铺。这么大的屋子门口空气好一些，我选择门口的一个下铺，靠墙，有电源插座。

我放下包，给充电宝充电，韩国小伙子过来告诉我，管理员来了。

管理员是美国人，叫安迪，高大壮实，抱着捐款盒子，坐在前台办公椅上。安迪低头登记，我把5欧元投进捐款箱。这家客栈不收费，不提供网络，实行自愿捐款。安迪很热情，乐呵呵的，告诉我出门沿河走50米，有一个酒吧可以上网，还给我写下酒吧的名字和Wi-Fi密码。

韩国小伙子，中文名字叫张圣赞，在餐厅给我泡了一杯袋茶。我们第一次相遇是在女王桥客栈，那是第5天早晨，张圣赞告诉我他的膝盖受伤了，想坐公共汽车去下一站。那天巴黎大妈大叔也在客栈，他们就是坐一段公共汽车，再走一段路。我当时把这个信息告诉了小张。

张圣赞说：我从洛斯阿尔科斯走了一段路，感觉膝盖疼，就坐大巴到洛格罗尼奥，在那里住了两个晚上。

我问：你在那个小城市待两天都干什么呢？

他说：就是睡觉，把脚垫高了睡觉，睡了两天腿就好了。

餐桌上，一个玻璃容器里有菠萝块，我吃了几块。我还没吃晚饭呢。

我问张圣赞：这里这么热闹，大家是不是在聚餐？

小张告诉我：有人买了食材，厨房也有一些食材，有人做饭，做好了大家一块吃。

小张带我看厨房，打开冰箱，里面有不少吃的。

他说：你饿了，随便拿吧，都是朝圣者留下的。

寒夜被困客栈外

客栈10点关门，现在已经9点多了，我要找网。**上网跟家人报平安比吃饭更重要。**

我按安迪写的纸条，找到那家酒吧，试着上网，不行。酒吧门口有个高台小桌，一个高大的西班牙大叔站在桌旁吸烟。我用英语问是不是上网密码变了，怕大叔听不懂，还拿出手机比画一下。大叔不会英语，用西班牙语说了一个词“韩国人”，我用法语回答“中国人”。大叔说了一句西班牙语，喝掉桌上的杯中酒，一摆手，示意我跟他走。

老城，古巷狭窄细长，地面光洁，路灯不明不暗，我感觉仿佛走在一百年前的城市。

西班牙大叔要把我带到哪里去呢？

他喝醉了？不像喝醉的样子啊。

大叔在前边领路，回头说了两个单词“中国人”“jingjing”。

中国人、jingjing 是什么意思啊？

走了百十多米，来到一家西式餐厅门前，大叔拉门喊了一声 jingjing，一位华人女士从餐厅深处走过来。我站在门口，略有迟疑，女士爽朗地说请进，没等我缓过神来，大叔转身走了。

我向女士介绍自己是如何走到这里的。

女士说：刚才那位大叔是我家的朋友。你坐下，我给你倒杯茶，这里有网。

我先上网跟妻子报平安，告诉她半夜痛风发作，去邮局寄了包裹，背包轻了，八点多走到这里，已经入住。

接下来没事了，跟女士聊天。

女士说：我叫晶晶。我是合肥人，十六年前来到西班牙，先是在巴塞罗那，后来遇到我的先生，就跟他来到了他的老家纳赫拉，开了餐厅。我们的女儿已经 10 岁了。

女士说，她明天休息，我要是还在这里，她可以陪我逛逛这个小城。

已经是 10 点 15 分了。我必须走了，客栈 10 点关大门，跟晶晶加了微信，匆匆赶回客栈。客栈大厅熄灯了，宿舍也熄灯了，侧门锁上了，餐厅大门锁上了，后门也锁上了。

我拍打餐厅大门，呼喊“请开门”“请开门”。餐厅与宿舍之间是安迪的房间，我呼喊的位置离安迪最近。

我又到宿舍的窗下呼喊，有几个窗户是微开的，外层有纱窗，窗户太高我爬不上去。

最后，我去拍打客栈的后门。我观察过客栈最后一排床就在后门的两侧。

我纳闷儿，屋里肯定有人听到我的呼喊声和拍门声了，可是为什么没有人起来给我开门呢？我还可以拼命拍门呼喊，但我觉得那样做不文明，破坏了小城的宁静，成了朝圣之路上的一个捣乱者。

我不能继续呼喊和拍门了，我也不能站在这里不走，山区的夜间，大河畔，空气已经变冷，不走，我会冻病的。

我瞬间决定去我上网的那家西餐厅，请华人女士晶晶帮忙。我走回十几分钟前走过的那条路，大河奔流哗哗作响，老城石街阴冷昏暗。我拍了一下西餐厅的玻璃门，晶晶立刻听见了，疾步过来开门，瞪大眼睛望着我。

我解释说：客栈的大门关了，帮我打个电话吧，我的背包和旅行资料都在客栈，我只记得客栈的名字叫 municipal albergue。

晶晶拿起手机打电话，告诉我这家客栈的电话早就没有了。

这出乎我的意料，指南上有每一家客栈的电话。

我说：帮我找一家经济旅馆吧。

我庆幸随身带着腰包，里面有护照有钱。

晶晶把手机放进兜里，说：你哪也别去了，住我家吧。

她的语气果断，我感到更加镇定了。

她又补充一句：我的父亲也住在我那里，他喜欢聊天，让他跟你聊天。

一位华人女士，只是在一个小时内见了两面，不是朋友，连熟人都算不上，有西班牙丈夫，我去住她家合适吗？我又一遍问自己：我去她家住一晚合适吗？我还有力气去折腾找旅馆吗？

我说：你给你先生打个电话，问我去住是否合适。

晶晶说：没问题，不用打电话。

晶晶的语气很爽快，很果断。

晶晶又说：你等我一下，我把店收拾好就走。

晶晶，还有一个西班牙女孩，她的员工，麻利地收拾厨房和店堂，关门，扔垃圾袋。我跟在晶晶的后面，又走在光洁的古街上。

晶晶说：我还有一个酒吧，就在你见到我朋友的那条街上，我们去那里看看。我先生一会就来，他干早班，我做晚班。

我们走进晶晶的酒吧，晶晶与女店员交谈，检查店面。

晶晶说：走，我先生来了。他是西班牙人，直来直去，不会绕弯。

晶晶还告诉我，她的女儿叫安娜。正说着，一辆小汽车唰地停在门前。

我钻进后排座，晶晶的先生扭头与我握手。晶晶老公开出小街，向右一扳方向盘，车沿河畔大道飞驰起来。

我对晶晶说：那座房子就是我住的客栈。

晶晶老公不会英语，我不会西班牙语，一路上，我只能默默无语，望着窗外的纳赫拉夜色。

Part 10

>>> 纳赫拉—圣多明各 · 德拉卡尔萨达

（Nájera）　（Santo Domingo de la Calzada）

4 月 13 日　08:45 出发　20:45 到达　徒步 12 小时　19.5 公里

晶晶父亲送我回客栈

昨晚 23:07 离开晶晶的西餐厅，23:30 到晶晶的家。

晶晶的家是 townhouse。一进家门，我就看见了晶晶父亲的笑脸。老伯父带我进厨房餐厅落座，用中国蒸锅给我加热吃的，一会儿端上来四个热气腾腾的豆沙包、两个煮鸡蛋、一碗八宝粥和一碟小菜。我的感觉这时才恢复正常。走了一天的路，只吃了一根法棍，四盒酸奶、两根香蕉，几块菠萝，我已经很饿了。在伯父眼前，我把端上来的东西一扫而光。伯父说，他学着做豆沙包，小外孙女非常喜欢吃。

伯父跟我说：你有痛风，应该停止走圣地亚哥之路，不能继续刺激它了。

伯父问：你有药吗？

我说：我只有一般的消炎止痛药，没有专治痛风的药。

伯父说：我也有痛风，犯病时吃秋水仙碱，早晚各吃一片，第二天就好。

伯父接着说：你先洗澡睡觉，明天早晨我给你药。

吃完饭上楼，晶晶递给我一套浴衣，说，明天不早起了，让她父亲陪我去客栈。

伯父调好浴室水温，给我一支新牙刷，安排我睡在外孙女小安娜的房间。吃饱了，困意袭来，匆匆洗漱，上床睡觉。

这一晚我睡得非常好，洗了个热水澡，有舒舒服服的床，一觉睡到伯父来敲门。伯父递给我一板药，说这个西班牙的秋水仙碱，比国内的副作用小。

在朝圣之路上，在小城纳赫拉，因没有掌握好时间被困在客栈外，在困境中接受一位陌生的华人女士帮助，住在华人家庭一晚，接受一位华人大叔的细心照顾。我用手机给我和伯父来了个自拍，把这个难忘瞬间记录下来。

清晨 6 点 44 分，伯父送我回客栈，抄近路，走一座新桥。令我没想到的是，伯父曾是一位解放军叔叔。

他说：我是安徽合肥人，1940 年出生，60 年前参加解放军，曾是北京某高炮师的营职参谋，后来转业回到合肥，在粮食局工作。我有一儿一女，女儿你见到了，儿子在巴塞罗那。我喜欢纳赫拉，这里安静，就跟老伴到这里跟女儿一起过。这段时间老伴一个人回国了。晶晶为人豪爽，你遇到她就没问题了，我也喜欢交朋友。

我请伯父进客栈参观，我的床铺还是我离开时的样子。我跟几个熟悉的人简单说了我昨晚的“遭遇”。

张圣赞说，他没听见我敲门。

另一个韩国小伙子说，他的铺离后门近，听见拍门声了。我再拍一会儿，他肯定会起来给我开门的。

安迪说，他没有听见拍门声，如果听见，他肯定会开门的。

张圣赞说：安迪管理非常严格，昨天晚上 9 点 50 分开始催促门外吸烟的人，

9点55分就把门外的人轰进屋了。

我目送伯父离去，挥挥手，再道一声谢谢。

我的邻铺是意大利小伙子，昨天聊过几句。

安迪走过三次朝圣之路，这次来做一个星期志愿者，完成工作后第四次走朝圣之路。安迪待人热情，看起来也随和，不像是一个苛刻的人。

安迪说：我不能跟你聊天了，我要干活了。我一直记着美国上校说的话，用两根登山杖走路。昨天晶晶告诉我，她餐厅旁边的那条街上有一家户外用品店，10点开门。我不急于出发，在厨房烧水，灌水，看大厅墙壁上的锦旗和彩色图片。

去晶晶酒吧喝一杯

离开客栈前给安迪拍一张工作照。我又去了老城，我敢说，这条路我比任何一个朝圣者都熟悉。街角是酒吧 Las Ocas，在这里遇见送我去晶晶餐厅的西班牙大叔。

旁边是晶晶的酒吧 Kiquiriki，进去喝杯咖啡。我刚跟女店员说了一句话，就看见晶晶的老公带着女儿安娜进来。我们互相用西班牙语 Hola 打招呼，握手。语言不通无法交谈，也别干站着，请女店员给我和晶晶老公拍张合影。

我问安娜，你忙吗？

安娜的中文很棒，说很忙。

安娜小姑娘漂亮活泼。我说给安娜照相，安娜很有礼貌地配合后，拉着她的小行李箱跑步上学去了。

我买了一杯加奶咖啡，坐在吧位上。晶晶老公要了一杯浓缩咖啡，站着翻看当地报纸，一口喝完就告辞了。我把背包存在店里，出去逛老城。

又拐进老街细长巷子。晶晶的餐厅还没开门，餐厅叫什么名字啊？老木门楣上有一行花体字：LA TABERNA DE MANU。

前面街角的面包店开门了。我买了一个西班牙派，边走边吃。

菜店老板是湖南人

与圣地亚哥方向逆行，穿过老城，跨过纳赫里利亚河大桥。桥头有一家店，门口有水果蔬菜摊，一个外国小伙子店员从里往外搬运上货，店里还有一个中国小伙子。

我问外国小伙子：谁是老板？

外国小伙子说：中国人是老板。

我买了两个大个儿烟台梨和一根法棍，到收银台把手里的一把零钱递给中国小伙子。他抽出一个白塑料袋，把梨和法棍放进去，随手把零钱也丢进袋子，甩了一句话：不要你的钱了。

我有点惊讶，不知所措，忙说谢谢。这里的中国人很淳朴，非常有人情味。我住在北欧，当地的华人非常“北欧化”，人与人之间的关系比较冷淡，可能是入乡随俗吧。

我问老板：你姓什么，哪里人？

老板说：我姓严，湖南人。

银台前有几个顾客，等老板忙完了，我跟老板说，跟你照张相吧。

小老板直愣愣地说：我没工夫跟你照相，你走吧。

他随手递给我一张小纸条，说：上面有我的电话，你可以加我的微信。

哈哈，好一个又慷慨又倔的湖南小老板。

返回老城游逛，无意中看到纳赫拉旅游办公室。

拉里奥哈大区（La Rioja）的最大城市是洛格罗尼奥（Logroño），第二大城市就是纳赫拉了。洛格罗尼奥有旅游办公室，前天下午路过时正赶上 siesta（长午休，下午 4 点开门）。纳赫拉旅游办公室开着门，岂能错过一次咨询和搜集资料的机会？

一个小小的办公室，只有一个女士办公，一脸喜气洋洋的样子。一路上没去过西班牙餐馆吃饭，我问问吃的吧。

我问：纳赫拉最有特色的西班牙菜是什么？

她说：拉里奥哈大区最有名的特色菜是土豆烧香肠。

女士给我一张纳赫拉地图，用笔把做这道菜最有名的餐馆标出来。

那家做土豆烧香肠的知名餐馆叫 Olimpo，很好找，店面不大，不过我没有时间光顾了。

又见爱达荷琳达

中午时分坐在路边吃梨和法棍，吃到肚里比背着轻。美国女士琳达走过来。

琳达说：跟你走一会儿，今天没背登山包，轻松一下，让车给送到下一个客栈。

又见到琳达，又与琳达同行，是个小惊喜。我记得两天前第一次遇到琳达的情景，也记得琳达给我讲的故事。

那天早上，我正跟匈牙利小姑娘坐在马路牙子上吃早餐，一位中年女士背着大包，拄着两根登山杖走下坡来。

她爽快地问：我可以跟你们坐在一起吗？一口好听纯正的美式英语。

女士坐在我旁边说：我没找到酒吧，坐下来歇会儿，跟你们聊聊。

女士看到我的包，略露惊讶地说：咱俩的包一样啊。

是的，我们的登山包都是 deuter 牌，容积也一样大。

我问：你的包有多重？

她说：有 10 公斤吧，你的包有多重？

我说：出发时是 14 公斤，消灭了 2 公斤食品，扔掉了一件秋衣、一条秋裤、一条裤子、一双线袜，差不多是 11 公斤吧，加上手提的食品和饮料，肯定是 12 公斤多了。

女士说：你背多了。

休息了一会儿，我们三人一起上路，小姑娘尼克走得快，先走了，我和女士边走边聊。

女士告诉我，她叫琳达，来自美国西北部的爱达荷州。

我问琳达：你做什么工作？

琳达说：原来的工作结束了，新的工作还没开始，正是一个空档，就来走一趟朝圣之路。回去之后，我可能给一个 NGO 工作，就是非政府组织，帮助酗酒、吸毒和无家可归的人。

我问琳达：你多大年龄？

琳达爽快地回答：52 岁，有一个儿子，正在上大学。

走在朝圣之路上，我感觉问女士和女孩的年龄一点都不是问题。朝圣者背着沉重的背包，走在漫长的路上，都去掉了那几分矜持。矜持也有重量，去掉矜持，身体就轻松了。

琳达放慢脚步，故意落在后面，朝几十米外的几个大草垛走去。不一会儿，琳达又赶上来，我们又同行了一段路。

在路上，朝圣者几乎每天都有这样的经历：与陌生的同行者相遇，各自讲述自己的故事，同行一段路，走散，又重逢，再走散，也许永远走散了，也许过几天又不期而遇。

琳达望着远方，说了一句抒情的话：看到远方的雪山，让我想起了我的家乡爱达荷。我在家乡也经常背包徒步旅行。

琳达熟悉这条朝圣之路。

我问琳达：人们都说走一趟圣地亚哥之路可以改变人生。到底都能改变什么呢？

琳达说：负重走这么长的路，一定会改变一些什么。我不想说出来，等你走到圣地亚哥你就体会到了。

我与琳达同行了一个多小时，到达小村 Azofra，走进街头的酒吧。我买了一支雪糕，琳达也买了一支同样的。

琳达对周围人说：我要跟这哥们儿照张相。

一个大叔站起来帮我们拍照。

琳达在酒吧等行李，住在这个小村不走了。临别，琳达在我的日记本上签名，告诉我，她的姓 Villaseñor 是西班牙语，她跟西班牙有关系。

时间不允许细聊，我一个人上路。

波兰男孩与我同行 10 公里

下午 5 点，登上一个高坡，是一处休息区，有人躺在石椅子上看风景，我用手机横扫拍了一张全景照片。

一个小伙子走上来，对我说：我远远看到你，赶了半天才赶上。

小伙子解下包，走到饮水池，打开开关弯腰咕嘟咕嘟喝了一气，抹抹嘴，走到我的石椅前，躺在草地上，闭上眼，伸开双臂，放松休息。小伙子躺一会儿，又坐起来，主动跟我聊天。小伙子是波兰人，叫安德柳斯，24 岁，大学刚毕业，学的是旅游专业。

我问小伙子：你是从哪里开始走朝圣之路的?

小伙子说：我的家乡是个小地方，在格但斯克和华沙之间，从家所在地搭顺路车花了 3 天时间到波兰边境，又花了 3 天时间从波兰边境搭车到潘普洛纳。

我们在草地上聊，走在路上也聊。

我问：你是几号从潘普洛纳出发的?

男孩说：我是 9 号出发的。

我说：我是 7 号从潘普洛纳出发的，你比我快两天。

我问：你背的包有多重?

男孩说：18 公斤，有帐篷、防潮垫、睡袋、做饭的气炉和水。

我问：你都在哪里搭帐篷啊？这条路上很少有人搭帐篷，沿途的农田和草地上都有私人农场的标识，上面写着禁止穿行。

波兰男孩环视了一下四周，说：这样平坦的地方，我搭不了帐篷，得选择离村庄远的地方，有森林的地方。

我问：你一路上都吃什么？

男孩说：我一路上扎帐篷，自己做饭，煮 macaroni（通心粉）。

我问：你怎么洗澡呢？

男孩说：我隔两三天住一晚客栈，在客栈休整一下。

我问：你出来是用父母给的钱？

男孩说：不是，是我自己打工挣的钱。

我问：你为什么走圣地亚哥之路？

男孩说：我哥哥开了一个公司，我要跟他干，他正在申请政府资助，资助还没下来。我正好有时间，就出来了。

这是一段漫长的乡间沙石路，距离我计划宿营的下一个镇有 10 余公里。我喜欢与这个波兰男孩同行，这个波兰男孩也愿意与我同行。

我拄着两根登山杖，交替戳地，波兰男孩拄着一根树杈，我们并肩前行。扎红围巾的法国男孩赶上了我们。

我告诉法国男孩：刚才意大利女孩超过我们时问起你。

法国男孩露出一丝美颠颠的表情，问我：是真的吗？

我说：当然是真的。

法国男孩问：你知道她今晚住在哪吗？

我说：不知道，我今晚住在圣多明各，估计她也是住在那里吧。

法国男孩停下，拿出朝圣之路客栈一览表查询。

波兰男孩问：你们在哪里得到这份客栈一览表的？

我说：在圣让・彼耶德波尔朝圣者办公室领的。

我还说：我有两份，刚才觉得包太重，扔在路边的石头上一份。

波兰男孩说：几张纸能有多重呢？

我让波兰男孩用手机翻拍我的那份客栈名录。这张一览表列出了圣地亚哥之路沿途村落城镇所有朝圣客栈的地址、电话、设施、价格等信息。

法国男孩决定住圣多明各，波兰男孩也说可以，但这个镇的公立客栈没有标明价格。法国男孩想快点走，我看出了他的小心思。

我说：你快走吧，也许能追上意大利女孩。

法国男孩会意，狡黠一笑，加快速度走远。

我认识意大利女孩和法国红围巾男孩。意大利女孩长得又瘦又高，眼睛特大，爱说爱笑，很可爱。在潘普洛纳的那天晚上，法国红围巾男孩采购了一堆食材，下厨房做意大利面请意大利女孩，还非常友好地分给我一盘。

我走不快，波兰男孩陪着我走。途经一片新开发的小区，波兰男孩看懂了西班牙文，说是很多别墅在挂牌销售。

走进圣多明各·德拉卡尔萨达（Santo Domingo de la Calzada），沿朝圣之路的标识，我们很快找到今晚住宿的客栈。

安德柳斯为 2 欧元放弃住客栈

晚上 8 点 45 分，走进客栈，这家客栈大堂比一般的大厅都高。我看见了德国小伙子马可，知道马可的母亲是波兰人，我把波兰男孩介绍给马可，没想到马可一句波兰语也不会说。马可告诉我，这家客栈是 7 欧元。

我已经坐在了前台的椅子上，准备登记，抬头看着站在一旁的波兰男孩。我问波兰男孩：这里 7 欧元行吗？

波兰男孩看看我，神情突然变得严肃，说：我走，我不住在这里。

一瞬间，我有点蒙了，为了节省 2 欧元，波兰男孩还要继续向前走，走多远才能找到适合扎帐篷的地方呢？

我想说，我给你 7 欧元，你住下吧，但怕伤了波兰男孩的自尊心。

我说：我住在这里，我走不动了。

我眼巴巴地瞪着男孩，看着他走了。

马可看不明白怎么回事，我说波兰男孩只想付 5 欧元，7 欧元对他来说贵了。

管理员是西班牙大叔，会说简单的英语，告诉我客栈一共有 211 个床位，我是第 77 个到达的。我几乎每天都是最后一个走到客栈的，后面还有人来吗?

一个晚上，我都在回想波兰男孩陪我走的一路，回想我们的愉快交谈。我感觉非常别扭，没能把波兰男孩留住，这是我的错，在那一刹那，我大脑缺氧，怎么就不能机智一点呢?

我走累了，无力，无心去做饭，也无力去外面吃饭。法国男孩跟我住在一个房间，告诉我他看见意大利女孩了。

我逗他说：你应该请我吃饭啊。

法国男孩很认真地说：意大利女孩在做饭，我去看看。

过了一会儿，法国男孩跑回来说：有你的饭，你过来吃吧。

两个小朋友，意大利女孩和法国男孩面对面而坐，每人面前一听罐啤，不知是谁给我盛了一盘意面，盘子上还横放一段法棍。

我在一旁默默地吃饭，无心加入法国男孩和意大利女孩的谈话，心里牵挂着那个波兰男孩。安德柳斯今晚在哪里露营呢?

Part 11

>>> 圣多明各—贝洛拉多
（Santo Domingo de la Calzada）　（Belorado）

4月14日　08:00出发　21:00到达　徒步13小时　23.5公里

澳大利亚大叔天天空手走

早上8点5分，出客栈，沿路线走，闲逛老城街景。

出老城。桥头有一座老房子，屋顶有十字架。两条平行的河都叫Rio Oja O Glera。河畔草地上有一只长嘴鸟，形体像鹭一类的水鸟。

过古桥，看见一排水鸟在河堤的电杆顶上做窝。水鸟在电杆上栖息挺新鲜，水鸟的习性随着环境的变化而改变了。

听见后面有人呼喊，回头见此人用登山杖打手势，哦，自己光顾着看鸟没看路牌，走错路了。跨过公路，走回桥的北侧，走下与公路平行的田间小路。走了一段，又拐上公路，跨到公路的南侧。原来我走的方向并没有错，而是朝圣之路尽量避免占用公路，刚才这一段在田间拐了一个弯。

上午不断有同行者与我擦肩而过。一个老头儿，还是称呼大叔吧，赶上我，很快就要超过我，却放慢了脚步。大叔没有背包。

大叔是澳大利亚人，他说：走在路上我只需要一小瓶水。

大叔说着，掏出裤兜里的一小瓶水。

我问大叔：你的包呢？

大叔说：我有一个20公斤行李，走完圣地亚哥之路我还要在欧洲旅行6个星期。我不能都穿徒步的衣服，还有社交场合的衣服。我每天都使用送行李服务。

走圣地亚哥之路，每个人都可以有自己的走法，每个人都可以有自己的节奏。

小路边，方木里程碑标明，距圣地亚哥565公里。

路边有两把椅子，小坐休息。

滑板男孩从我身旁经过。

远方有一座公路桥，滑板男孩在桥下绕行，还以为他走错路了呢。

过一座蓝桥，又见里程碑：圣地亚哥556公里。1小时32分钟走9公里，难以置信。

这个古镇不盖章

走到格拉尼翁（GRAÑÓN）。镇口高坡上有一个自来水池，我坐在池旁椅子上休息，一个同行者过来帮我拍照。

一个人走在路上，总是碰到善解人意的同行者主动过来帮你。

教堂前有一家店，七八个朝圣者坐在店前休息，有的喝咖啡，有的喝饮料，有的吃东西，很有人气。我把背包放到墙根，进店买了2根香蕉、2盒酸奶、一袋100克装火腿，花了2.9欧元，感觉还得多吃点，又花2欧元买了一盒微波食品——lasagna（拉桑尼，俗称千层面）。今天的食量特大，吃光了眼前这一堆东西，又到店里买了杯咖啡，最后喝自己的茶。

店主人是一对小夫妻，明显不是西班牙人，也许是南美洲人吧，面带笑容，态度很好。这种乡村小店卖水果蔬菜，卖咖啡，卖一点小食品，可以坐下来喝一杯，叫它什么店呢，就叫村店吧。

多伦多大叔也在这里小憩，靠墙闭目养神晒太阳。一对小夫妻朝圣者笑呵呵走过，他们来自美国得克萨斯州。

多伦多大叔建议我参观一下这个镇的古老庇护所。

我围着教堂走了一圈，后面有一个小门，上面写着：Hospital de Peregrinos。这就是传统庇护所，朝圣者住这里不收费。

沿街走，见路边有一个面包房。女店员很热情，会说英语。我买了 4 块核桃仁点心、2 块带馅点心，一共 4 欧元。女店员喜欢说话，赶上这一会儿没顾客，我们聊了起来。

格拉尼翁古老庇护所

女店员说：我叫苏珊，有三个孩子，这房子是我们自己的，我和婆婆住在楼上，前门脸儿是店，后边是面包房。

苏珊还告诉我：我们这个镇不盖朝圣之路纪念章，因为我们认为上帝就在我们的心里，走朝圣之路不需要盖章。

我问苏珊：为什么很多西班牙人不会说英语呢？

苏珊说：我们的学校 40 年前不教英语，30 年前才开英语课。

我问苏珊：你多大呢？

苏珊笑笑说：43 岁，大儿子 17 岁，女儿 14 岁，小儿子 11 岁。

我说：很多跟你年龄差不多的西班牙人都不会说英语。

苏珊说：我上学时学过英语，我家在朝圣之路上，我用英语，也爱说英语，别人不用英语就都忘了。

临别，苏珊在我的日记本上留言：我希望，你喜欢 GRAÑÓN，特别是我的面包房的味道。

格拉尼翁，一个美丽的小镇。

撒谎者村的泉水敢喝吗

一路田园风光。

走到旅游办公室门前，正是西班牙的 siesta（长午休），办公室锁门无人。困意袭来，躺在门前长椅上，头枕登山包睡着了。这是公路边，风大，车多。

出镇口，看见一座孤零零的老房子，拍一张照片，突然感觉有伤的左腿与无伤的右腿迈的步子一样大，不再一瘸一拐了。

一个饮水池，上面有不能饮用的标识。我想喝水，问当地一位村民大叔是否能喝，大叔立马示范喝了几口，起身抹抹嘴说了一句英语 No problem（没问题）。我也歪脖喝了一通，水很甜。我带的旅行指南上说，这一带有个村子叫“撒谎者村”。这个村是不是那个撒谎者村？这个标识是一个谎言吗？

路边上有通往布尔戈斯（BURGOS）和洛格罗尼奥（LOGROÑO）的公路牌，还有一个小牌子，上面的黄色箭头内有“圣地亚哥 576 公里”的文字。我向圣地亚哥的方向走了将近 6 个小时，距圣地亚哥却远了 20 公里，路上的里程标识不可全信。

这个标识下面还有一行小字：为什么不到 VILORIA 休息一下呢？

走进小村 Viloria de Rioja，看见路上超越我的哥伦比亚小伙子坐在村口的椅子上。

小伙子站起来说：我们在等你，我们一起住在这个客栈吧？很不错的。

他指着旁边的女孩说：这是我的女朋友。

我说：不，谢谢，我计划住在下一个村。

哥伦比亚小伙子说：我们已经走了 29 公里，这儿距离下一个村子还有 10 公里。

就这样，他们住下，我继续赶路，感觉这个小伙子还不错。

滴答小雨，凉快了，不那么晒了。

到达小村 Villamayor de Rio，走到村中心的饮水池，喝个够，又接了一瓶。

滑板男孩吧台饮红酒

7 点 8 分，走到一个分岔路口前，我犹豫了一下，继续沿大路向前走是贝洛拉多镇（Belorado），大概还要走半个小时。我不由自主地偏到右侧岔路，小路两旁飘扬着几十面不同国家的国旗，上坡百十来米是一家私人旅馆。这家旅馆提供的客栈床位是 5 欧元，就是它了，不去原计划的公立客栈了。

在前台，一位女士给我办完住宿手续，让一个年轻人带我去客栈。我们走到客栈大门前，年轻人跟我说西班牙语，看我听不懂，又指指自己的手腕，看我还是不懂，憋足劲说出一句最简单的英语 room number（房间号码）。我露出手腕，什么标志也没有啊。他赶快跑回前台要房间号码，带我入住 8 号房间。

收拾停当，我到前台大厅上网。大厅也是一个大餐厅，有吧台，有一个套间小屋作商店，卖雪糕、零散鸡蛋和奶酪等。

嘿，故事来了。大厅吧台的高凳上坐着一个大男孩，吧台服务员给他端上一盘饭，又给他端上一杯酒，男孩吃光盘中饭，喝干杯中酒，又要了一杯。

我认识这个大男孩。

昨天下午，与琳达分手后，在见到波兰青年安德柳斯之前，是一段漫长的独行。4点来钟，一个大男孩走过来，穿短裤，背着一个小包，背后别着一个滑板，右手拎着一瓶水。好酷一个大男孩！

我跟大男孩打招呼，知道大男孩是美国人，来自科罗拉多州，今年才18岁。在这条沙石路上，滑板男孩无法玩滑板，但一点也不沮丧，一直笑呵呵的。滑板男孩走得飞快，一会儿就把我远远甩在后面了。

今天中午在格拉尼翁休息时，我又遇见了滑板男孩。

滑板男孩抱着滑板走到我跟前说：我的滑板出毛病了。

他指给我看，哦，是底盘螺丝松了。

我说：你到对面的面包车去，那是一辆维修服务车，正好有穿工装的师傅下车。

滑板男孩说：他们不会说英语。

我说：用不着说英语，你指给他们看一下就明白了，他们肯定有工具。

滑板男孩一会儿抱着滑板乐呵呵回来了。

我开玩笑说：你今天长大了一岁。

我知道大男孩已经是大学生了，走800公里圣地亚哥之路对他而言，跟玩一样轻松。在朝圣之路上，一个当代朝圣者——一个背滑板、坐吧台喝红酒的18岁大学生也是一朵奇葩独秀了。

去客栈的厨房看看。这里有几个青年人。一对男女青年坐在墙边脸对脸吃饭，饭是女的做的，男的给她买了一听罐啤，也是一种AA制。

意大利小伙子马克，也就是我在纳赫拉客栈的邻铺，煮了一锅意大利面条，汤料很浓，没吃完。我又添了一些水，放上一把螺丝意面，煮成一锅汤面，不咸，再撒一点盐，我想吃的就是这样一锅热汤面。

一路上，沿途的村镇给朝圣者配备了最基本的住宿设施，配备了最基本的行走条件。

圣地亚哥之路上的朝圣者几乎没有追求奢侈的，也没有追求舒适的，体验的就是最简单的行走，最简单的生活方式。“苦行”是这条朝圣之路的风气。

我给纳赫拉华人晶晶发了一条微信：昨天早上你父亲送我的药，我早晚各吃一片，今早又吃一片，肿痛减轻很多，今天下午走路基本正常了。今天走了 24 公里，刚到 Belorado。

Part 12

>>> 贝洛拉多—圣胡安·德奥尔特加

（Belorado）　（San Juan de Ortega）

4 月 15 日　08:22 出发　17:50 到达　徒步 9 小时 28 分　26 公里

滑板男孩从古镇广场滑过来

早晨 8 点 22 分出发。在路上，我赶上了一对丹麦夫妇。

这对夫妇六十多岁，背一样的登山包，用一副登山杖，一人一根。

丹麦大叔说：昨晚住在这里的旅馆，睡得好，今天起得也晚，精气神足。我们一般住客栈，想好好休息一下时就住旅馆。

贝洛拉多镇公立客栈坐落在路边，是一座黄色的三层小楼，很普通的民房。一条又长又宽的石砖小街把我引到镇中心广场。

滑板男孩从古镇广场滑过来，滑到骑楼前轻轻一跳，双脚落地，滑板蹭地蹿到骑楼下的酒吧，男孩随后走进酒吧。这很像电影里的一个情节。

这条千年古道不是山区土路，就是村与村之间的沙石路，滑板男孩难得有机会玩滑板。

9点12分，跨过五孔古桥，出古镇贝洛拉多。

村吧学点餐

走5公里到Tosantos，一个很小的村子。公路边有一个非常不起眼的小院，叫Los Arancones，里边有个小酒吧。

我买了一杯加奶咖啡、一块马芬蛋糕（muffin）。丹麦夫妇也在这里喝咖啡。他们把老板叫过去，小声说了些什么。一会儿，老板给他们端上来两份烤面包片加煎蛋。

啊，我以为酒吧只卖咖啡、酒和柜台里摆放的食品，如三明治和糕点，没想到酒吧还可以做简餐。

我招招手，老板跑过来，猫下腰来跟我说话，很殷勤的样子。老板会说一点简单的英语，我们还能交流。

我说：我想吃煎蛋，要2个，要3个吧，就要3个煎蛋。老板露出惊讶的表情，也没说什么，告诉女店员去做。

我想那个女店员肯定是老板的老婆。一会儿，老板端上来3个煎蛋外加一段法棍。

走圣地亚哥之路12天以来，我只吃过几个煮鸡蛋。我特别想吃煎蛋蘸生抽这口儿，老板为难地摇摇头，说没有生抽，拿给我醋瓶、辣椒酱瓶，我也摇头。要盐总归有吧，撒一点盐，为这3个煎蛋我付了4个欧元，解馋了。

我跟老板说：我经常光顾像你家这样的酒吧，想吃点东西，不是柜台上摆着的，怎么点餐呢？我想学几句西班牙语，比如，我想吃那个客人吃的东西，我想吃你们能做的东西。

老板似乎听懂了，开始耐心地教我西班牙语，先带我说两遍，怕我记不住，又蹲下来写在我的旅行指南上：

Que hay para comer？

Yo quiero huevos frilos.

后来查谷歌翻译，我才知道这两句话的意思是“有什么吃的”“我想要煎鸡蛋”。

我喜欢这样的酒吧，可以让老板给你做点喜欢吃的，也可以跟老板聊上几句。这种带有乡村气息的酒吧就叫它“村吧”吧。

这时，进来两个佩戴手枪的西班牙国民警卫队警察，一个跟老板娘说话，一个坐在吧凳上看手机。他们的职责有几项跟村镇有关系，比如执法、公路巡逻、缉毒、经济犯罪侦查。我好奇的是，他们来酒吧喝咖啡给钱不给钱。

老板告诉我：这个村子是我母亲的老家，原来的老房子不住人，只是夏天干农活的时候在这里吃中午饭。我们去年修好房子，装修成酒吧，还建了一个客栈，就在旁边，我和老婆一起干。

老板叫卡洛斯（Carlos），老板娘叫杰西卡（Jessica），有两个孩子，一个17岁，一个8岁。

卡洛斯很有兴致地带我参观新客栈。我在客栈屋里走了一圈，有18个床，房间和厕所都是新装修的。

我问卡洛斯：你花了多少钱？

卡洛斯笑笑说：只有银行知道。

卡洛斯还告诉我：昨天有5个朝圣者住在这里。

我看卡洛斯忙着收拾房间，便告辞上路，当老板的耽误不起工夫啊。

最近几年，圣地亚哥朝圣之路的国际知名度越来越高，走这条路的朝圣者越来越多，沿途村镇新建的客栈、酒吧、餐馆也迅速增多。一路上，勤劳的村民在自家的小院，自家的小楼，纷纷办起一个又一个客栈、酒吧，做朝圣者吃住行的生意。客栈加酒吧是最常见的组合模式。

中午，我的膝关节不疼了，脚趾肿痛减轻了，走路的速度明显快了。

进入小村 Espinosa，坐在村店门口的椅子上歇一会。昨天见到的哥伦比亚小伙子和女朋友穿行而过，吵起来了。

小伙子的声音很大：每个人都有自己的行程，自己的节奏，自己的速度，应该尊重每一个人。

他们一边走，一边吵，小伙子把他的女朋友甩在了后面。

他的女朋友背那么大的包，能走得快吗？

小伙子怎么不帮女朋友背一些东西呢？

小伙子说应该尊重每一个人，怎么就不懂得尊重他的女朋友呢？

我看不明白。

岔路口的黄房子墙角有个小路牌，指示距圣地亚哥531公里，距布尔戈斯43公里。

我已不在乎山有多高路有多陡

下午1点43分，走到蒙特斯·德奥卡自由镇（Villafranca Montes de Oca），遇见第5天晚上同住埃斯特利亚客栈的加拿大女士。她和伙伴也是从贝洛拉多出发的，走了12公里停下来，在这里的圣安东客栈（San Anton Abada，也是三星旅馆）住一晚，攒足力气明天爬山。

前面又是一座很陡的山，我没有去查地形图，我已不在乎山有多高路有多陡。

上山前，我要补充体能。公路边有一家商店，旁边是镇公立客栈。进店买了2根香蕉、2盒酸奶、1听可乐，坐在客栈前的长椅上休息吃东西。

吃了一片秋水仙碱和乐松，起身走。

爬到一座山顶，看到远方的雪山。低估了登这个山头的难度，坡度很陡，走得艰难。

又翻过一个山包。我开始理解了，为什么加拿大女士今天不走，要攒足力气明天爬山。

穿过一条漫长的林间土路，这是一大片松树林。

接着看到一座纪念碑，建于1936年。碑旁是一个休息区，有木桌和长木凳，

我已不在乎山有多高路有多陡

躺下来，伸伸腰歇歇腿。

艰难地登到山顶，眼前是一马平川的松树林。

之后进入轻松行走状态。

高大叔和瘦大叔

到达一个休息区，看到一些彩色木雕，把包放在木桌上，想坐在木凳上，没控制好平衡，屁股坐过了，翻了过去。

喝水，用充电宝给手机充电，跟坐在几米外一棵横倒树干上休息的两位大叔聊天。

两位大叔都来自奥地利，瘦大叔来自一个什么小地方，名字不熟悉，高个大叔来自维也纳，是市政部门的系统设备工程师。瘦大叔，个子小，体轻，背着一个小双肩背，负重轻。瘦大叔穿着也轻快，一条防水裤，给我撩起上衣，两三层薄薄的衣服。瘦大叔走得非常轻快，不说话，闷头儿走，遥遥领先。

高大叔喜欢聊天，放慢了脚步。我们的话题从包聊起。

高大叔说，他的包有 12 公斤，脚上一双登山靴，用于走山路，带一双运动鞋和一双凉鞋。

我很羡慕高大叔的体力。问到年龄，高大叔说，他 62 岁，瘦大叔 64 岁。

说到年龄，高大叔来了兴致：我是 4 月 7 号退休的，第二天，也就是 8 号，我就跑到了潘普洛纳，当然我事先做好了一切准备。

退休的第二天就走圣地亚哥之路，太勇敢了，太令人羡慕了！这就是说走就走啊！

高大叔说：我赞成中国的计划生育政策，一个家庭只生一个孩子。我只有一个孩子，少生孩子是对地球的贡献，地球上的人口太多了。

我说：中国从今年起改变了生育政策，一个家庭可以生两个孩子了。

高大叔说：也许有人想生两个孩子，有人就想生一个孩子。

边走边说，高大叔从上衣口袋里掏出一个小小的计步器。

我说：苹果手机上可以安装一个 Moves 软件，可以记录行走路线、距离和时间。

高大叔说：智能手机很费电。

我说：对，我带了一个充电宝，300 克重。

高大叔说：这个小东西很轻，才几十克，也不占地方。

高大叔看我喜欢拍照，又说：我走这趟圣地亚哥之路，拍 250 张照片就足够了，以前旅行拍过很多照片，存到电脑里连我自己都懒得看。

高大叔理念新，我感觉有点不好意思在他面前拍照了。

亚洲人爱拍照是出名的，连欧洲的小孩子都知道，先是日本游客，后是韩国游客，这些年是中国游客，现在还有印度游客。

北欧人、德国人、与德国人思维比较接近的民族如奥地利人和荷兰人，希望与生人保持一定距离，不喜欢被拍照，而意大利人、法国人和西班牙人就不太在乎被拍照。

下午5点35分，下雨了，这个季节西班牙北部山区雨多，说下就下。今天体能和状态都不错。右腿还是一如既往的好，只是右脚小趾感觉有一点磨。左膝关节奇迹般的不疼了，左脚趾的肿痛也减轻了，但我的左腿迎面骨下方至脚面那一段十来厘米的部位先是不舒服，后是有一点疼痛。我转动一下脚脖子，踝骨没有问题啊，后来才知道，是我的左小腿肌腱受伤了。

第一顿朝圣者晚餐

下午5点50分，我和高大叔一起走进客栈，前厅登记台无人。瘦大叔也不见了，去哪了呢？瘦大叔回来了，说村口有一家私人客栈，过去侦察一番，感觉不好。

女管理员回来了。她的做法是登记之后亲自把每一位住宿者带到床位。这是我到达客栈最早的一天，交住宿费5欧元，朝圣者晚餐8.5欧元。

这是我在朝圣之路上吃的第一顿朝圣者晚餐。餐厅在一楼，几乎占据了整整一层，有一个大条形桌，两排人对脸坐，已无空位，我、两位奥地利大叔、一位德国大叔坐在一个偏僻小桌。两位女管理员当服务员，两个不锈钢容器里，一个是煎白鱼，一个是煎肉排，还有浓汤、煎蛋、炸薯条、炒米饭，蔬菜沙拉自取，还有酸奶。

我到达客栈晚，没有订上鱼，要了两块煎肉。我的急性痛风发作过去了，按我的经验不会很快再来，我馋肉了，顾不上潜伏的痛风再次袭来。

朝圣者晚餐有葡萄酒，几瓶红酒放在不远处一个小桌上，德国大叔取来一瓶，自己斟了满满一杯，示意我们随意。瘦大叔爱喝，与德国大叔边喝边聊，奥地利人和德国人说的都是德语，跟老乡见老乡似的。高大叔不喝酒，我斟了一点，品尝一下。

晚上，宿舍几十个人，躺着的躺着，写日记的写日记，也有人在整理东西。二楼的网络信号很弱，房间也冷。

我来到一层，前台无人，餐厅的大门虚掩着，推开一看，三个人围坐壁炉前烤火。这里暖和，气氛更温暖，一位高个女士笑盈盈地给我让座，我坐下伸手烤火。

大家自我介绍，最近的高个女士是瑞典人，来自瑞典的北部，我跟她用瑞典语打招呼，老乡见老乡还是很亲切的。远一点的女士是巴西人，来自圣保罗；大叔是西班牙人，来自巴塞罗那。

今晚，我们围坐壁炉前烤火，几个人都感到很温暖。我们明天还会再见吗？不知道，也没有相约。

Part 13

>>> 圣胡安·德奥尔特加—布尔戈斯
(San Juan de Ortega)　　　　(Burgos)

4月16日　08:15出发　13:50到达　徒步5小时35分　24.5公里

72岁观鸟大妈乌拉

被嘈杂的声音吵醒了，然后起床。今天是走圣地亚哥之路以来睡得最长、最好的一天。洗漱，收拾东西。

我的邻居，占据一个角落的几个人，早上起来互相问候，说的是我熟悉的芬兰语，啊，她们是芬兰人。我用芬兰语打招呼，她们惊讶竟有人会说芬兰语，兴奋地问我从哪里来，住过芬兰的什么地方。

这六个芬兰大妈，都退休了，最小的60多岁，来自芬兰北部的奥卢地区。她们7点来钟整理完行装，集体下楼，几分钟后又集体返回宿舍。她们想去餐厅吃早餐，但餐厅不开门，于是各自坐在自己的铺上吃起来。离我最近的一位大妈冲我举起一盒酸奶，我用芬兰语说，谢谢，不要。

这位大妈叫乌拉，芬兰女性叫乌拉的最多，乌拉今年72岁。吃完早餐，这六个人集体出发，乌拉身高体健，背上一个大登山包。

我好奇地问乌拉：你的包有多重?

乌拉回答：十一二公斤。

乌拉边说边举起胸前的望远镜，还扬了扬手中的一本鸟类手册。

乌拉说：我喜欢观鸟，走圣地亚哥之路，我是一路走，一路观鸟。

全世界有这样一群人——观鸟爱好者。在森林、湖泊、沼泽地带，你总是能碰上他们，他们肩背“大炮”，手握“长枪”，像候鸟一样飞来飞去。乌拉是同行者中年龄最大的大妈，是圣地亚哥之路观鸟爱好者第一人。一个高大的女人，背着齐头高的登山包，挎着她喜爱的高倍望远镜，精气神十足地上路了。

五人二日行

8点4分，屋子里的人都走光了。我打开门看风景，这是一座天井式二层小楼，二层有一圈环形走廊，房顶的雨水滴落到方形小院里，小院隔壁是修道院。

我跨出客栈大门，回身一看，一个男管理员立马把大门锁上，开小车走了。

刚走几步，在停车场遇到一车人。五个西班牙人全是徒步装备，却是开车来的。他们也走圣地亚哥之路？为什么在半路“杀出”？

西班牙人性格开朗，只要有人开头很容易聊起来。多数情况下，西班牙人因英语不好而不主动交流。

今天是星期六，五个朋友开车到这里，走两天的朝圣之路，今天走到布尔戈斯，住一晚，明天再走回到这里，然后开车回家。

我一直这样理解，走朝圣之路要走一条完整的线路，有起点有终点，比如我走的叫法国之路，起点是圣让·彼耶德波尔，终点是圣地亚哥，还有北方之路、葡萄牙之路等很多线路。

这五人走朝圣之路的方式很新奇，大开我的脑洞。走圣地亚哥朝圣之路还可以

修道院客栈天井

小雨中西行

这样走啊！徒步旅行者都是勇敢的人，就叫他们“西班牙五勇士”吧。

路在森林里穿行，林间小路鸟鸣不断，正是雨后初晴观鸟时。也许是因为早上遇见观鸟爱好者乌拉，我也注意观鸟，看鸟飞，听鸟鸣。乌拉大妈是不是又举起了高倍望远镜？

清晨，雨季的清晨，不戴手套手冷。

不久，出太阳了，一路西行，阳光照在后背暖洋洋的。

小腿肌腱渐渐活动开了，可以基本正常迈步了。

9点10分，走出了这片森林。

学会使用村吧

村外有一道铁篱笆围着，进村的路上有一个沉重的铁栅栏门。搬开铁栅栏门，地面上有十来排铁管间隔排列的地井，这种地井可以挡住羊群通行。

古道，古村，一辆现代越野车驶过。

雨过，沙石路面松软，走下坡，很轻松。

走3.5公里到达小村Agés。村里的几块广告牌给人一种感觉，这是一个有生气的村子。路左边是一家餐馆，门前有一些桌椅，没有一个顾客，继续向前走，街角有个村吧，墙根底下放着几个登山包。进去看看，又见芬兰大妈乌拉。

乌拉告诉我，前面2公里有一个人类进化遗址博物馆。另一个芬兰大妈说今天是周六，可能不开放。我买了一杯咖啡和一个牛角酥。人们都说喝咖啡提神，走圣地亚哥之路有一种兴奋感，不用提神，走累了没精神是自然反应，有神没神都只能向前走。

其实我并没有喝咖啡的习惯，我学会了喝咖啡，不如说我学会了使用村吧。坐在村吧里，一是休息一会儿，买点东西吃，总要喝点什么，喝英国立普顿袋茶，不是我的口味，我爱喝西湖龙井茶，爱喝天津正兴德、北京吴裕泰的花茶，我的杯里泡的是绿茶；二是上厕所，把自己收拾干净；三是村吧里有朝圣者气氛。

走进村吧，你总会遇见几个朝圣者，聊聊从哪里来到哪里去是一种乐趣，多聊几句也许就会学到一点什么东西，有所收获。

一出门，下雨，赶紧披雨衣，把雨衣的两个下摆角围在脖子上系个扣，像披上一件斗篷。

两个女士穿着登山包专用雨衣，刚进村，是斯洛文尼亚人，兴高采烈的。斯洛文尼亚人是一个热情的民族，我和阿尔玛女士在雨中合个影，很亲切，像是老朋友重逢。

一路南风，一路下中雨，小棉袄的帽子淋湿了，左衣袖淋湿了。

暴雨中奇遇马德里人

又走了2.5公里，到达小村Atapuerca，穿过半条街，想找个村吧避一避雨。先是看见汽车站牌，后看见一辆公交车，村吧被公交大巴挡了个严严实实。走进村吧，卸下包，脱掉小棉袄，短袖衫的左半边也淋湿了。

我买了一杯咖啡和一个苹果派。我不仅学会了喝咖啡，还喜欢上了吃甜点。村吧的三明治，夹着几片奶酪或几片火腿，凉乎乎的，我不喜欢。

我一边给手机充电，一边在手机上写几行日记。登山包两侧已被雨打湿了，包里的睡袋千万别被淋湿啊。

雨天，村吧里聚集着几拨客人。吧台位上有两个人，一男一女，一身轻装，是本地人。我独占一桌。我的左侧是一个大叔，一个人独占一个四人小桌，桌上有一杯咖啡，一听可乐，一包薯片，还有两个笔记本。大叔戴着眼镜，身着白衫，围着长长的蓝围巾，低头在手机上写着什么。他似乎不是来走朝圣之路，而是来酒吧写作。

我的右侧一桌是三个人，一个大叔和两个女士，也可以说是大妈。他们用西班牙语交谈，说说笑笑，和蔼可亲。我走上前去与他们交谈，大叔会英语，略有矜持；两位大妈不会英语，比比画画，我们交流得更热烈。我给他们三个人拍照，大叔给我和两位大妈照合影，气氛非常融洽。

穿粉红色上衣的大妈跟大叔是两口子，穿橘红色上衣的大妈是他俩的朋友。三位是马德里人，大叔驾车从马德里到布尔戈斯，三人乘大巴到潘普洛纳，从潘普洛纳启程，走圣地亚哥之路，走到布尔戈斯结束此行，住一晚，明天开车回马德里。

雨还在下，越下越大。

大叔说：我们走不了了。

我到门口伸手试探，雨势很急，不可能上路。我倒不是很着急，有人聊天，可以等雨小了再走。

大叔拨打了一个电话，待一会儿说：我们打出租走。

我问大叔：可以把我带上吗？我可以付钱。

大叔说：看车的位子吧。

十多分钟后，大叔说：车来了。我跟着出门。大叔一看车型说：你可以上。司机下车往后备厢里装行李，两个大妈夹着大叔钻进后排座，让我坐前面。看见大叔身体微微前倾，坐在那个最不舒服的位子上，我心有一丝歉意。

出租车冒着瓢泼大雨驶向布尔戈斯。

出租车拐进布尔戈斯市区，停在一条小街上。司机下车卸行李，马德里大叔递给司机一张票子，司机找回零钱。我给大叔钱，大叔不要。大叔的车子就停在路边，三个人装上行装。我站在便道上，目送大叔和两位大妈。

我突然问大叔：去布尔戈斯的公立客栈怎么走？

大叔一摆手说：上来吧。

我坐进了大叔的汽车。

大叔驾车，粉红衣大妈在副驾驶座上用手机导航，指挥大叔向左向右，七拐八绕。我和粉红衣大妈又是连比画带说，知道大妈今年 64 岁，大叔最小 62 岁，橘红衣大妈 63 岁。大叔开个公司，还在工作，他们已有孙子了。

汽车沿着古城的狭窄老街上坡，大妈指给我看，比画说，前面是大教堂，大教堂的前面就是客栈，车不能往前开了。大妈还用手指在脸上刮了一下，我们都懂，这是国际语言，表示害羞，在朝圣之路上乘车是一件不好意思的事情。我跟大叔和两位大妈握手告别，下车一看，几米之外是禁止通行的路障，前面 200 米就是公立客栈。

有一个流行说法“坐车就是作弊”

看着街景走到客栈。登记，盖章，交费 5 欧元。我住 3 层 251 床，是个上铺。我的下铺是日本人，也是一位大叔，一直躺着休息，交谈几句，比我大一岁。

遇见一个俄裔美国女孩，**还遇见一个西班牙大妞，家住圣地亚哥，却跑到法国的圣让·彼耶德波尔走朝圣之路，一路走回圣地亚哥。**

之后又遇见了美国波士顿男孩本和女孩麦根。我还遇见了意大利小伙子马克，这是与马克第三次相遇，第一次是在纳赫拉客栈，第二次是在贝洛拉多客栈。

马克是全程走过来的，浑身被暴雨淋透了。

马克说：没有任何防水的衣服、防水的鞋能扛住这么大的雨。

我还遇见了滑板男孩。

滑板男孩说：我走了大约 10 公里，看雨越下越大，就坐公交车了。

客栈的一层大厅设有几台投币洗衣机和甩干机，很多人在排队洗衣服甩干衣服。

有一个流行说法“走圣地亚哥之路，坐车就是作弊”。今天的大暴雨破了这个说法。

3 点 47 分，见到昨晚在壁炉旁烤火的巴西女士，约定晚上 7 点见。

客栈大门对面是一个酒吧，意大利女孩坐在酒吧门前抽烟，这是我第一次看见她吸烟。女孩告诉我，她刚参观了大教堂，装饰非常华丽，值得去看，门票是 7 欧元，出示通行证可以减半。

在布尔戈斯大教堂里，我请一位法国人帮我拍照，我也帮他，给他和他的两个儿子拍合影。法国人热情，也爱交流。

法国人说：我是波尔多人，开车带儿子沿圣地亚哥之路旅行一个星期，开到布尔戈斯是最后一站，住一晚明天回波尔多。

法国人还说：我在波尔多旅游办公室工作，欢迎你来波尔多旅游。

我知道，波尔多是法国著名的葡萄酒产地，去波尔多葡萄园摘葡萄是我年轻时的一个梦想。

两个儿子说：我们只有一个星期的假期，下周一就开学了。

很可爱，很懂礼貌的法国少年。我与两个可爱的波尔多中学生合个影。

巴西女人诉说婚姻

晚上 7 点，我、巴西女士丹尼斯、西班牙大叔约瑟夫、瑞典女士艾娃在一楼大厅碰面，四人一起去逛街吃饭。客栈是一座古老建筑，坐落在老城古街坡上，居高临下。约瑟夫大叔当导游，带我们绕过大教堂，来到一条热闹的步行街。

约瑟夫说：在西班牙，晚上可以去餐馆吃正餐，也可以去 tapas 店吃西班牙小吃。

我们三个都不太熟悉西班牙，跟着约瑟夫走呗。

走到一家看似酒吧的店，约瑟夫到门口探头往里看了一眼，迈腿进去了。这是一家长条形的店，离大门口五六米的通道边有一张小桌空着，丹尼斯靠墙朝门而坐，依次是艾娃和我，约瑟夫与丹尼斯对脸而坐。

约瑟夫说：在西班牙几个朋友小聚吃 tapas 的“规矩”是每个人掏几欧元，交给操办人，由操办人统一去买，花完了这笔钱大家再凑。

我们每人交给约瑟夫 5 欧元，约瑟夫从吧台拿来菜单。丹尼斯和艾娃认真挑选，我干脆选 1 号。他们每人要一杯啤酒，我要一听可乐，大家快乐碰杯。

我们点的是 bocadillo，按人头买的，一盘 4 个，是十几厘米长的小面包，每个小面包里夹着不同的东西，香肠的，火腿的，奶酪加西红柿的。

一杯啤酒，几个 bocadillo，把聚会的气氛推向高潮。我们每人自报年龄，丹尼斯报 52 岁，艾娃说 58 岁，我 60 岁，约瑟夫也是 60 岁。我和艾娃都是从瑞典来的，称兄道妹，我和约瑟夫是同龄人，都做过教师。

丹尼斯开始讲故事，很动情，娓娓道来。

我的丈夫很爱我，像一个亲哥哥，可我已经不爱他了。我们住在一个屋顶下，但分房而睡已有两个月了。我决定走一趟圣地亚哥之路，我要把这件事情想清楚。

离开家之前，丈夫让我把结婚戒指戴上，我戴着结婚戒指走上圣地亚哥之路，但我把它从我的手指上摘下去了。

丹尼斯说着，举了一下她的左手，手指上空空的。随着讲述和回忆，丹尼斯更加动情了，眼睛里噙着泪花。

她说：我的先生什么都好，他的唯一爱好就是看足球，每天在家里就是看电视播放的足球赛。我很上进，50 岁时去大学读了心理学课程，结业后开了一家小公司，为青年人做咨询服务。我丈夫不求上进，结婚多少年还是老样子，我不喜欢这样的生活。

聚会的气氛有些紧张，说得准确点，是气氛变得严肃了。美洲南半球的巴西，欧洲西班牙北部的圣地亚哥之路，离婚话题，这空间的跨度，这主题的跨度，能使聚会的气氛不严肃吗？

在这严肃的气氛中，约瑟夫和我还是开口了。

约瑟夫说：千百年来，男人是不求改变的，男人是家庭的主宰，男人的不变保持着社会和家庭的稳定延续。近百年来，女性的社会地位和家庭地位改变了。女性的基因是求变的，结婚后，男人不求改变，女人要求改变，婚姻就出问题了。丹尼斯改变得太快了。

约瑟夫是一个退休的中学历史老师，他在说他的历史观，我们不住点头。

我说：丹尼斯，你走一趟圣地亚哥之路，你思考明白了吗？你的先生有心理准备吗？你有孩子吗，你的孩子有什么反应？

丹尼斯说：我丈夫知道了我要离婚。我的女儿 14 岁，我跟女儿讲了，女儿也理解我为什么离婚。

丹尼斯坚定地说：我回去就跟我先生离婚。

我不禁有几分感慨：男人不进步，就要被女人抛弃啊！

街上传来吹号击鼓喧闹声，我赶紧跑出去看热闹。一个穿着红白裙子的女孩是主角，十多个男女伙伴与她一起共舞，有的耍酷，摆几个弗拉明戈舞的姿势。这个我懂，这是准新娘的最后狂欢，她几天后或几个星期后将走进婚礼的殿堂做新娘了。一支小乐队，有两个鼓手、两个小号手、一个圆号手，簇拥在准新娘的身后，把准新娘和她的伴舞者向前推进。一个小乐队陪准新娘玩，这个北欧没有，还是西班牙人更热烈奔放。

我突然闪过一丝念头，N 年之后，准新娘会不会也走丹尼斯的路线呢？

吧台前出现了等候座位的长队，酒吧的气氛越来越火爆。我们吃喝聊天有两个钟头了，应该给等候的顾客让位了。大家约好每天轮流讲故事。

四人慢慢悠悠逛步行街，我跟艾娃说，我要去买一件雨衣，先走了。

我按客栈前台给我在地图上标的位置，去找一家户外用品店。跨过老桥，跨过大河，穿行一条主大街，看见一家印度人开的 Bazaar（巴扎，廉价店），橱窗里展示一种雨披。我进去看看，店主不允许打开包装，价格是 3.8 欧元。我又拐到另一条街，看见一家中国店，有同样的雨披，标价 5 欧元多。店主是个中国浙江姑娘，热情友好。我觉得雨披小，材质是再生塑料。我说，你家店跟印度店同样价格我就买一件，讨价成功，买了这件雨披，要求不高，挡住几次雨就行。

布尔戈斯客栈是 22:30 关大门。我急急忙忙往回赶，过 San Pablo 古桥，走进步行街，瞥一眼刚才光顾过的那家酒吧，人气更旺了。

今天是星期六，这条街半夜会安静下来吗？

Part 14

>>> 布尔戈斯—洪塔纳斯
(Burgos)　　(Hontanas)

4 月 17 日　08:00 出发　18:45 到达　徒步 10 小时 45 分　30 公里

布尔戈斯有个郑小龙

早上 8 点出发，走到前台时看到几个警察。西班牙警察巡视客栈已不是什么新鲜事了。

走在古城高坡上，回望布尔戈斯城。刚出发十来分钟，瑞士姑娘急匆匆从对面走来，告诉我，她忘掉钱包了。我望着她走远的背影，默默祝她一切平安。

三个陌生的同行者走在城里。

干净的街道上竖立一组铜像：女人胳膊挎着一个奶罐，手提两只杯子，她的身旁是一个大牛奶桶。这是布尔戈斯人多少年前的生活吧。

穿过一片公园绿地，远远看见一个人在练太极拳，头戴蓝帽，脚蹬蓝鞋，很是扎眼，走近一些，拍了一张照片。这个人抬头看我，我说我是中国人，他停下动作，微笑着走到我跟前。

他用汉语说：我的中文名字叫郑小龙，在中国河南陈家沟拜师傅学艺，学的是正宗陈氏太极拳。今年五月我还要去陈家沟学习。

郑小龙的中文不错。他继续说：我住在布尔戈斯，今年 39 岁，我教西班牙人太极拳。我不喜欢西班牙女人，她们不理解我，我要娶一个中国女人。

这时一个西班牙奶奶遛早儿走过来，郑小龙向她问好，介绍我，给我和奶奶拍照。临别，郑小龙又给我表演了几个精彩动作，然后送我到阿尔兰松河桥边，指给我行走的路线。

八个同行者在路上，我看见了走在最前面的波士顿本和麦根。走了将近一个小时，才穿越布尔戈斯城区，走到它的西部，这一带应该是城区边缘了。

这是一家城市咖啡店，开在新建楼群的底商。我进去吃早餐，要一杯咖啡，一个甜点 wienerbröd，一个牛角酥，这里比乡村酒吧便宜一点。

城市咖啡店的食品丰富，价格也低，但是没有朝圣者气氛。我更喜欢乡村酒吧——村吧的那种朝圣者气氛，而不是城市咖啡店的豪华。

今天是徒步行走的第 14 天，已训练出对黄色箭头路标异常敏感的能力，不用费力寻找了。

女孩和男孩拼住旅馆

走出城市，走进田野。出太阳了。

在乡间土路上，遇到一对青年人，我也说不准他们是不是一对。我们同行了一段路。

女孩是意大利人，叫罗白塔，21 岁，学习烹饪。小伙子是奥地利人，叫托马斯，29 岁，高压电工，有两个月假期。他们 4 月 6 号从圣让·彼耶德波尔出发，年轻人就是年轻人，比我走得快，快了两天。

我问年轻人：你们昨晚住在哪里？

年轻人说：我们合住在一家一星旅馆，45 欧元一个房间。

女孩和男孩，不是男女朋友，在圣地亚哥之路上拼住旅馆，并不是什么稀奇事。

一个朝圣者大妈迎面走来，说：前面有水，有新路标，按新路标走。

我问大妈：你为什么反方向走？

大妈说：这样走没有人能超过我，我每天能遇见上千人。

感谢大妈的提醒，我们从桥上走，绕过有水的地方。从桥上高处看，十几个朝圣者已跨过桥，走在低洼的田野里，稀稀拉拉地拖了一公里长。

荷兰女士第一天就走伤了

我的前面是一位女士。她背着一个粉红色的登山包，走得慢，左腿有点瘸。我赶上她，是一位荷兰女士，第一天走圣地亚哥之路，才走了 10 余公里，左膝疼痛。

走 9 公里到小村 Tardajos。进一家村吧，里边无人，我喝完一杯咖啡就出来了。受伤的荷兰女士和波兰女医生在路边说话，我又随同她们走进这个村吧。女医生蹲

波兰女医生帮助荷兰同行者

下，用小剪刀剪裁一卷医用胶布药膏，细心地贴在荷兰女士受伤的左膝。在场的爱尔兰大叔递给荷兰女士一板止痛药，我给荷兰女士一贴云南白药膏。

荷兰女士说：我今天住在这个村，如果明天膝关节还疼，我就停止走圣地亚哥之路。

我问荷兰女士的年龄，女士说：55 岁。

我说：我的膝关节从第 2 天起疼痛，我的脚趾从第 4 天起肿痛，我坚持走下来了，现在我的膝盖不疼了。我的经验是，只要疼痛不比前一天严重就没多大问题。

但愿这位荷兰女士明天还会出现在路上。

这个村吧叫 Bar el Camino，叫它“路之吧”。

拉脱维亚大妞困在小村

小村 Rabe，进村是一条双车道公路。

一座二层民居小楼做私人客栈，有两三间客房，小楼门前有一个自动售货柜。

一棵原木路标，指向 Puente de Praotorre。原木根部的黄色箭头上拴着一只登山靴。

两个大叔迎面低头走来，脚步非常急促，与一般朝圣者不同的是，他们每人拉着一辆小车，小车上装着登山包。拉小车也是一种走法。

走圣地亚哥之路不是比赛，不是比谁走得快，谁背的包大，拉着小车从圣地亚哥走来，也是走圣地亚哥之路。

走下这个沙石高坡，前面是一二公里蜿蜒的岩沙村路。

小村 Hornillos del Camino。进村店买 2 盒酸奶和 2 根香蕉，老板面带笑容，盖了一个纪念章，还签上了名字。我坐在村店门前的长椅上吃东西，遇到一家三口人。四十多岁的爸爸跟我说，他们订了对门的一家私人客栈，但里面的客人没有退房，客栈主人正在给他们安排别的住处。

正说着，一辆越野车开来，一个高个灰白胡子大叔下车帮助这一家人装行装。

村民大叔开客栈很辛苦，挣钱很高兴。

村店房檐下有一块牌子，黄色字体标着：Santiago 469 km。拉脱维亚大妞在小街上散步。大妞告诉我，她的登山靴昨天被大雨淋湿了，还没干，今天走不了了，在这里再住一晚。三天前，这个拉脱维亚大妞徒步 34 公里，与我同住贝洛拉多客栈。

一个哥们儿坐在小村教堂的台阶上，仰着脸贪恋地晒太阳，肆无忌惮地光着一双大脚丫子。哥们儿，真行，够猛的。

无法交流的韩国女孩

下午 3 点 43 分出村。这个村的名字译成英语是 stoves，是炉灶的意思，不知有何典故。路上遇到一个韩国女孩，有三十来岁吧，也可以叫韩国大妞，我们的交流非常不流畅。女孩的英语太烂，磕磕巴巴，我总算是听懂了，她是学陶瓷设计的，大学毕业七八年了。

我放慢脚步，让韩国女孩先走吧，一个人走会轻松许多。这就是享受孤独的乐趣。

4 点 50 分，下雨了。披上新雨披，基本上能覆盖背上的登山包，左右袖口有两排摁扣，有的能扣上，有的扣不上，凑合穿吧。路上有一处积水，贴边走，不小心被树枝刮了一下，听见撕扯的声音。雨停了，脱下雨披一看，右侧撕开一个长条口子，一件新雨披只用一次就成破雨披了。

5 点，又出太阳了。前面有一条分岔路，通往一个叫 Sambol 的客栈。韩国女孩拐进岔路，我继续前行。

一路上越走越精神。请赶上来的小伙给我拍一张照片。

后来感觉腰有点累了，狠勒了一下腰带，放松肩带，舒服一点。

前方，胜利在望。看见为朝圣者立的广告牌，距离洪塔纳斯（Hontanas）还有 0.5 公里。千万不要同公里标记较劲，就当是一个参考，总归不会是 5 公里吧。

路上有三块石头做路标，让你避开沙石村路，去走一条田间小路。

约瑟夫大叔说单身

走到小村洪塔纳斯，在公立客栈见到瑞典艾娃，艾娃领我到宿舍。艾娃说，她早就饿了，已经吃过饭，先躺下歇会。我和艾娃约定，我和约瑟夫吃完晚饭后，我们三人一起上街走走。

我们谁也没见到巴西女士丹尼斯，今天丹尼斯“失踪”了。我们三人上街溜达，走到一家村吧，门口有个小桌，三个人坐下来围成半个圈。约瑟夫要一杯啤酒，艾娃和我都喝茶。

约瑟夫讲起他的故事。

十六年前，我的女儿八岁，我与妻子打离婚，在法庭上要求抚养女儿。法官在庭下跟我说，你一个男人怎么带孩子啊？我坚持要女儿，离婚了，我带女儿一起生活。

我现在还是单身，没有女人愿意跟我一起生活，因为女儿在我心里永远是第一位的。

约瑟夫的这道题我和艾娃都解答不了。约瑟夫是一个乐呵呵的大叔，他的笑脸告诉我们，他永远没有愁事。

约瑟夫又谈起了丹尼斯，说：女人的难题是女人想要的男人还没有出生。

我问约瑟夫：男人的难题呢?

约瑟夫说：男人的难题是男人想要的女人不在了。

约瑟夫说：昨天你们每人交了 5 欧元，还剩下几欧元，退给你们每人 1 欧元。

我们三人又在小街上闲逛了一会。明天，我们几个人是否还能相聚，谁也说不准。今天我走了 30 公里，是走得最多的一天，却不是很累。

Part 15

>>> 洪塔纳斯—博阿迪利亚

(Hontanas)　(Boadilla del Camino)

4 月 18 日　08:05 出发　19:10 到达　徒步 11 小时 5 分　29.5 公里

丹麦高中生米卡尔

8 点 10 分，出村。

在山坡下的土路上，一个丹麦男孩赶上我，放慢步子，与我同行。

丹麦男孩说：我今年 20 岁，去年高中毕业。我想旅行一年，思考未来。我有两个哥哥和一个姐姐，一个哥哥是律师，一个哥哥是商人，姐姐是心理医生。他们都喜欢帮助我，指点我这个，指点我那个，我也很聪明。

我问：你是花爸妈的钱走圣地亚哥之路吗？

男孩说：我用做替补教师挣的钱旅行，没有找爸爸妈妈要。

我问：你最喜欢学什么？

男孩说：我的高中毕业成绩非常棒，凭我的成绩，我可以进任何一所我想去的丹麦大学。

我问：你喜欢学医吗？你喜欢学心理学吗？你喜欢学软件编程吗？这些专业都是很难考的。

男孩说：我不知道。我想学对社会有用的东西，我还没想好到底学什么。五月底之前，是丹麦报考大学的时间，我还有一个月。哦，我喜欢学汉语，普通话和广东话是一种语言吗？

我说：普通话和广东话都是汉语，广东话是汉语的一个大方言，普通话是汉语的标准语。

男孩看出我走得慢。

男孩问：你的腿疼吗？

我说：我的膝关节疼，脚趾痛，吃了八天半的止疼药。

20 岁米卡尔是丹麦高中毕业生

男孩说：我的膝关节也疼，我也吃止疼药。

我和丹麦男孩聊了半个多小时，我说小朋友，你快点走吧，别陪我了。丹麦男孩站在土路上，在我的日记本上留下名字和电邮，快步走了。这个丹麦男孩叫米卡尔。

16 岁澳大利亚男孩吃止疼药，20 岁丹麦男孩吃止疼药，30 岁西班牙壮士吃止疼药，60 岁中国大叔吃止疼药，70 岁美国大妈吃止疼药，走在圣地亚哥之路上，吃止疼药是不分年龄不分国界的，谁都可能膝盖疼，脚踝疼，肌腱疼。

我庆幸的是，只吃了八天半消炎止疼片，我的左膝疼痛就消失了；只吃了两天半的秋水仙碱，我的脚趾急性痛风症状就基本缓解了。

我自豪的是，在我膝关节疼痛、脚趾疼痛、肌腱疼痛，几种疼痛交加的时候，我没有放弃走这条勇敢之路——圣地亚哥之路。

当过兵的德国小伙子马可

我在自拍时，看到了德国小伙子马可。我们已经相遇多回，有一种朋友的感觉。

我问马可：你为什么走圣地亚哥之路？

马可没有直接回答，先讲他的故事。

马可说：我今年 26 岁，17 岁就当兵了。

我问：17 岁能当兵吗？

马可说：可以，只要爸爸妈妈同意就行。

马可接着说：我当了 15 个月的兵，跨 17—19 岁三个年头，复员之后，做了两年半学徒工，跟师傅干活，学习安装厕所、暖气。德国有学徒制，师傅只给很少的工资，刚够吃饭的钱。后来到汽车零件制造厂工作，做质量检验工，又做了两年半。我爸爸是德国人，妈妈是波兰人，我有一个哥哥，31 岁，一个弟弟，16 岁。

马可的表情变得凝重起来，说：我现在迷茫了，不知道干什么好了。工作就

是为了挣钱吃饭，这不是生命的意义。我要为社会做有意义的事情，为人民做有意义的事情。

在朝圣之路上，蹦出这样一个大话题，我不感到惊讶。

我的青年时代也遭遇迷茫，但一切迷茫都在那个动荡的年代化为了一场马拉松式的努力，努力学习这个，努力学习那个。是努力学习改变了我的迷茫，还是迷茫引导我去努力学习？

在那个迷茫的时代，我坚信努力会改变一切，学习会改变一切。

我和德国小伙子马可生长在不同的国家，有不同的文化背景，有年龄的代沟，但我们都遭遇到人生的迷茫，我们的迷茫有不同的时代烙印。

面对德国小伙子马可的迷茫，我能说些什么呢？

70 岁戴安妮换过膝关节

前面是一个文化遗址——圣安东教堂的废墟（Ruinas de San Antós），马可帮我拍照。一辆白色面包车停在路边，司机卖一些小纪念品，也给朝圣者盖纪念章。我走过去盖个章，马可也要盖章，他还想买纪念品。我一边走，一边等马可，但他没有赶上来。

一位穿短裤的大妈轻快走来，热情打招呼。大妈是美国人，叫戴安妮（Diane），来自洛杉矶，是一位退休教师，还差两个月就 70 岁了。

戴安妮说：我常年穿短裤，一年前换了右膝关节。

戴安妮停下来，撩开过膝的短裤，露出大腿上一条 10 厘米长的伤疤。

戴安妮是 4 月 4 号从潘普洛纳启程的，膝关节疼时吃布洛芬，喜欢每天走 20 公里，走多了就觉得太飙了。

戴安妮说：我退休前在一个健身机构工作，是私人减肥教练。

我问：你的背包有多重？

她说：只有 12 磅（约 5.44 公斤）。

我说：我的小腿迎面骨下端那段部位疼痛。

戴安妮教我 strench（抻拉）小腿肚肌肉，我感觉不太对，看来减肥教练和健身教练玩的不是一个套路。

走进一家村店，老板很友好。这个小村还有一家户外用品店，在骑楼廊下的顶头，店外挂着几件雨衣雨披。店主是一个长者，不苟言笑。

出村，又是一条岩沙路，一排参天大树，像新疆的胡杨。走不完的沙石路，过不完的桥，枯燥并美丽着。

你是我遇到的第一个中国人

下午 1 点 20 分，爬上一个陡峭的山顶，身后是 1050 米陡坡。

一位美国大叔对我说：你是我一路上遇到的第一个中国人。

今天出太阳了，暖和，无风，小飞虫一路跟随，轰不走。

汽车迎面开来，司机举手致意。

走 2 公里到达小村 Itero de La Vega。村口有村店和客栈，进店吃一根冰糕，凉

爬到山顶，身后是 1050 米陡坡

快凉快，坐下来喝咖啡，吃酸奶，又遇到美国戴安妮。

戴安妮说：我不走了，在这里住下。

沿途的村落，老人多，青年人少。两位老人坐在村口的长椅上晒太阳，露出慈祥的笑容。

一路向西，一路朝阳，满脸淌汗。

这家客栈很有朝圣者气氛

走到博阿迪利亚。村口这家客栈很有朝圣者气氛，院内草坪上有不少人，不时传来欢声笑语。

走进大门，穿过草坪和水池，看到不少熟人，有叫上名字的，有叫不上名字的，一通哈罗一通嗨，来到客栈大厅。

老板说：你先住下，回头办手续。

大厅左手是餐厅，我站在门口往里一探头，波士顿人本眼尖，冲我大声打招呼，还有几个熟人也朝我打招呼，气氛太热烈了。

今天走了29.5公里，穿过一大片丘陵地带，有一段路还很陡峭，阳光温暖，下午暴晒。

我问老板：有第二轮晚餐吗？

老板说：有，你9点来吧。

我今晚一定要享受一下乡村的朝圣者晚餐。

轮到艾娃讲故事

约瑟夫大叔来找我。

约瑟夫说：这家太热闹，我没住，继续往村里走，找到了一家非常安静的客栈。

我跟约瑟夫沿着弯弯曲曲的街道走到他和艾娃的客栈，大厅敞亮，只有管理员一个人。约瑟夫跑上楼去叫艾娃，艾娃一见面还是先笑后张口，用瑞典语叫我一声大哥。我们三人在大厅坐下，不喝啤酒也不喝咖啡，清聊。

艾娃说：这里是 23 欧元，包晚餐和早餐，晚餐很丰盛，吃得很饱。

哈哈，我还饿着肚子呢。

艾娃说：我今天走了 29 公里，累了，刚才一直躺着。

约瑟夫说：我今天早上 7 点出发，中间休息了两次，每次休息半个小时，下午 1 点就走到这里了，平均每小时 5 公里。

约瑟夫补充说：走在路上，我才知道自己能走，有时候还可以撒欢小跑。

这是 60 岁大叔的腿吗？是飞毛腿啊！

约瑟夫问我：你见到丹尼斯了吗？

我说：没见到。

我跟约瑟夫开玩笑说：你说过，男人最喜欢的是不在了的女人。

我们三人都开心地笑了。

今天轮到艾娃讲故事，艾娃却说：我今天累了，明天聊吧。

我们约好明天在卡里翁（CARRIÓN）客栈见。

约瑟夫坚持送我回客栈。约瑟夫身体倍儿棒，单衣单裤，赤脚穿拖鞋。我穿着小棉袄，已感到了山村的寒冷，不仅是寒冷，我还饿着呢。

第一轮晚餐散场了。大厅拥挤热闹，十几个人扎堆儿聊天。我的左小腿迎面骨上有一条肌肉红肿微疼，我从来没有这个症状，请教在场的各路勇士。

一个高大壮的德国男孩说：你是缺镁了，肌肉疼痛是因为缺镁。

他跑上楼给我拿来一包镁粉，像袋茶一样大小，告诉我按这个包装袋去药店买。

一路上陌生的同行者热情帮助，总是让我感到非常温暖。

晚上九点第二轮晚餐开场，老板说你可以入座了。啊，第二轮就我一个人啊！老板安排我去小餐厅，我一个人孤零零地坐在长板凳上等候上菜。第一道是汤，端上来一个大粗瓷碗，满满一大碗香浓鲜红的汤，味道有点像我小时候的天津果子（油条）汤，还有浓郁的蒜香。我用土瓷汤盘连盛了几盘，全喝光了。第二道是主菜，煎白鱼两块，配生菜和西红柿，还送一扎红酒。最后的甜点是一支雪糕。

一顿乡土浓郁的农家土菜，土瓷碗，土瓷盘，土菜汤。

Part 16

>>> 博阿迪利亚—卡里翁·德洛斯孔德斯
（Boadilla del Camino）　（CARRIÓN DE LOS CONDES）

4月19日　09:39出发　19:00到达　徒步9小时21分　27.5公里

老板儿子爱逗乐

外面的灯光照进窗根儿，把半间屋子照亮了。左腿迎面骨下的这条肌肉很别扭，疼痛。起，艰难地站起来，下楼。

昨晚一个人吃晚餐，今早不会是一个人吃早餐吧？两个大叔在餐厅，我坐在他们的对面，一位是爱尔兰大叔，62岁，一位是美国大叔，61岁。我觉得爱尔兰大叔面熟，想起来了，就是那天送给荷兰女士止疼药的那位大叔。一路上，客栈的早餐都非常简单，连个鸡蛋也没有。

服务员是西班牙大哥，天性快乐，喜欢幽默，总爱说一个词symbolic（象征性的），客栈的早餐是symbolic，咖啡是symbolic。

我问：谁是客栈老板。

大哥说：妈妈是老板，昨晚的服务员是表哥。

我逗大哥：你也是 symbolic。

大哥找到了知音，说：对，我们都是 symbolic。

走到圣地亚哥给本过生日

住在私人客栈的好处是，早上没人轰你走。不急着走的，都聚集在了前台大厅。

新西兰大叔和大妈对我说：你是我们见到的第一个中国人。

昨天认识的美国大叔又说：我原来还以为你是韩国人呢。

一路上，欧美人最多，亚洲人最少，亚洲人中韩国人最多，日本人少，中国人少，印度人极少。欧美朝圣者很难分辨韩国人、中国人和日本人，又加上韩国朝圣者喜欢扎堆儿，把中国人当成韩国人很正常。我感觉美滋滋的，哈哈，我在代表中国人的形象。

一路上最爱看书的是波士顿小伙子本。今天本一改形象，占据一个小桌，专心致志地看笔记本电脑。

第 13 天在暴雨中到达布尔戈斯客栈后，遇见本和他的女朋友麦根。我们已走散十余天了，都带着一股久别重逢的热乎劲儿，请熟人给我们拍合影照，来个永久留念。

本说，那本 *OFF THE ROAD*（《路之外》）他快看完了，明天早上就可以把这本书送给我。第二天早上出发前，我去找本要这本美国作家 Jack Hitt 写的书。本站起来，举着书垫在上铺床帮上，在书的首页空白处写了一句赠言：

To Yue, Enjoy! Have a great trip! So wonderful to meet you! ——Ben é Maghan（致岳，享受生活！旅途愉快！非常高兴遇见你！——本和麦根）

今天说今天的事。

我告诉本：我的小腿受伤了。

本用笔记本上网查骨骼肌肉系统，调出大量图片，指着一张图片说：你受伤的不是小腿肌肉，是肌肉下面的 tendon。

什么是 tendon？

麦根拼出这个词的六个字母 t-e-n-d-o-n。

谷歌给的翻译是“肌腱”。

本说：我有一个朋友是健身教练，给他发信了，咨询一下。

本站起来，给我做抻拉肌腱的示范动作。按我的医学常识，肌腱已经发炎红肿，现在不适合做任何抻拉运动了。

之后，我们三人一起上路。路是一马平川，天是阴沉的。

本和麦根讲起他们的故事。**麦根快人快语，抢先说话。**

我们计划 5 月 7 号走到圣地亚哥，那天正好是本的 31 岁生日，我们走到圣地亚哥去给本过生日。我的生日是 1984 年 6 月 23 日。

我们今年一月从波士顿出发，到古巴和南美旅行，然后来到法国圣让·彼耶德波尔走圣地亚哥之路。我们要旅行一年。

我问：你们旅行一年就背这两个包?

本说：我们把两个大件行李邮寄到圣地亚哥了，寄给了一个寄存服务公司，他们给保存一个月，邮局只给保存 15 天。

麦根接着说：走完圣地亚哥之路，我们要去葡萄牙，从那里飞到波兰，本有一个表妹在波兰。6 月，我们要飞回波士顿，本的哥哥要当爸爸了，回去与全家一起庆祝。

我说：这是假期中的假期啊。

麦根说：对，是假中假，然后，我们去亚洲旅行。

我说：中国、越南、柬埔寨、泰国都很好玩。

麦根说：我们准备去东南亚国家，没有想到去中国，中国人很少说英语，在中国旅行比较困难。圣诞节前我们赶回家过圣诞。

麦根还兴高采烈地说：我们准备旅行一年之后结婚。

本说：我读的是大专，父亲很失望。我参加工作早，已经干了十年了，有足够的钱旅行一年。

之前，本是销售员，麦根在一家保险公司做职员。

本和麦根是美国的80后，中国的80后、90后会向本和麦根学习吗？

一个光头大叔赶上来，友好地打招呼，聊了几句。看到光头大叔，我感觉我的背包有点沉，身体有点热，脱掉小棉袄。

跨过运河的闸口，进入弗罗米斯塔（Frómsta）。

马路边有一家超市，比村店大多了。

马路对面是一个工地，两辆韩国大宇挖掘机在铲土作业。

一路上见到的一拨又一拨的韩国朝圣者，眼前的韩国施工机械，还有韩国汽车，叠加起来形成一个韩国系列，对我产生一种冲击。

戴耳机的罗马男孩

一个哥们儿在丁字路口广场的长椅上休息。他是我见到的最时尚的朝圣者，全身的行头以天蓝色为主，蓝色徒步鞋，蓝色运动衣，登山杖上也有一抹蓝，白色宽边墨镜，银白头发，酷呆了。我走向前去打招呼，让我猜中了，他是意大利人。

一个男孩戴耳机听音乐，手提尼康小相机，与一个伙伴一起走。他的伙伴腿疼，拄着一根树枝，走在我的后面。后来，戴耳机的男孩走单了，走远不见了。不知什么时候，这个男孩又冒出来，与我一路聊天。

他说：我是意大利人，27岁，会说西班牙语。我妈妈是阿根廷人，爸爸是意大利人，他们在加拿大蒙特利尔相识结婚，生了姐姐，姐姐今年35岁。我爸爸65岁，妈妈54岁，生姐姐时还不到19岁。爸爸妈妈回到阿根廷，生了我，我叫马克。10年前，爸妈在罗马开了一家意大利餐馆，有40个座位，妈妈当厨师，老爸做老板，老爸再干3年就退休了。我18岁高中毕业后，先在别的餐馆打工，现在给爸妈打工，与朋友合租房子。

最时尚的意大利哥们儿

我问：你不跟爸妈住一起吗？

马克说：我天天跟老爸老妈在一起工作，再住在一起，会天天吵架的。

我问：马克，你为什么走圣地亚哥之路？

马克手握相机说：我走朝圣之路没有宗教原因，罗马太紧张了，走这条路放松一下，欣赏一下大自然。四月是罗马餐馆比较忙的季节，我跟老爸请了5个星期假，老爸没辙。我4月2号从圣让·彼耶德波尔出发，在潘普洛纳住了两天，在布尔戈斯住了三天，那里都有朋友。

这个可爱的大男孩特别爱说话，一下子给我讲这么多故事，灌得我有些发蒙。

光头大叔手握一把雨伞

走了5公里，来到小村 Población de Campos。穿过大半个村子，在一个露天村吧休息。两个小时前见过的光头大叔正好走到这里。大叔是西班牙人，55岁，从马德里乘大巴到布尔戈斯，计划用一个星期走到利昂。他背一个小包，只有三四公斤，手握一把雨伞，走路极为轻快。

光头大叔

光头大叔也是个有故事的人，他说：我叫Balentino，有两个孩子，大孩子30岁，小孩儿才6个月。我有一个星期的“奶爸假”，我用这个假期走一段圣地亚哥之路。我是一个教师，我们学校的学生都是有问题的学生。

临走，光头大叔甩了一句话：我是一个好爸爸。

我相信光头大叔的话。好爸爸走圣地亚哥之路，好妈妈在家看孩子。光头大叔，你可真幽默！

美国名校高才生

走了4公里到达小村Revenga de Campos。在小广场上休息了一会儿，起身要走，突然感觉小肚子不舒服。我很不情愿走一百多米的回头路，进村的路上有一个村吧，只能去那里解决问题。

村吧，空空荡荡。我先跟女主人说上厕所，找个桌子放下包，办完事，总觉得消费一点什么才合适。要一杯咖啡，吃个三明治吧，不能老吃甜食了。

我正啃着凉三明治，一个熟悉的小伙子走进来，坐在吧台高凳上，喝一瓶橙汁饮料。我认识他，是美国人，我们第 1 天同住过龙赛斯瓦耶斯客栈，第 2 天同住过苏必里客栈。这小子特牛，一路上不爱搭理人，基本上没跟我说过话。在这里相遇，只有我们两个人，不说话有点尴尬，我先开口。

我说：我去过美国三次，在美国待过几个月。

他说：真的，你住过哪个城市？

我说：费城，我妹妹家在费城。

他说：我是托马斯 · 杰弗逊医学院毕业的，在费城学习了五年。

我说：哦，很棒的医学院。我妹妹是佛蒙特大学毕业的，生物学博士，她在费城工作。

他说：啊哈，你妹妹非常聪明。我马上要去佛蒙特大学医学中心工作，走完圣地亚哥之路就去报到。

我说：你多大？

他说：26 岁。

我说：我感觉你的腿受伤了？

他说：是的，我的左脚踝疼，走路一瘸一拐。

我说：我的膝关节刚好，肌腱又发炎了。

走在圣地亚哥之路上的人都是凡人，有你喜欢的人，也有你不喜欢的人，甚至还有你讨厌的人。遇到不喜欢的人，你可以不去交流，这是一种比较安全的交际策略。在某些场合，遇到不喜欢的人，又不得不交流，试着找到合适的话题，也可能交流得很好。学会与不喜欢的人交流，是人际交往的一个基本功，也是跨文化交际的一个基本功。

走完朝圣之路去克罗地亚看母亲

走出这个村子，与一个大叔同行。

大叔说：我是克罗地亚人，叫布莱诺（Breno），50 岁。我 22 岁时去的巴黎，从巴黎去的美国。我有一个发小在美国，我去美国访问这个发小，后来就留在了美国。我的妻子也是克罗地亚人，她是两岁去的美国。

克罗地亚大叔继续说：我在美国有一个小公司，做物业管理。我想培养我的儿子，以后让他打理公司业务。我 4 月 8 号从圣让 · 彼耶德波尔出发，每天走 30 公里。走完朝圣之路，我要去克罗地亚去看母亲，我至今还保留着克罗地亚国籍。

我们一同走到下一个村子，克罗地亚大叔落脚宿营，我继续赶路。

一个青年人牵着两只黑背狼狗，站在路边给我让路。

雨滴滴答答下，小飞虫在头顶盘旋。

走 7 公里到 Villalcázar de Sirga，雨下大了，在路边汽车站避雨。德国女孩卡婷也来避雨，我给卡婷 2 根香蕉，找她要了一点水。

美国得克萨斯州小夫妻走过来，两人穿一样款式的蓝色雨衣，雨衣也要情侣装，有情调。得州小夫妻冒雨先走了，卡婷住在这里，我一个人走。

进入卡里翁地界。

几分钟后穿过公路，走到 Refuge Santa Clara。这个客栈有床位，5 欧元，单间 20 欧元，没有网。我在登记簿上没有找到艾娃和约瑟夫的名字。

管理员说：这个镇没有公立客栈。

我冒雨去 Refuge Parois. Sta Maria（圣玛利亚客栈），不见管理员。一个韩国青年人说，下午 3 点就满员了。我上楼去看，两间宿舍都住满人了，不见艾娃和约瑟夫。

一个高个英国女孩很热情，建议我等一会儿，说管理员可能是到教堂做弥撒去了。家住圣地亚哥的那位大妞搜索谷歌，帮我找到一家私人客栈。我穿过几条小巷，找到这家私人客栈，前门上锁，只得敲门，大妈出来比画一通，意思是没有床位了。

我无可奈何地返回第一家客栈。小街小巷曲里拐弯，难辨方向，是一位打伞大叔把我带到客栈。办理入住，是个上铺。

同屋一个大叔在写日记。我又冷又饿，已无力气出去吃饭。大叔很和蔼，说：我做了一锅意大利面，还有红酒。我来到厨房，得州小夫妻也在这里。我打开电炉热了小半锅意大利面，吃了两盘子，还喝了一点红酒。

德国科隆的汉斯买了巧克力马蹄酥，一位西班牙大叔买了草莓，阿根廷大妞也来了，大家一起分享。我认识汉斯大叔，我们曾在比亚纳客栈同住一屋。

最后6公里一直下雨，袖子、裤腿都淋湿了，运动鞋湿透了，脚冰冷。

整个客栈也是冰冷的。

Part 17

>>> 卡里翁—利迪果斯

（Carrión de los Condes）　（Ledigos）

4月20日　09:00出发　19:00到达　徒步10小时　24公里

不差钱的荷兰人做志愿者

9点30分，走到圣玛利亚客栈，客栈大门紧闭。我这才看清，客栈是圣玛利亚教堂建筑的一部分。

跨过大河上的古桥，绕过公路上的转盘，眼前是一座加油站，向前走，是一条一眼望不到尽头的沙石路，两侧是农田草地。

负重越轻，走得越快。想得越多，走得越慢。

克罗地亚大叔布莱诺赶了上来，给我讲了一个新奇的故事。

我昨天晚上住的是一家私人客栈。管理员见到我说的第一句话就是：等一下，我先把草地上的驴拴好，一下雨驴就跑了。

昨天有7个人住宿，只有4个人吃晚餐，管理员做了很多饭，大家吃不了，剩下很多。管理员是荷兰人，家里有很多房产。他把房产收入都捐献给了儿童基金会，用于救助儿童，自己一个人来到这里，一年四季做志愿者，远离城市。

布莱诺大叔讲完他的见闻，很有礼貌地说：我想按自己的节奏走，走快一点。

布莱诺大叔踏步而去。

一路上，这样的同行者很多，同走一段路，交流自己的见闻和心得，然后各自按照自己的节奏走。

雨下大了，刚买几天的绿雨衣破了。美国费城男孩和德国女孩路过，帮我穿好红雨衣。雨下个不停，沙石路面处处有积水，费城男孩和德国女孩的橘红色登山包渐渐消失在远方。

不久，雨小了。当登山包防雨罩用的破雨衣破得更厉害了，拖拉在地上。在休息区，我干脆把雨衣撕成条，绑在包上。一条前后看不到头儿的沙石路上，只有我一个人。

在前面的十字路口，一辆出租车停在路中央，司机下车把地上的登山包放进后备厢，一位大叔费力地钻进了车。

我和卡婷棚下避雨

又到一个露天休息区，德国女孩卡婷走过来。

沙石路上终于出现了一个遮雨棚，有一面墙，有一个斜坡顶子，墙边有一条长凳。卡婷送给我一个小食品棒，有点雪中送炭的意思，我的包里没有任何吃的东西可回赠。

雨中，我坐在遮雨棚下，喝着中国茶。雨点击打着沙石路面，没有停歇的意思。

在遮雨棚下，卡婷吃着法棍，喝着瓶装水，讲起了她的故事。

卡婷说：我来自汉堡，29 岁，在一家广告媒体公司做市场分析。我干这份工作有几年了，有些厌烦。去年我有一个星期的假，走过一段圣地亚哥之路，今年

前不着村，后不着店，这里有个避雨棚

我有两个星期的假，从上回停下来的布尔戈斯继续走。

休息片刻，卡婷先走了。

几十分钟后，我和卡婷又在雨中相遇。我们互相给对方拍照，记录今天艰难的雨中行。

爱尔兰车手今天骑行 71 公里

走了 5 个多小时，一个村子近在眼前了。

这是小村 Calzadilla de la Cueza，我已经走了 17 公里。

村口有一家私人客栈村吧，屋里很暖和。我买了一杯咖啡、一份土豆饼、一根香肠，一共花了 5.2 欧元。土豆饼叫 tortilla，烤箱烤出来的，热量高，是我喜爱的充饥食品。我特别饿时，特别想补充能量时就吃土豆饼。

我要大吃一顿，补充能量，增加体温。我浑身都被淋湿了，我要用吃进去的热量焐干我的湿衣服。

说起人气旺，有朝圣者气氛，其实就是说有一群同行者，徒步爱好者和骑行爱好者，聚集在一起，有说有笑。

这一群人的主角是后脑勺扎一根小辫子的韩国大叔。他坐在长条桌的一头，有点像会议的主席。小辫子韩国大叔来自新西兰，喜欢调侃，有点闹腾。

两个骑行者站在吧台前沉默不语。

我走过去聊天，大叔车手指着自己的将军肚说，走这趟圣地亚哥之路就是为了抹平肚子，说着举起啤酒杯大喝一口。

另一个车手是爱尔兰人，靠着吧台，喝着啤酒，吃着薯片。

爱尔兰车手说：我叫马丁（Martin），从圣让·彼耶德波尔出发，山区每天骑50—55公里，平原每天骑70公里，昨天骑了69公里，今天骑了71公里。

我问马丁：你为什么走圣地亚哥之路？

马丁说：因为爱好和运动。

马丁住在这个客栈，不走了。我要走，还要走7公里，准备住在利迪果斯（Ledigos）。

走出客栈，见到卡婷，她也住在这里。今天在雨中行走，又冷又饿，非常艰难。德国姑娘卡婷身穿一件长雨披，背一个大包，顶风冒雨，走得比我更艰难。我不知道我和卡婷什么时候再见，于是请别人给我们照一张合影，记住这次雨中同行。

Part 18

>>> 利迪果斯—萨阿贡
（Ledigos）　（Sahagún de Campos）

4月21日　10:20出发　18:00到达　徒步7小时40分　16.5公里

鲁韦阿诺博士和安东尼奥

鲁韦阿诺博士和他的同事安东尼奥是意大利人，在意大利国家研究院西西里岛工作站工作。

鲁韦阿诺和安东尼奥从西西里岛的卡塔尼亚飞到马德里，从马德里坐大巴到潘普洛纳，16号从潘普洛纳开始骑行，昨天（20号）从布尔戈斯出发，骑行105公里到这里，今天（21号）计划骑到利昂，70公里。

安东尼奥说：我们昨天在路上看见你了，你还给我们拍照呢。

我想起来了，昨天下午五点来钟，我从村吧出来，刚上公路就看见两个车手从远处飞快驶来，其中一个车手冲我扬手，正是安东尼奥。

我告诉他们：我两次乘船到过西西里岛，最近一次是2015年12月乘船环游地中海沿岸几个国家，游轮停在西西里岛巴勒莫港，上岸玩了一天。

鲁韦阿诺博士说，他今年一月到中国武汉参加了一个核能会议。

在路上，很多同行者，西班牙人、丹麦人、瑞士人，告诉我他们去过中国，给我讲在中国的见闻。

不同文化的人，因互相交流，从陌生到熟悉，从熟人成朋友。走这趟圣地亚哥之路，我最大的喜悦是因一路与同行者交流，获得了许多从书本上得不到的真知灼见。

安东尼奥告诉我，他是研究所的工程师，硕士毕业，34 岁。鲁韦阿诺是他在研究所的老师，他喜爱骑行，是初学爱好者，这次跟老师出来实战练习。

鲁韦阿诺是资深物理学博士，62 岁，从事科学研究几十年，去过世界各地，爱好自行车运动。我想跟这位学识高深、阅历广阔的学者深入交谈，想听听他对走朝圣之路的理解。鲁韦阿诺坐在床沿，摆弄两只湿鞋，穿上袜子，往脚上套塑料袋。

我走到鲁韦阿诺跟前，问博士：很多人说走一趟朝圣之路可以改变一个人，你怎么看？

博士停下手里的活，抬起头，语气坚定地说：我认为，走朝圣之路的真正意义是，一个人背包负重走 800 公里到圣地亚哥，完成一次很难完成的艰难行走，完成一件艰难的事。生活中很多人不能坚持做完一件事情，走一趟朝圣之路，最大的意义是，学会怎样去完成一件事。

博士的观点很新颖，书上没人写，游记上也没人这样说。

人们常说，做事一步一个脚印，用走路比喻做事。

走圣地亚哥之路，按两步一米计算，走 1 公里是 2 000 步，走 800 公里就是 1600 000 步，一步一个脚印才能走到圣地亚哥。

走一趟圣地亚哥之路肯定会对一个人产生深刻影响，只是每个人有不同的体验、感受和领悟。

雨停上路

9点20分，雨停了。爱尔兰大叔和俄裔美国女孩都说肌腱疼。美国女孩吃止疼药，不走路时用冰敷，走路时套上护踝。爱尔兰大叔说是劳损。我的肌腱伤没有加重，每天早上消肿，走一天又肿了。徒步第12天下午肌腱开始有轻微不舒服的感觉，到今天已有7天了。

肌腱伤跟关节疼不一样，关节疼是走路时疼，不走路不疼，肌腱伤是晚上睡觉时也不舒服。

今天计划走十七八公里。卡里翁至萨阿贡是40.5公里，昨天走了24公里。今天从利迪果斯到萨阿贡，才16.5公里。

在吧台遇见昨天在村吧避雨时见过的德国女孩，她被雨淋病了。我昨天在村吧避雨两个小时，吃饱了，身体暖和了，衣服半干了才走，是对的。

下雨最好别走路，被雨淋湿很容易生病。

我的破雨衣是绿色的，已经破成条了，绑在登山包上，像是一个大粽子。这几天下雨，我天天背着一个大粽子。

10点20分，出发。

走2.5公里到小村 Terradillos de los Templarios。

走3.5公里到小村 Moratinos。村口有栋小楼，是个客栈，有餐馆酒吧。

村吧里，中午时分只有我一个顾客。买一杯咖啡，加一杯热水，一听冷柜里的雀巢柠檬茶，感觉有点热，也想多喝水。

新西兰胖妞走进来，直奔吧台，冲老板举起水瓶，说了一句：Can I get water（我可以要点水吗）？灌完水，胖妞说声谢谢，扭头走了。

小帅哥哈维尔（Javier），是当地青年，22岁，在酒吧打工。哈维尔热情地给我盖章签名。

1点18分出发。

距离圣地亚哥 376 公里。

两个青年人轻快走来，女孩是匈牙利人，男孩是白俄罗斯人。我中学学过俄语，在路上常跟说俄语的同行者说几句俄语。我知道白俄罗斯人说俄语。

我问白俄罗斯男孩：用俄语怎么说朝圣之路愉快？

白俄罗斯男孩教我说：ХОРОШЕГО ПУТИ ！

我学说这句话，第一遍把 ПУТИ 说成了“普京”，把白俄罗斯男孩逗翻了。

走 2.5 公里到小村圣尼古拉斯（San Nicolás del Real Camino）。在村吧遇见加拿大人斯蒂夫、一个澳大利亚人，还有一个韩国女孩。

丹尼尔分文不带走朝圣之路

圣尼古拉斯是个很小的村子，几分钟穿过小村，按指示牌走却走不通了，眼前是一洼水，是昨天下雨的积水。我想找一块木头放在水洼中间，踩着木头跳过去。这时一个高个大男孩走过来，我俩决定绕行，走大路，有一个同行者陪伴，多走几公里不算什么。

一路上，大男孩给我讲了一个出乎我想象的神奇故事。

大男孩说：我叫丹尼尔，24 岁，意大利人，家住维罗纳，在米兰与威尼斯之间。我今年三月底刚从维罗纳大学毕业，学的是“人类运动科学”，学士读了三年，硕士读了两年。

我问丹尼尔：人类运动科学是什么意思？

丹尼尔回答：简单说就是运动科学，但侧重运动理论，而不是运动技能，这个专业不是培养运动员的。

丹尼尔接着讲故事。

丹尼尔说：我买的是廉价机票，从维罗纳飞到伦敦，转机飞到法国西海岸的比亚里茨（Biarritz），从比亚里茨·佩斯·巴斯克机场打出租车到巴约讷（Bayonne），乘火车到达圣让·彼耶德波尔。

我在圣让·彼耶德波尔住了一晚，去了大教堂，把口袋里仅有的几十欧元全部投进了捐款箱。我要学古代朝圣者的样子走朝圣之路。

我上下打量眼前这个年轻人，一个很平常的欧洲青年，却语出惊人！

我问丹尼尔：你一路搭帐篷？

丹尼尔说：我不搭帐篷，我也没带帐篷，我要同朝圣者一起走，一起住宿，我不想把自己孤立起来。

我问丹尼尔：你没有钱，你有银行卡吗？

丹尼尔说：我口袋里没有钱，也没有卡，我根本就没带卡，古代朝圣者身上就没有一分钱，我要体验古代朝圣者是怎样走这条路的。

我问丹尼尔：一路上你都住哪呢？

丹尼尔说：我住朝圣客栈，跟你一样。

我问丹尼尔：你没有钱怎么住呢？大部分客栈是收费的，仅有几个是免费的。你去公立客栈？

丹尼尔说：不，公立客栈没商量，不交费不能住。我去私人客栈，讲明我没有钱，也没有卡，想在这里住一晚。他们一般会让我住，有的客栈还给我吃的。

我问丹尼尔：私人客栈不让你住怎么办呢？

丹尼尔说：路上遇到的同行者有时帮我交住宿费，有时给我10欧元、20欧元。

我问丹尼尔：你用剩下的钱买吃的？

丹尼尔说：对。我只跟同行者讲我的故事，不跟客栈讲这些。

从圣尼古拉斯村走到住宿地萨阿贡（Sahagún）是8公里，我是一路听故事走过来的。在萨阿贡镇前，有一个休息区，我想喝点水，歇一会儿，丹尼尔很随和地陪我坐下来。

我说：我今天走了17公里。

丹尼尔说：我今天走了40公里。

丹尼尔一天竟然走了我两天走的路。

我请丹尼尔在我的日记本上签名，写下他说过的我不太熟悉的地名。

丹尼尔拿出一个橘红色硬壳日记本，给我看他画在封面上的朝圣路线图，每走一天，图上就延长一个点。路线图的最后一个点是 Carrión de los Condes，这是我前天晚上住过的镇子。

我说：我今天晚上住在萨阿贡公立客栈。

丹尼尔说：过萨阿贡 5 公里有一个免费客栈。

我说：你住在这里吧，我给你一点钱，你收下吧。

丹尼尔腼腆一笑，表示接受，接过我递给他的 10 欧元。

下午 6 点，我们一起向镇里走，十几分钟后走到萨阿贡客栈。大门上有一纸通知：管理员 6 点 30 分来，请大家届时到一层前台办理登记。这又是一个无人管理客栈。

这是一个教堂改造的客栈。我和丹尼尔上二楼，感觉有上百人住在这里，看到一些熟悉的同行者，有艾米利奥、凯蒂、波兰姑娘，还有白俄罗斯男孩、匈牙

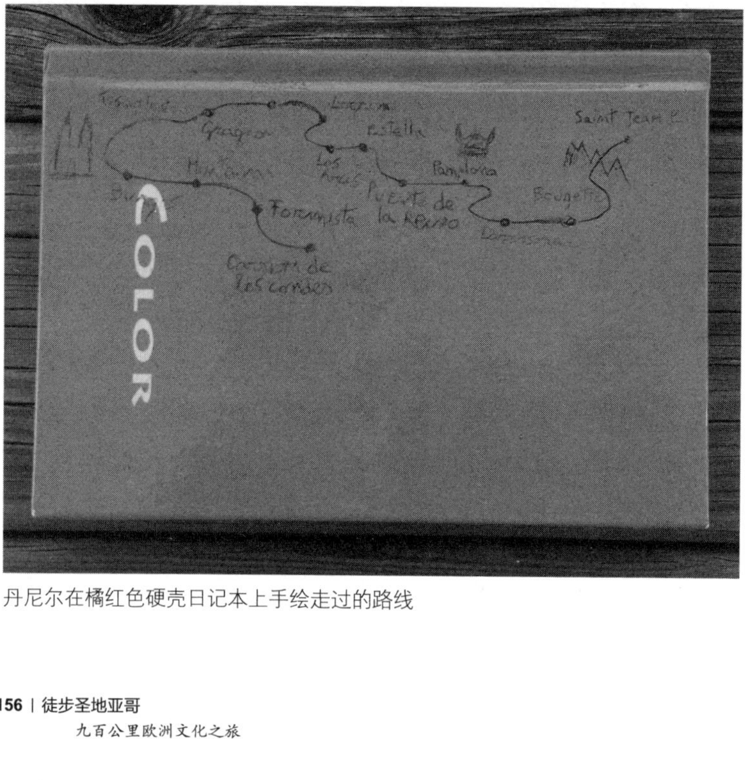

丹尼尔在橘红色硬壳日记本上手绘走过的路线

利小姑娘。我和丹尼尔走到里边，我挑了一个靠通道的下铺，丹尼尔选挨着我的铺，我的对面是匈牙利姑娘，她的上铺是白俄罗斯男孩。

年轻人就是年轻人，充满活力。丹尼尔、匈牙利姑娘坐在地板上，白俄罗斯男孩站着，我躺在床上，四人围成一圈聊天。

匈牙利姑娘叫佳蓓（Gyapy），30岁，布达佩斯人，在一家公司做市场管理工作，毅然辞掉了厌烦的工作，走上圣地亚哥之路。

白俄罗斯男孩叫艾果（Egor），22岁，在圣彼得堡某大学读经济系。

我问艾果：你来西班牙要签证吗？

艾果说：我有西班牙居住签证。

还是丹尼尔讲的故事最精彩，匈牙利姑娘佳蓓托着小脸，听入迷了。

艾果手里拿着一本书，一边听，不时看看书。

我问艾果：你看的什么书？

艾果说：是拜伦的《恰尔德·哈罗尔德游记》。

我拿过书来，翻看了一下这部长篇叙事诗。

我对艾果说：你走路看书，一样都不耽误啊。

艾果说：我也很羡慕你，悠闲走路，东瞅瞅，西看看，还不时拍照。

接着，丹尼尔又讲了一段新故事。

丹尼尔说：我长大后很反叛，不听爸妈的话，甚至都不理爸妈。三年前，我参加了一个教会活动，突然领悟到自己以前的行为不对，回到家就向爸妈认错。之后，我经常去教堂，听神父布道，学习圣经。

我问丹尼尔：你是怎么想到走朝圣之路的？

丹尼尔说：教会的导师告诉我，丹尼尔，你应该走朝圣之路了。我也觉得，我应该走这条路了。

我们几个人聊得非常投入，忽然想起要办理登记手续，下楼一看，管理员已不见踪影。

Part 19

>>> 萨阿贡—埃尔·布尔格·拉内罗

（Sahagún de Campos）（El Burgo Ranero）

4月22日　08:04出发　14:30到达　徒步6小时26分　18公里

补盖纪念章

昨天与匈牙利姑娘和白俄罗斯男孩专心听意大利男孩讲故事，错过了办理登记手续，当然也没有盖上纪念章。今天早上也不见管理员的踪影，补办手续、补盖纪念章都成为不可能。

怎么补救呢？客栈对面是一家旅馆，去那里看看。

推开小旅馆的门，是一个窄小的通道，连着通往二楼的楼梯，楼上是旅馆客栈，右侧有一道门通往酒吧。

一个女店员从酒吧走过来，我问能否盖个纪念章，回答不可以。

我看见德国女孩卡婷坐在酒吧里面，进去跟她打招呼。卡婷在等超市开门买面包和水。我买一杯咖啡，坐下来跟一对英国夫妇闲聊。

英国大妈问我：你叫什么名字？

我在北欧生活了十几年，有很多东西适应了，但还是不喜欢起个外国名字，也没有外国名字。

我说：我叫 Yue。

大妈和大叔学了几遍，觉得挺拗口。

我说：你们就叫我 Y 吧，好记。

喝完咖啡，我请同一个女店员给我盖章，她问我写哪天，我说写昨天吧。我补上了一个纪念章，很高兴。事后想想，盖章就是盖章，跟补盖没什么关系。

接近十点时，在路上又遇到艾米利奥、凯蒂和波兰姑娘。穿过一个十字路口，还是一马平川的农田。

波兰姑娘直白地说：我要撒尿，你先走吧。

大叔已找到地方，方便完了。我和大叔向前走，波兰姑娘和凯蒂故意落在后面。

前有同行者，枯燥的路也不觉枯燥

波兰姑娘走得快，不见了。艾米利奥和凯蒂走在前面，大道两旁是一眼望不到边的金灿灿油菜花。

你一定要相信这条路上有爱情

村牌 Bercianos。一口气走了 10.5 公里。

村口有一个村吧小院。

艾米利奥的个子比我矮，体胖，走路的速度比我略快一点。我紧跟大叔走了两小时，感觉热，感觉累，感觉饿，买了一杯咖啡和一个牛角酥。

艾米利奥不喝咖啡也不吃点心，站在柜台前跟老板干聊。哦，我忘了，大叔是西班牙人，一路上，走到哪，聊到哪，如鱼得水。

艾米利奥告诉我，店主夫妇就是在走圣地亚哥之路时认识，相恋结婚，然后开了这家村吧。

我们这一拨客人走了，我没走，又来了一拨客人，年轻的女店主一直是笑脸

Bercianos 村吧，没有爱情也就没有这个村吧了

相迎，不时聊上几句。在洪塔纳斯客栈一同住过的西班牙大叔也进来休息，找店主人要了一袋冰，坐在门口的凳子上，撩开小腿，用冰袋冷敷迎面骨。大叔的小腿肌腱是红肿的，比我的肌腱伤重一些。新西兰大叔夫妇也进村吧休息。

几拨人都走了，小店清静下来。我走到吧台与店主人说话。女主人叫安迪莉娅，爱笑，开朗，健谈。

安迪莉娅讲了一个美丽而真实的爱情故事。

她说：我是西班牙人，来自西班牙南部，33 岁。我的先生是克罗地亚人，叫弗兰克，47 岁。我是马德里大学毕业的，获得政治学和法学双学位。弗兰克 2007 年第一次走圣地亚哥之路，我是 2008 年第一次走圣地亚哥之路，在路上，我们相遇了。之后，我们保持联系。2009 年，我们一起走圣地亚哥之路，在路上，我们相爱了。2010 年，我们结婚，我们的孩子已经五岁了。

安迪莉娅继续说：几年前，我们来到这里，开了这家乡村酒吧。我们走过圣地亚哥之路，懂得走这条路的人。很多人到我们店里来，感觉很亲切，我们交了很多朋友。

我感觉弗兰克特别像一个硬汉演员，安迪莉娅问我像谁，我一时没想起来。

安迪莉娅高兴地对弗兰克说：你是个电影演员，我怎么不知道?

弗兰克说：对，我就是电影演员。

安迪莉娅嘱咐我：你想起来了一定要告诉我。

一个小院，前屋和前庭做生意，后屋和后院是安迪莉娅和弗兰克的居所。他们期待开一个客栈，接待更多的朝圣者。

安迪莉娅最后说：我还想走圣地亚哥之路，但开店就走不开了。冬天关了店，圣地亚哥之路上到处是冰雪，我想走也很难走了。

圣地亚哥之路上的一个美丽传说，在我眼前还原为那个真实故事。

我把男女主人公的影像留在了我的相机里，我把他们的爱情故事锁在了我的记忆里。

走之时，我问安迪莉娅：你走过两次圣地亚哥之路，你改变了什么?

安迪莉娅说：简单，生活方式的简单化。在圣地亚哥之路上徒步旅行，你必须扔掉没有用的东西，日常生活也是一样，比如，我过去有很多鞋，其实我只需要一双鞋，一双能走路的鞋。

安迪莉娅的小店叫“朝圣者之家”，没有爱情也就没有这个村吧了。

布尔格客栈

穿过一座公路桥时，一位大叔赶上我。大叔是法国人，会讲英语，告诉我，他三月中旬从家门口出发，走上了圣地亚哥之路。

大叔走得比我快，走到了我的前面。我望着大叔的矫健背影，一位长者，一头白发，一个硕大的背包，一条褪色的牛仔裤。大叔已经走了七八百公里，体力和精气神还是那么棒，令我叹服！

到达布尔格村。一辆售货车停在村口路边。我在圣地亚哥之路上走了 19 天，这是第一次看见售货车。我问过多伦多大叔，村店的蔬菜和水果不新鲜，价格也贵，村民们去哪里买东西呢？多伦多大叔说，有流动售货车到各村卖鲜鱼蔬果。

卖菜的小伙子用中文对我说“你好”。我想给小伙子拍一张照片，小伙子却拿过我的手机给我拍照。我买了 4 个柑子、2 个苹果、2 根香蕉、4 盒酸奶。

布尔格公立客栈是一个方盒子似的小楼，一层是个方方正正的大厅。在大厅一角办公的两位女管理员起身欢迎我，她们的笑脸别提多灿烂了。她俩先做自我介绍，高个大妈叫 Gisela，来自德国；小个大妈叫琼（Joan），来自加拿大。

德国大妈为我登记，加拿大大妈带我看客栈的功能设施，很简单，有一间厨房，厨房里有一台洗衣机和甩干机，有厕所和淋浴间，窗外有一个大洗手盆，可以洗衣用，后院草坪是晒衣场，有一根晒衣服的绳子。

客栈不收费，捐款箱在哪呢？我环顾四周，发现捐款箱嵌在进门右侧的墙壁里，上方有一行小字：捐款箱。我往捐款箱的缝隙口里投了几个硬币。

这个做法比纳赫拉客栈委婉多了。在纳赫拉客栈，管理员安迪抱着一个大盒子捐款箱来给你登记，就把这个大盒子放在你的面前。你捐还是不捐，捐多捐少，感觉有眼睛盯着你。我遇到不少年轻人，口袋里的钱很少，一路省吃俭用，免费客栈是他们的首选。我喜欢选择公立客栈，是因为这里人气旺，有朝圣的气氛。

二楼有 4 个小房间。我住的是一路走来最小的房间，抬头可以看见屋顶的椽子。小屋有四张木头双层床，分左右对称排列，留出中间通道，特像大学时代的宿舍。木地板上分两溜摆着 8 个颜色不同的登山包，这又不像大学生宿舍，八十年代我们没见过登山包。

小宿舍拥挤凌乱。我选择了靠门右手的下铺，匈牙利姑娘佳蓓早已躺在了我的上铺，意大利男孩丹尼尔睡在靠门左手的下铺。

艾米利奥当大厨邀大家共聚

西班牙大叔做好饭，凯蒂叫我去吃饭。我拿出 2 盒酸奶，帮助大叔装点草莓甜点。大叔是主厨，也没有助手，忙忙叨叨做饭，也唠唠叨叨说话。

大叔说：每人交 2 欧元。

大叔又说：我喜欢钱。

凯蒂还邀请了波兰女孩、俄裔美国女孩。后来意大利男孩丹尼尔、扎小辫的韩国大叔和一个韩国男孩也加入进来，坐满了大半个桌子。

大叔亲自给每人的盘子盛上两只煎蛋、两条煎鱼和一大勺蔬菜拌米饭，桌上还有三盘蔬菜沙拉，两盘是西红柿配橄榄，一盘是生菜配苹果条。

凯蒂小声跟我通报开销：我老爸买原料花了 17 欧元。

今天是走圣地亚哥之路的第 19 天，这是我吃到的又一顿丰盛大餐。

艾米利奥说：我做过建筑队师傅，带建筑队造房子，做过大厨，开过饭店，我喜欢钱。

艾米利奥的口头语是：我喜欢钱。

艾米利奥，一个可爱的大叔！

72 岁查理大叔请我吃晚餐

艾米利奥对我说：琼找你。

我找到琼，琼说：不是我找你，是有人找你。

我问琼：是女士还是男士？

艾米利奥插嘴说：是警察。

琼说：是男士。

琼打开大门，用手一指从对面酒吧走过来的法国人。哦，原来是查理大叔。

查理大叔郑重地对我说：我想请你与我一起吃晚餐。

太好啦！我特别喜欢跟有故事的人聊天。本来跟艾米利奥约好晚上一起喝酒，我告诉艾米利奥，说“警察”请我吃饭，我们晚上九点以后喝吧。凯蒂和丹尼尔听了直瞪眼儿，只有我和艾米利奥明白。

查理大叔请我吃意大利面，开始在厨房做准备。

我问查理：还要添点什么？

查理说：可以再买一罐西红柿酱和一盒鱼罐头。

我拍了一张照片，按照片去村店买东西。

查理说：我们 6 点半吃饭。

客栈没有网，对面餐馆有网，但信号很差。又到旁边的酒吧，买一杯咖啡，店伙计说网络有问题，连电话都打不出去。本来是上网来的，没辙，我只好到这条街顶头的一家私人客栈去碰碰运气。这家客栈院里没人，前台也没人，墙上贴着上网密码，试着上网，通了，赶快跟家人报平安。

查理大叔准备好了意面，我也赶回来了。三个小时前跟西班牙艾米利奥大叔聚餐，现在又跟法国查理大叔聚餐，连吃两顿大餐照样有胃口，吃嘛嘛香。

我和查理大叔并排而坐，正巧匈牙利姑娘佳蓓坐在我们的对面，查理也邀请佳蓓入席，女孩腼腆一笑。佳蓓说：我最大的困难是不会与人交流，在这种场合，我不知道说什么。

查理给每人盛上一盘意面，法棍、罐头鱼自取，一场法中匈三国晚餐会开吃。

查理大叔走的圣地亚哥之路极富法国特色。

他说：我 72 岁，是法国一家军工企业的高级工程师。我 2006 年退休了，从 2007 年起我走了四趟圣地亚哥之路，这是我第五趟走朝圣之路。

我走了三趟 Camino de Arles（阿尔勒之路），从法国 Arles（阿尔勒）出发，途径 Somport Pass—Jaca—Monreal—Puente la Reina（女王桥），并入法国之路，这条路是 1500 公里。

我走了两趟勒皮之路，包括这趟，从法国的 Le Puy en Velay（勒皮）出发，至圣让·彼耶德波尔，并入法国之路，这条路是 1600 公里。我是 3 月中旬从家门口出发的，计划 5 月 2 号走到圣地亚哥。

意大利面条吃得很香，大叔的话听得发蒙，一连串非常陌生的法国地名，三趟走阿尔勒之路 1500 公里，两趟走勒皮之路 1600 公里。我才走了不到 500 公里，就膝关节疼痛，脚趾疼痛，肌腱疼痛，再走下去呢?

查理大叔说：明天我要走 38 公里，直接走到利昂。

而我，计划明天只走 18.5 公里，走到曼西利亚（Mansilla de las Mulas）。

艾果被关在客栈外

下午四点多，白俄罗斯男孩艾果在客栈门前踱步，爱不释手地看那本《恰尔德·哈罗尔德游记》。我要去村店，艾果主动给我带路。店里只有两种葡萄酒，便宜的一欧元多点一瓶，贵一点的是利昂产的 2.65 欧元。我买了一瓶利昂红酒，又买了 4 块点心。回到客栈，我给艾米利奥大叔 3 欧元，说是付晚饭钱，递给大叔这瓶红酒，说是送给大厨的。艾米利奥很高兴。

晚上，白俄罗斯男孩艾果还在门外散步，看拜伦的《恰尔德·哈罗尔德游记》，也不时看手机。我给艾果讲了我在纳赫拉客栈被关在大门外的故事，嘱咐他晚上十点前一定要回来。

晚上十点熄灯。丹尼尔打开头灯写日记，匈牙利姑娘佳蓓爬到上铺。我今天到得早，饱吃两顿大餐，休息得好，不困。

丹尼尔刚熄灭头灯，楼下就传来啪啪啪的拍门声，有人被关在门外了。啪啪啪又是一阵重重的拍门声，丹尼尔问我是怎么回事，我说是艾果。啪啪啪又传来第三轮重重的拍门声，我冲丹尼尔说，你去开门吧。丹尼尔蹭地跑下楼梯，接着是上楼的脚步声，艾果进来了。

今天一切活动结束，睡觉。

Part 20

>>> 埃尔·布尔格·拉内罗—曼西利亚·德拉穆拉斯

（El Burgo Ranero）（Mansilla de las Mulas）

4 月 23 日　08:20 出发　14:35 到达　徒步 6 小时 15 分　18.5 公里

查理大叔的两页日记

6 点 10 分，起床。洗漱。

6 点 52 分，查理大叔在大厅吃早餐。查理讲的法国境内的两条线路很陌生，我递给大叔日记本，请大叔写下来。大叔写完，给我看他的行程，一页是走过的路，一页是从今天起至 5 月 2 号要走的路。

我问，可以拍照吗？

大叔点了点头。

我拍照保存了大叔的两页日记。

22	Ledigos	- El Burgo Ranero	35.4
		- Leon	37.4

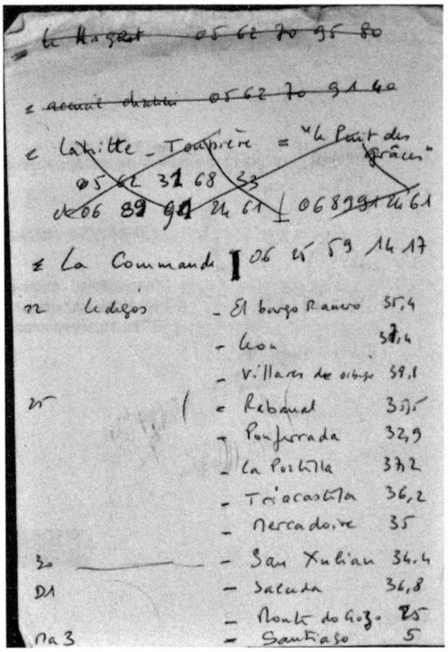

查理大叔的行程日记

	- Villares de Orbigo	39.1
25	- Rabanal	37
	- Ponferrada	32.9
	- La Portela	37.2
	- Triacastela	36.2
	- Mercadoiro	35
30	- San Xulian	34.4
D1	- Salceda	36.8
	- Monte do Gozo	25
Ma 3	- Santiago	5

我抄录的是查理最后 12 天的行程。

这是一份令我震撼的行程单，其中的 10 天，每天行走的距离是 33—39 公里。查理大叔的体力从哪里来？大叔的毅力又从哪里来？

查理的手写字体比较潦草，查理计划住宿的村镇也不都是旅行指南建议的，我花了一些时间，参考了一些资料，才辨认清楚查理写的地名。

我还想跟查理大叔聊天，但没有时间了。查理大叔最后看了一眼旅行指南，7点准时出发了。

拉脱维亚大妞给自己准备了一份精致的早餐，一劈两半的面包上是一层奶酪片，奶酪片上是几片西红柿，还有一杯红茶。拉脱维亚大妞个子很高，身体很强壮，笑得很灿烂，一脸阳光。一路上多次见过这个大妞。

新西兰杰弗和萨莉

8点40分，出村。路过蹭过网的那家私人客栈，向右一拐就是出村口，遇到站在路边的新西兰大叔和大妈。他们是在等人？大叔看见我的登山杖，忽然想起他的登山杖，急忙返回客栈去找。

大叔拎着登山杖回来了，我们却分兵两路走，我和大叔徒步走，大妈坐车走。大妈个子高，非常瘦，看起来弱。这年头，胖的多，瘦的也多，但看起来弱的人很少。看着大妈拐向乘车地点，我们才迈步走。

大叔说，他叫杰弗，65岁，大妈叫萨莉，比他小一个月。

杰弗说：走这条路之前，我就开始热身，在新西兰做准备性练习，走了400多公里，上路时已经适应了，萨莉一步也没走过。在路上我喜欢每天走20公里，她只肯走10公里。

我问：萨莉每次都坐什么车呢？

大叔说：有时坐公共汽车，有时与别人一起拼车，有时单独打车。我们约好路上10公里外的村吧见。

杰弗告诉我他是兽医。我们顺着这个话题，聊起了新西兰的牛羊，聊起了2008年夏天国际舆论炒得沸沸扬扬的中国“毒奶事件”。

杰弗说：我不明白，增加奶制品的蛋白质含量在新西兰是很容易做到的事，为什么中国的奶品公司添加三聚氰胺？

我知道中国的三鹿公司是舆论的焦点，还涉及了新西兰的合作公司。

杰弗说：新西兰的一家奶品公司的高管被告上了法庭，被公司董事会开陈了，丢了职位。

聊天的话题又跳到家庭。

杰弗说：我和萨莉有三个孩子。大儿子 36 岁，住美国，在英国出生，有新西兰、英国和美国三个国籍；女儿 33 岁，住美国，有新西兰和美国国籍；小女儿 30 岁，住奥克兰，只有新西兰国籍。

我问杰弗：你喜欢走圣地亚哥之路吗？

杰弗说：我们是 3 月 31 日从圣让·彼耶德波尔出发的。从奥克兰飞到上海，从上海飞到巴塞罗那，飞了二十多个小时，又坐火车到潘普洛纳，再坐汽车到圣让·彼耶德波尔，路途太远了。坦率地说，走圣地亚哥之路对我们来说这是第一次，也是最后一次，我们有很多想去的地方。

杰弗说的话与众不同。一路上见到很多几次走过圣地亚哥之路的同行者，还没有人说这样的话。

一群年轻人走过。杰弗与一个澳大利亚大叔并肩走，边走边聊。一辆出租车疾驰而过，鸣了一声笛，猜测是萨莉坐在里面。

这一带是平原，没有森林、草丛和岩石做掩护，没有村吧可去，朝圣者只好在路边解决“放水”的问题。

走到一个露天休息区，有水泥桌子和水泥凳。澳大利亚夫妇在这里休息，我也坐下来喝水。澳大利亚大叔和大妈是 3 月 31 日从圣让·彼耶德波尔出发的，在 4 月 2 号也就是第 3 天的路上，大妈在山上摔倒，胯、膝、脚都挫伤了，走到潘普洛纳医院看急诊，照 X 光片，骨头没事，万幸。

大妈听说我的肌腱疼，掏出一板止疼药说，这个药更好。

我问大妈：止疼药真的管事吗？

大妈说：止疼药只是疼痛的 mask（面具）。

细雨，一会儿下，一会儿停。雨衣，一会儿穿，一会儿脱。

太阳出来了，太阳雨。

中午，来到 Reliegos 村口。有人在村吧外招呼我，杰弗向我挥手，杰弗和萨莉会合了。澳大利亚大叔和大妈也在这里。我走过去，买了一杯咖啡和一块蛋糕，加入“澳新会谈”。

萨莉今天乘了 13 公里的出租车。我计算了一下，不算休息时间，这 13 公里，我走了 3.5 个小时，平均每小时 3.7 公里。澳大利亚大叔 65 岁，大妈 63 岁，来自黄金海岸布里斯班。新西兰与澳大利亚是邻国，新西兰一家与澳大利亚一家仿佛是邻居，聊的都是家常话，我插不上嘴，听着呗。

波兰女医生

曼西利亚镇的 GAIA 客栈是萨莉推荐的，去年才营业，是一座全新装修的私家小楼，非常干净。小楼的一层有两个客栈房间，大屋 10 个上下铺，小屋 8 个上下铺。设施有 1 个卫生间，内分 3 个独立的小厕位；有 1 间浴室，内分 3 个小淋浴间；长条楼道做前台，大厅做厨房餐厅（配有洗衣机和甩干机），也是客人的活动室。二层是主人住房。

又见到了杰弗和萨莉。我们三人在餐厅喝茶、吃饼干，互留姓名和电邮。

几天前遇到的波兰女医生带着一对漂亮的女孩住在这里，一个是她女儿，一个是她侄女。我向女医生咨询我的肌腱伤，女医生检查一下，建议只用布洛芬软膏涂抹受伤处，停吃布洛芬药片，最好的方法是休息。她看了我从国内带来的消炎止疼药洛索洛芬纳，说欧洲没有这种药。她还认真读了我买的药品的说明书，说她能读懂西班牙文，因为学过拉丁语，西班牙语跟拉丁语接近，但她不能译成英语。

中午遇大雨，我的鞋湿透了，放在洗手间的暖气上烤一烤。

我做了一锅大米饭

这家客栈的设施是崭新的、现代的。房间很暖和，痛快地洗了个澡，香波没了，用洗手液凑合一下。换上干净的短袖衫和袜子，鞋也基本上干了，出去走一走。

今天是星期六，街上很静。路见一家面包房，里边无人，也不知开门不开门。雨后阳光灿烂，走过桥去，站在西岸水边欣赏古桥，站在桥头欣赏古镇，欣赏依然伫立在东岸边的古城墙。原路返回，看见那家面包房里有顾客，进去买了一块点心和一根花棱形法棍。又走几步看见小镇广场边有一家食品店，进去买了一袋1公斤小包装大米、2根短香肠、4个鸡蛋，一共3欧元，又买了2盒酸奶。老板送给我一块巧克力夹心点心和一块棒糖。

出门看见英国夫妇，英国大妈大声叫我Y，我把棒糖送给了英国大妈。

曼西利亚古城北门

逛到北门，北门是一个古迹。沿老城内墙走了一圈，参观一个教堂，又进一家杂货店，买了 2 个苹果。

回到客栈，用小锅在电炉上焖米饭，放多一点水，焖很软的米饭，煳不了锅。用客栈的油炒 4 个鸡蛋，倒上一小罐西红柿酱，炒了一盘番茄鸡蛋，切了半盘香肠，亲手做的一顿中国晚餐，很可口，我已经很多天没吃大米饭了。

Part 21

>>> 曼西利亚—利昂

（Mansilla de las Mulas）　（LEÓN）

4 月 24 日　09:33 出发　16:10 到达　徒步 6 小时 37 分　19.5 公里

听杰弗讲基督教

早起，一边收拾东西，一边与杰弗聊天。我们自然而然地聊到了朝圣之路和宗教，我很想听一听西方的教徒怎么看基督教。

杰弗说：新西兰是基督教国家，基督教有几大派，有天主教、圣公会、长老会等，我属于长老会。

我是基督徒，我来走圣地亚哥之路跟宗教没什么关系。现在信教的人也很少去教堂了。过去，人们的生活非常贫穷，信仰宗教是改变贫穷的唯一希望。现代社会发生了巨大变化，很多是由科技发展引领的，跟宗教没关系，年轻一代很难再相信宗教了。

杰弗是基督徒，有丰富的阅历，他的说法比较有代表性。

波兰女医生一家跟客栈主人告别，也与同行者告别，我跟女医生用俄语说再见。

昨天下午我和波兰女医生聊得很开心，聊到年龄，女医生与我同岁，快退休了。她带着女儿和侄女来的，女儿德语好，一直跟一个德国小伙子用德语神聊；侄女的英语好，有时帮她做翻译。

欧洲的主要语言对欧洲人来说不是大问题。

杰弗、萨莉与主人夫妇一起吃早餐，我加进去，成为三国早餐会。我有 2 盒酸奶，从冰箱里取出来，让萨莉挑一个，萨莉说两个都是一样的。我又切开一个苹果分给杰弗和西班牙夫妇。

男主人问我：你喝什么？

我说：喝高乐高。

男主人兴奋地用西班牙语重复 COLA-CAO（高乐高），从厨柜上取来高乐高。

我问男主人：西班牙人怎么喝高乐高？

男主人说：兑牛奶喝。

西班牙客栈早餐的咖啡非常淡，比乡村酒吧的咖啡差远了，来一杯凑凑气氛吧。

杰弗学过西班牙语，会说一点，连比画带说地与男女主人交流。我又讲了一遍高乐高在中国的故事。我们五个人的聊天气氛非常融洽。

客栈主人卡洛斯和玛丽飒

杰弗和萨莉走了。主人收拾厨房，我还想聊一会儿。男女主人会说简单的英语，一边干活，一边断断续续讲他们的故事。

他说：我叫卡洛斯，她叫玛丽飒，我俩都是 47 岁，结婚 22 年了，没有孩子。我们走过三趟圣地亚哥之路，第一次是 2003 年，第二次是 2005 年，第三次是 2009 年。我们是马德里人，去年卖掉了马德里的房子，买下这幢小楼，装修之后，一楼做客栈，二楼自家用。

前台墙上有一个宣传栏，上面贴满了照片，有10年前女主人与妹妹一起走朝圣之路的合影，有一群朝圣者与男主人在客栈的合影。

客栈主人卡洛斯和玛丽飒酷爱徒步圣地亚哥之路，现在走不了了，只能迎接从远方走来的一拨又一拨朝圣者，送一拨又一拨朝圣者走向远方。

一座小楼，一个客栈，两间客房，18张床，一年的吃喝无忧看来就是他们后半辈子的生活了。

9点33分，走出客栈，阳光灿烂。

慢慢悠悠走到利昂

一座纪念碑矗立在大路边。绕过这座纪念碑，走进一条小巷。老街、老房子、老教堂，渲染着古镇的古风古韵。

走上主大街，迎面是一座现代小楼，欧盟国旗、西班牙国旗迎风飘扬。这是曼西利亚镇政府办公楼。

我生长在天津，从小就接触到洋建筑，对西班牙的建筑并不感到陌生。天津有著名的法租界花园、意大利租界洋楼，有异国风情建筑林立的银行街，有天主教大教堂……

跨过古桥，走在与公路平行的田间小路上。几拨徒步者背着小包，步履轻快，一看就是西班牙本地人。

按计划，今天是我徒步行程的最后一天，真的想继续走下去，一直走到圣地亚哥，一次性完成圣地亚哥之旅！圣地亚哥朝圣之路全程是800公里，这次我只走到利昂，走了500公里。

今天阳光灿烂。坐在村口的椅子上，解开包裹登山包的破雨衣，给它拍个照，扔到垃圾箱里。小村很重视环保，在村口设了一个回收站，放三个回收箱，一个回收玻璃瓶，一个回收塑料瓶，一个回收纸盒。

我今天走得特别慢，走走停停，看到特别的、有感觉的地方就拍照，慢慢体会此次圣地亚哥之行的最后一程。

出村界。一个罗马尼亚女孩坐在小路的草地上，掏出烟丝卷一支烟，德国慕尼黑大男孩站在一旁看着。漂亮女孩走到哪里都有魅力，走在圣地亚哥之路上也不例外，连卷烟抽烟都有大男孩愿意等候陪同。

古桥 Puente Villarente 上还跑着汽车。

戴上西班牙艾米利奥大叔送的遮阳帽。

21 天前走上这条路时，我的脸色是苍白的，现在我的脸色是黝黑的。也许我苍老了几岁，也许我年轻了几岁。

这是一次孤独之旅，也是一次与陌生人同行之旅。这是一条漫长的路，艰难的路，枯燥的路，疼痛的路，也是一条快乐的路，一条充满爱的路。

走到小村 Arcahueja。村口有一个凉亭，亭里有椅子，有蓝白格国际象棋棋盘，供村民休息娱乐。亭里有两眼泉水，大泉水池上标有村名和圣地亚哥里程 307 公里，还有一个标识，告知不能饮用，小泉水池的水可以饮用，我灌了一瓶。

一个小时前感觉左胯不舒服，休息后站起来抡包上肩，感觉更强烈一些。昨晚睡觉时左胯也是有感觉，特别是翻身的时候。背登山包走路，胯是受力点，负重在胯上不舒服，走快一点，早一点到客栈吧。

村口的一面墙上画着到利昂的地图。一个老人牵着小狗散步，一个悠闲的村落。

草地上竖立着一块圣地亚哥之路的蓝黄标识牌，上面的大字是：Camino de Santiago（圣地亚哥之路），下面的小字是：Itinerario Cultural Europeo（欧洲文化之路）。**圣地亚哥之路也是欧洲文化之路。**

走进小村 Valdelafuente。一户人家，爸爸跟十来岁的儿子在院子里踢足球，看家的狗透着铁栏杆紧盯着我。

登上一个小山丘，远眺利昂市。

Puente Castro 是利昂的门户大桥，步道是一条沙石小路。

圣托马斯客栈广告牌：这就是利昂

一个特别花哨的客栈广告牌立在路边，是圣托马斯客栈（Albergue Santo Tomas）。

穿行东区，坐在桥边的石头上歇一会。一个大叔背着大包，弓着背，跨过马路，向我走来。大叔右手拿着客栈的名录，冲我指点着一个客栈，没等我反应过来，大叔就径直上桥了。大叔头戴红色圆边帽，背包上系着几个小零碎儿，睡袋挂在下面，一个绿布兜挂在上面，顶上披着一件外衣。

我猜测他是日本大叔。我们走的是同一方向，但我总是落在大叔的后面十几米。我不能贪恋拍照，一定要赶上大叔。日本大叔走得很稳健，不急不躁。

一个户外装备广告牌竖在路边，告诉每一个走圣地亚哥之路的人，你需要什么，就到我们店来吧。

走进老城。我看见地面石砖上有一个客栈路标，赶快招呼走在前面的日本大叔，他回头望了望，没理我，继续向前走。我有些疑惑，但感觉大叔跟我是去同一个客栈。我迟疑地跟在大叔后面，走到一个胡同口，碰上波兰女医生一家。女医生回身一指胡同深处说，公立客栈就在那里。

我的下铺是艾米利奥

跨进圣玛利亚客栈大院，登上狭窄的楼梯，来到二楼客栈。正对楼梯的小屋是客栈前台，右手是宿舍大门。我前面有一个人，后面又来了一个人，一看是日本大叔。

一位五十来岁的女管理员和蔼地对我说：慢下来，不要急，这里是西班牙。她详细地介绍，住宿 5 欧，朝圣者正餐 9 欧，早餐是自愿捐款。

接着，女管理员带我去找床位，进大门通道，穿过第一个隔间，告诉我，右手的储物间是放鞋和登山杖的；走到第二个隔间，告诉我，登山包就放在通道边的一排小桌上，让我挑一个铺。我选了临窗靠墙的上铺。通道深处还有三个隔间。

二楼铁窗外是圣玛利亚广场，有酒吧，有一群喝酒晒太阳的人。

住宿下来，整理东西。嘿，我的下铺来了，是西班牙艾米利奥大叔！

大叔说：我喜欢你住在我的上铺。

我问：凯蒂呢？

艾米利奥说：女儿大了，你得让她出去飞一会儿，找个男孩，喝杯酒什么的。

利昂圣玛利亚广场

是啊，艾米利奥大叔开明。

大叔告诉我：这家客栈不能做饭，我们晚上吃个简餐就行了。

我为客栈没有厨房而惋惜，不然，艾米利奥大厨会给大家做一顿丰盛的晚餐，我们大家又有一个美好的聚会。

几天前的一个清晨，艾米利奥大叔出发前递给我一张小纸片。大叔说，他和凯蒂走圣地亚哥之路还有一个使命，就是为一家癌症研究机构募捐。也是几天前，凯蒂告诉我，她还有一个弟弟，患抑郁症，自杀了。

64 岁的艾米利奥大叔走一趟圣地亚哥之路，也是拄着拐杖，吃着止疼片走过来的。大叔此行是在挑战自己，是在完成一个使命，也是在疗老年丧子之伤痛。

朝圣者晚餐 7 点 30 开始。上街去走走，在大院门口，又遇到波兰女医生一家。女医生说，她们是基督徒，要去教堂做弥撒。

在圣玛利亚广场上，我遇到英国夫妇，英国大妈见到我高喊 Y，让我给她和大叔拍照，也跟我一起合影，就像多年不见的老朋友。

72 岁小岛充发飙走 38 公里

前台卖的晚餐券是优惠价，女管理员说直接去餐厅付账是 15 欧元。餐厅就在院子里，在对面的一排房子。

晚上 7 点 30 分，餐厅开门了，十来个欧洲人、一个中国人、一个日本人涌了进去。服务员把欧洲人安排在一桌，把我和日本人安排在另一桌。我和日本大叔面对面坐，服务员递过餐单，头道是意大利面、青豆、沙拉三选一，我和大叔都很饿，选的都是意大利面。吃完一盘面，我们的肚子有垫底的了，开口说话，大叔的英语不错。

我问：你是从哪儿出发的？

大叔：我乘土耳其航空公司航班，从东京飞到伊斯坦布尔，转机飞到巴黎，然后坐火车到巴约讷，又倒火车到圣让·彼耶德波尔，4 月 6 号开始上路。

我说：我是4号从圣让·彼耶德波尔出发的，你比我快两天。你今天走了多少公里？

大叔说：今天走了38公里，从布尔格走来的。

昨天法国大叔查理就是从布尔格走到利昂，今天日本大叔走同样距离的路。大叔们为什么都这样发飙啊？！

服务员端上主菜，是炖牛肉配炸薯条。我们的正餐含葡萄酒，大叔举手让服务员递过一瓶红酒。我和大叔碰杯，边吃，边喝，边聊。

我说：你一天走的路是我两天走的路。可以问你的年龄吗？

大叔说：今年72岁。

我有点蒙，又是一个72岁大叔，查理大叔也是72岁。

我问：你退休几年了？

大叔说：去年退休的。

我有点晕，71岁退休？！

大叔又说：我在大连生活了7年，会说一点汉语。

我知道，日本人喜欢中国大连，喜欢住在大连。大叔开始变换语言，流利地说起汉语。

大叔说：我在大连的一家日本公司工作。

我有点惊讶，日本的员工也干到71岁？

我问：您是老板？

大叔说：不是

我问：您是总经理？

大叔说：不是，我就是一个工人，我有经验。

我问：这家企业在大连做什么业务？

大叔说：这家大连企业在中国收购废钢铁，中国的废钢铁便宜，熔炼加工，制成船锚，卖给日本的造船厂。

大叔能说流利的汉语，还会写汉字，在白餐巾纸上写出“廃鋼”“熔煉炉”“錨”“铸鋼”。大叔写的“廃”字用的是病字头，写“熔”时，先是犹豫地写金字旁，最后还是写了一个火字旁的“熔”，写“鋼”时用繁体金字旁，右边写成简体“冈”。大叔写的汉字有的可能是日文汉字。大叔放下笔，笑了笑说：好多汉字不会写了，也不会写简体字。我写了一个简体字“锚”，大叔写出简体的“炉”。

我们的交流工具从英语转到汉语，又从汉语转到汉字；我们的交流气氛也从偶遇的同行者，偶遇的同桌食客，渐渐像是两个朋友的一场小聚。

我问：您是什么时候开始计划走圣地亚哥之路的？

大叔说：我去年三月退休，回到东京，我住在东京的边上。我训练了半年，每周行走三四次，每次走 10 公里以上。

我问：您背的包多重？

大叔说：10 公斤。

我问：您叫什么名字？

大叔说：小岛充。

小岛大叔在餐巾纸上工工整整写了三个汉字：小島充，给“充”注上“zhon”音，“島”写的是繁体字。大叔又写了一个简体字“岛”。

大叔在餐巾纸上给我留下了电子邮箱，明天早上我们也许还能相见，然后就不知什么时候再见了。

最后的甜点，我们要的都是“米布丁”，有点像北京老酸奶，里边有发酵的米粒，微甜。吃饱了，喝足了，聊够了，我和小岛充大叔一起回客栈。

在这条路上，同行就是同走一段路，今天你与我同行，明天我与他（她）同行。这种同行我已经习惯了，但与小岛充大叔的一段同行，同吃，同住，我总觉得有点特别。

跟几个青年人聊天

我还有体力，还有好奇心，加入了客栈活动室（餐厅）年轻人的聚会。

德国高个小伙子几天来一直跟波兰女医生一家同行，跟女医生的女儿用德语海聊。

荷兰小伙子22岁，刚刚大学毕业，学的是社会学。

我问荷兰小伙子：你为什么把右胳膊藏在衣服里？

小伙子给我比画了几个功夫动作。后来小伙子告诉我，他的右胳膊肘关节受伤了，可能是使用登山杖过猛造成的。

意大利小伙子机灵善谈，想到中国偏远地区旅行，知道那里英语行不通，打算先学一点汉语。

韩国女孩开朗热情，英语也棒，告诉我说：妈妈今年60岁，想走圣地亚哥之路，以特别的方式庆祝60岁生日。妈妈不会英语，我就来陪妈妈走这条路。

韩国女孩还说：这里有一家中餐馆，有自助餐，今天是星期天，15欧元一位，明天是周一，10欧元一位。

活动室顶头还有一个男孩和一个女孩，对脸而坐，都在低头玩手机，沉浸在自己的世界里，不跟周围的同行者交流。我还以为他们是韩国人，他们低声交谈，传来几句普通话。

我喜欢跟对世界充满好奇心的同行者交流，我喜欢跟对异国文化感兴趣的同行者交流。我不太理解，为什么眼前的中国青年人对周围的一切都不感兴趣。

走圣地亚哥之路，走的是一条世界文化之路。走圣地亚哥之路，是一次与世界同行者交流的行走。

利昂是这一路上最大的城市，聚集的朝圣者也最多。圣玛利亚客栈是利昂最大的客栈，绝对有朝圣者气氛，但这里拥挤和杂乱，我有一种不太舒服的感觉。

艾米利奥也回来了。我爬到上铺，窗外的玛利亚广场还是十分喧闹。

我想换一个环境，明天搬到杰弗和萨莉住的利昂青年旅馆。

Part 22

>>> 利　昂
(León)

4 月 25 日

又见木匠大叔

早上 6 点 30 分，管理员准备了早餐，有咖啡、面包、果酱、黄油。早餐是自愿捐款，桌上有一个捐款箱。

下铺的艾米利奥大叔起来了，开玩笑地说，他昨晚打的呼噜很温柔。

艾米利奥说：我和凯蒂还要住一个晚上，准备换个私人房间，30 欧元一晚。私人房间就是大通道另一侧的几个小房间，大环境依旧。我决定要搬到杰弗住的客栈，换一种体验，接触不同的人群。

小岛充大叔吃完早餐，退出餐厅坐在前台的椅子上。我走上前问大叔早上好，请意大利小伙子帮我们拍个合影。小岛充从口袋里掏出索尼黑卡相机也拍了一张。

小岛充站起来，挥一挥手，祝大家 Buen Camino。

我目送小岛充大叔离去，很想跟大叔再同行一段路！

第 17 天早上在卡里翁客栈分手的美国雷蒙度大叔，就是木匠大叔，今天早晨突然出现在餐厅，让我一阵惊喜。

在圣地亚哥之路上，同行者合影是分手和重逢必不可少的礼仪。

5 天前，我和木匠大叔是最后离开客栈的。我吃过大叔做的晚餐，也记住了大叔讲的故事，还差一张与大叔的合影，今天不能错过这个机会。我又请意大利小伙子帮忙，小伙子沉浸在早餐和音乐之中，但还是帮了这个举手之劳。

木匠大叔气定神闲，露出微笑，很有风度地吃果酱面包。早餐的时间是匆忙的，还有一些人在外面等候座位，我不便与大叔多聊。木匠大叔昨天是从哪里走过来的呢，是什么时候到的呢？我全然不知。

各走各的路

在街上溜达，漫无目的。在大教堂广场看见艾米利奥和凯蒂。

大叔指着街角的一家咖啡厅说：别去这家，女店主的态度非常恶劣。

我常常忘记了，艾米利奥是西班牙人，是住在英国的西班牙人。故乡西班牙对他来说是熟门熟路。

波兰女孩、俄裔美国女孩与三个大男孩相见。波兰女孩坚持要先去喝一杯咖啡，执拗地说：现在是我的咖啡时间。

走在圣地亚哥之路上，大家只有一个方向，向前走。在利昂这个城市，路口多了，选择多了，各走各的路吧。

街上竖立着两只大表，大表下有一组铜雕塑，爸爸搂着儿子的肩，背书包的儿子神态留恋，回头看着什么。这是去上学的路上吧？

一家店的橱窗很吸引眼球，一只一米来长的火腿占据了橱窗的半壁江山。路过的西班牙人说这是一条牛腿。

马路上有一个环卫工人用扫帚扫便道。北欧没有这种景象，北京也几乎看不到这种景象了。环卫工人是个西班牙大哥，很憨厚，冲我微笑，让我拍照。

我走到杰弗住的利昂青年旅馆，门外墙上有朝圣之路的标识，也可以说是一家私人客栈。我摁了一下门铃，推门进去，坐电梯到三楼。客栈是一套公寓，管理员小伙子笑呵呵地开门。

小伙子说：有床位，13 欧元一晚。

小伙子还告诉我：杰弗和萨莉住在这里。

这是一座百年老楼，从客厅大窗和阳台可以俯瞰一条街。我喜欢这里，把背包留在了前台。这时一位老太太进来。小伙子说，老太太的儿子是老板，去年包下这套单元，开了旅馆。

这座楼的外观酷似泰坦尼克号的船头，船头的底商是一家酒吧，三个朝圣者靠窗喝咖啡。他们是陌生人，仅仅因昨晚同住一城，我感觉仿佛遇到了熟悉的同行者。

我突然产生一种感觉，因我停下脚步，熟悉的同行者与我渐行渐远了。

我走进酒吧加入陌生同行者的聚会。这三个美国人，凯琳、丹尼斯（67 岁）和杰瑞，分别来自密苏里和西雅图，他们是 3 月 28 号从圣让·彼耶德波尔踏上圣地亚哥之路的。

走出酒吧，没有背包，忽然感觉一身轻。

不时地看见陌生的朝圣者背包在老城徜徉，出老城很难见到朝圣者了。

送走英国大卫和希拉

从老城穿到新城，绕过交通枢纽大转盘，跨过石狮大桥，向左走几百米是长途汽车站。

在车站大厅又遇见英国夫妇，我们是第 19 天早上在萨阿贡一家旅馆的酒吧认识的。一连四天，我天天遇到这对英国夫妇，有一种老朋友的感觉。今天是最后一次见面，也是最后一次聊天了，我们坐在长椅上亲热话别。

大叔叫大卫（David），64岁；大妈叫茜拉（Sheila），62岁。

大卫说：我是一家非营利组织的CEO，下属有27个员工。机构拥有自己的房产，帮助无家可归的人。2007年，我和茜拉从潘普罗纳走到布尔戈斯，今年从布尔戈斯走到利昂。

茜拉说：我们家在曼彻斯特以北40公里的一个村庄，属兰卡夏郡，欢迎你到我们家去玩。我们的家乡有一条自行车山道和步道，你可以到那里去徒步。

大卫给我写下他和茜拉的名字、电邮和家庭地址。我和大卫、茜拉在路上多次相遇，这自然是缘分。我们在汽车站话别，仿佛是专程为对方送行。这个美好温馨的瞬间摄入我的相机，永久保存在我的记忆里。

送走大卫和茜拉，我去窗口买了一张明天去马德里的汽车票。

今天很轻松，空手悠闲逛街。妻子告诉我，利昂有一家客栈特别漂亮。按照旅行指南，在老城外找到三番西斯科客栈。客栈占用一栋楼房的三层，通道临街有窗，一排小房间，双人间每人15欧元，4人间每人10欧元。

早晨一个熟悉的韩国小伙子告诉我，他们住在一家私人客栈叫Check in，去年新开业的，很干净，每人10欧元。Check in在交通干线路上，与麦当劳相望，沿圣地亚哥之路标识进城时会经过它。客栈装修比较现代，有宽敞明亮的大厅和一间大宿舍，可以住二十来个人。

几家客栈相比，还是玛利亚客栈有老城的味道。

19岁瑞士男孩乘火车游五国

下午2点20分，入住利昂青年旅馆。我的房间有3个双层床，屋子宽敞干净，有床单和被褥，木地板，临街有窗。这是一套私人公寓，去年刚开业，有6个房间19张床，可住20人。

我对房间很满意，给床打一百分，有全棉白色床单，有棉布外罩的棉被。一路走来，仅有几家客栈提供床单，多数客栈的床单也不是一客一换，印象中最好的是龙赛斯瓦耶斯客栈和苏必里客栈。潘普洛纳客栈发一次性的无纺布床单，罩在光滑的塑料床垫上，钻在睡袋一觉醒来，发现自己躺在了光溜溜的塑料床上。一路上，我住过的客栈有一半是塑料床垫。

一个房间6个上下铺，只有对面的上铺有东西。我先去淋浴间舒舒服服洗了个热水澡。在客厅见到新西兰杰弗大叔，简短聊了几句，萨莉非常疲劳，一直在休息。

4点多，我的室友回来了，是一个一米九几的大男孩，叫列奥（Leo），19岁，来自瑞士的一个小村庄。

我告诉列奥，我是中国人。

列奥说：上高二时，我参加了一个瑞中学生交流项目，到中国江苏泰州的一所高中学习一个星期，住在一个同学家里，第二个星期在学校老师的带领下访问杭州—上海—北京。泰州学校也派学生到瑞士我的学校来学习，住在我家。

我问列奥：你来利昂跟圣地亚哥之路有关系吗？

我感觉列奥不是朝圣者，因为他没有登山包。

列奥说：我跟圣地亚哥之路没关系，我是乘欧洲国际列车（interrail）旅行。

二十多年前刚出国的那几年，我曾经计划乘国际列车走遍欧洲，但这个愿望搁浅。我很想知道我眼前这个大男孩是怎么走的。

列奥继续讲述。

列奥说：我乘车的线路是：瑞士的苏黎世—法国的蒙彼利埃—西班牙的巴塞罗那—塞维利亚—科尔多瓦—马德里—葡萄牙的里斯本—波尔图—西班牙的圣地亚哥—利昂—马德里—法国的巴黎—比利时的布鲁塞尔。每到一处我下车玩几天，火车票是通票，30天有效。

大男孩玩得不错，一个月走瑞士—法国—西班牙—葡萄牙—西班牙—法国—比利时五个国家，游几千公里。

我问：你这一趟花多少钱？

列奥说：预算是1000欧元。

我问：是爸妈给你的钱吗？

列奥说：是我打工挣的钱。

我问：你都打过什么工？

列奥说：很简单的工作，商店售货员，收银和理货。我干三个月就可以出来玩一趟。

我问：你还去过哪些国家？

列奥说：去秋今春，我去了一趟东南亚，去了泰国的曼谷、Kon Lanta和PhiPhi，去了柬埔寨的西哈努克港、吴哥和Kda Rovg，去了越南的下龙湾、河内和Hue，去了老挝的Pan Pet、Vang Vieng和Luang Prabang，从泰国返回，一共玩了三个月。

这些国家除了老挝之外我都去过，但这么多地名，我还是有一半不熟悉，请大男孩一一写在我的日记本上。

欧洲青年人喜欢旅行，是靠自己打工挣钱去旅行。我欣赏这样的青年人！

前台小伙子弗兰

前台小伙子弗兰非常热心，我向弗兰求助两件事：一是明天坐大巴到马德里南站后怎么去邮局；二是到马德里的青年旅馆后第二天早晨怎么乘地铁去机场。弗兰上网搜索一会儿，帮我都解决了。后天上午，我将飞回斯德哥尔摩。

一切都办妥，没事了。我躺在床上与妻子通微信，讲我一路上的见闻。

与妻子聊天时，房间里进来一个中年男人。他跟我说了几句西班牙语，我听不懂，也没理会，以为他是新来的室友。他躺在一个下铺，待了一会儿，起身从自己包里取出浴巾，洗浴完回到房间，穿上衣服走了。

我锁上房间门，出去转转。大教堂广场上还是一片阳光灿烂，大教堂关门了，拍了几张外景，然后沿弯曲狭窄的街道漫无目的地走下去，一直走到老城西北门。

西北门内有一座教堂，进去看看。我在后排坐下，听圣歌，看到十几个教徒

教堂前的长者与爱犬

稀稀拉拉进来，在胸前画十字，单膝跪地行礼，找椅子坐下。也有人进来行礼坐下后又匆匆离去。

教堂外，一位长者坐在台阶上，他的爱犬趴在旁边，夕阳西下，光线柔和，场景很有画面感。征得长者同意，我拍下了这个打动我的瞬间。

晚上，房间只有我和列奥，不见那个神秘的中年男人。列奥在上铺写日记，我把下午有个神秘的中年人进房间的事告诉了列奥。列奥说昨晚房间只有他一个人。这就是说，这个神秘的中年人不是客栈的房客。

一路上，今天是第一次盖上客栈的松软棉被，舒舒服服地睡了一夜。

Part 23

>>> 利昂—拉比尔亨

（León）（La Virgen del Camino）

7月7日　19:20出发　21:50到达　徒步2小时30分　7.5公里

凌晨3点，天已微亮。从家门口乘夜班公交车到斯德哥尔摩市中心，转乘大巴去机场。我要乘最早一个航班飞到西班牙马德里，续走圣地亚哥之路。

经德国杜赛尔多夫飞到马德里。从马德里机场乘大巴。

晚上七点多，到达利昂汽车站。利昂是卡斯蒂利亚－利昂大区的首府，四月走圣地亚哥之路就是在利昂停下脚步。下大巴，从汽车站走到狮桥。

两个西班牙长者悠闲地坐在贝尔内斯加河畔公园，告诉我，沿贝尔内斯加河（Rio Bernesga）东岸向北走就能找到朝圣之路线路。穿过大片绿地，在一座小桥前，看到朝圣之路标识——黄色箭头，又踏上圣地亚哥朝圣之路。

走七八公里，入住小镇拉比尔亨（La Virgen）客栈。这个镇有点小名气，不住利昂的朝圣者，大都宿营拉比尔亨，加拿大志愿者琼就住过这里。

七月续走圣地亚哥之路精简了行装，换上轻型登山包，负重约7公斤。四月从法国圣让·彼耶德波尔走圣地亚哥之路，背包负重14公斤，走伤了膝关节和小腿

小桥上有朝圣之路标识——黄色箭头

肌腱，这回是轻装上路，但愿膝关节能轻松走下来。

四月和七月，两次走圣地亚哥朝圣之路的法国之路。从法国小镇圣让·彼耶德波尔至西班牙小村龙赛斯瓦耶斯是 27 公里，从龙赛斯瓦耶斯至圣地亚哥是 790 公里，即从圣让·彼耶德波尔至圣地亚哥的距离是 817 公里，从圣地亚哥到“世界尽头”——大西洋西海岸菲斯特拉镇（Finisterre）的距离是 89 公里，线路总长是 906 公里。北京卢沟桥的狮子数也数不清，这条朝圣之路（圣让·彼耶德波尔至圣地亚哥）的长度也是说法不一。圣地亚哥朝圣者办公室颁发的朝圣证书上写的是 755 公里，圣让·彼耶德波尔朝圣者办公室发的路线图全程 34 天累加距离是 788 公里，纳瓦拉大区印制的圣地亚哥朝圣之路地图标的是 779 公里。我们姑且说，从圣让·彼耶德波尔至圣地亚哥 800 公里，从圣让·彼耶德波尔到菲斯特拉 900 公里。

四月，徒步 21 天，从圣让·彼耶德波尔走到利昂，500 公里。七月，从利昂接力走，徒步 15 天，走到圣地亚哥却不想停下来，又徒步 3 天一直走到西海岸有“世界尽头”之称的菲斯特拉，400 公里。

徒步圣地亚哥之路，我最大的好奇心，最大的兴趣点，是聚焦走在路上的当

代朝圣者——我的同行者。我喜欢观察同行者，喜欢与同行者交流，喜欢听同行者讲故事，喜欢探索同行者的内心世界。

四月和七月的路上，我各带一个日记本。一路上的同行者都很珍惜与陌生人一起走过一段路的经历。渐渐熟悉的同行者在我的日记本上签上他们的名字，留下通信方式，留下他们居住的小城小镇、偏僻村庄的名字，甚至留下家庭住址，希望我有机会去做客。我的两个本子上盖满了这条路上客栈和村吧的纪念章，写满了一百余个熟识同行者的名字。

徒步圣地亚哥之路 900 公里，我坚持用手机写日记，走在路上放慢脚步写几行，坐在路边石头上写几行，在村吧休息时写几行，躺在客栈床上写几行，每天少则几百字，多则千余字。日记上记载的也多是与我擦肩而过的同行者、与我同行一段的同行者、与我同住一个客栈的同行者。一路走，一路结识新的同行者，一路与熟识的同行者走散。

在圣城圣地亚哥，在“世界尽头”菲斯特拉，我见到一些熟识的同行者，我们欣喜重逢，如久别的朋友。最后我与所有的同行者，熟悉的，不熟悉的，全都走散了，也许今生很难再相逢。

走一趟圣地亚哥之路，艰难而痛苦，痛苦而快乐。走一趟圣地亚哥之路，与一百多个同行者从陌生到熟识，从有距离到亲近，从初次见面打一声招呼，到拥抱告别，千百个难忘的场景画面深深地刻印在我的脑海里。**回放记忆中的一百多个同行者，讲述他们的故事，我感受到一种无比的快乐，我的人生境界提升了，我的生命的宽度和高度拓展了。**

Part 24

>>> 拉比尔亨—圣马丁
（La Virgen del Camino）　（San Martin del Camino）

7 月 8 日　07:45 出发　13:00 到达　徒步 5 小时 15 分　17 公里

87 岁法国大叔波列

在客栈通道，一位大叔跟我打招呼。

朝圣之路上的男性，我大体上是这样划分的：十几岁至三十来岁的叫男孩，有时也称小伙子；三十多岁至四十多岁的叫大哥，有时不好分辨年龄，也称小伙子，健壮的，称壮士；五十多岁的、六十多岁的、七十多岁的都叫大叔。

眼前这位大叔看起来七十多岁，正在换衣服，身材不高，胸部、胳膊、大腿没有强壮的肌肉，但背部还是挺直的。

大叔知道我是中国人时很兴奋，我猜他是法国人。大叔跟我说法语，看我听不懂，干脆从钱包里取出身份证给我看。大叔叫波列（Bolle），1929 年 7 月 6 日出生，今年已经是 87 岁了。

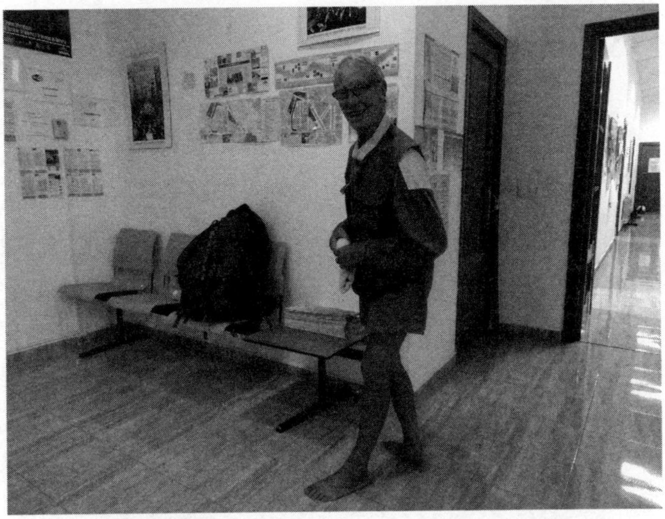

87 岁法国大叔波列

我几乎敢肯定，波列大叔是圣地亚哥之路上年龄最大的朝圣者。波列大叔的背包不小也不轻，我掂了掂，足有十二三公斤。

向波列大叔致敬！

五朵金花妈妈罗斯琳

出拉比尔亨，遇见了罗斯琳（Roselind）和她的女儿玛丽（Mary）。母女俩都有伤痛，妈妈的左膝受伤，女儿的左小腿肌腱受伤，我们一路同行。

罗斯琳是爱尔兰人，50 岁，有五个女儿，老大 32 岁，已结婚；老二 26 岁，是个护士；老三玛丽 18 岁；老四 16 岁；老五 13 岁。前年六月，罗斯琳带着当时才 10 岁的老五，从法国圣让·彼耶德波尔走到洛格罗尼奥，这次带老三玛丽续走圣地亚哥之路。母女俩 6 月 23 号飞到马德里，24 号从洛格罗尼奥出发，今天是徒步的第 15 天，计划 7 月 26 号从圣地亚哥飞回都柏林。

罗斯琳说：老三玛丽暑假后将要上大学，走这条路是思考学什么，一是学考

五朵金花妈妈罗斯琳在哥伦比亚小伙子遮阳帽上签名

古学，但学完了也找不到工作，另一个是学医学。她父亲患癌症好几年了，她想做医学研究。

你为什么走圣地亚哥之路？我问罗斯琳。

这是同行者常问我，我也常问同行者的一个话题。

罗斯琳说：我想从繁忙的日常生活中跳出来，放松几天，我丈夫的身体最近也不错。

罗斯琳做社会工作，属于政府部门的公务员。西方国家的劳动部门、社会保障部门、社会救济部门等，一般统称为社会工作部门，这些部门的工作人员也称为社会工作者。

在一个小村的村店前，一个哥伦比亚小伙子热情地跟我们打招呼，并请五朵金花妈妈罗斯琳在他的遮阳帽上签名。

走在公路旁的小路上。一路有同行者前后相随，一路有不知名的花草树木相伴，走朝圣之路一点也不寂寞。

与韩日四青年喝酒

西班牙北部的夏日午后如火。这家乡村客栈有一个小戏水池，几个欧美同行者扑通扑通地跳了进去。

遮阳棚下几个韩国青年人招呼我加入他们的聚会。我干脆登记住下来，后来，日本大妞也加入进来，大家在花园的遮阳伞下畅饮啤酒。

韩国人和日本人都有中文名字，韩国小伙子叫赵振九，韩国女孩叫白优绢、玄珍熙，日本大妞叫山田歌子。歌子评价说，玄珍熙非常漂亮，白优绢非常伶俐。我评价歌子非常优雅。

我们都自报年龄，赵振九 33 岁，玄珍熙 29 岁，谁也猜不出歌子的年龄。歌子拿出证件，哦，是 43 岁。

歌子说：我在美国明尼苏达留过学，现在日本一家公司做财务，三年前才结婚。

对走朝圣之路的女性，我是这样划分的：十几岁至三十来岁的叫女孩，有时也称小姑娘、姑娘；三十多岁至四十来岁的叫大妞，有时不好分辨年龄，高大的，也称大妞；四十多岁至五十多岁的称女士，六十多岁的称大妈。

晚餐聚会设在客栈大厅。餐桌是一个长长的条案，二十多个人分两排面对面而坐。我与韩日青年人坐在餐桌的里头儿，罗斯琳与一群欧美人坐在靠门口的一头儿。晚餐，也就是常说的朝圣者晚餐，是西班牙海鲜大锅饭。

我们中日韩五个人又恰好住同屋，我想与日韩青年人继续交流，但从第二天起，我们就走散了。他们起得早，走得也早。

Part 25

>>> 圣马丁—阿斯托加
（San Martin del Camino）（Astorga）

7月9日　06:33出发　15:05到达　8小时32分　24公里

一站走到下一个村吧

6点半出发。气温14度。遇见美国迈阿密的莉莉，她6月14日从圣让·彼耶德波尔出发，计划7月25日飞回迈阿密。

7点9分，遇见瑞士女孩莱雅（Lea），来自瑞士南部。莱雅到今年11月24岁，大学学的是法国文学，又学了两年时装设计，自己开了个工作室，自己设计，自己制作，交给时装店卖。

走在前人踩出来的小路上，想起电视剧《西游记》中的歌词：敢问路在何方？路在脚下。

想起昨天的客栈晚餐。欧美人讲究计划性，入住时就交了晚餐钱。我们中日韩五个人都先不订晚餐，掌握主动，随机应变，最后还是交钱入伙了。亚洲人与欧美人有不少的文化差异，亚洲人喜欢灵活性，欧美人喜欢确定性。

8点10分，走到奥斯皮塔尔·德奥尔维戈（Hospital de Órbigo）了。

走进村吧，遇见韩国小伙子赵振九、韩国大美女玄珍熙、日本大妞山田歌子，还有一位巴西年轻女教授。我昨天在客栈见过这位巴西女士，听到她跟同行者聊天，告诉人家她是生物学教授，有意无意炫耀自己的身份。

乡村酒吧在晨曦中迎来一拨又一拨朝圣者，村吧老板热情地接待每一位。西班牙人的热情是与生俱来的，跟做生意无关。

西班牙农民生活三要素

来到著名的奥尔维戈十九孔石桥，哥特式风格，几百米长，有4个桥拱建于13世纪，其余的桥拱建于17世纪，是法国之路上最著名的古桥之一。桥上有矮墙，走在桥上，感觉犹如走在城墙上。

进小镇教堂转一圈。

走在路上才知道自己无知，路上的野花不知叫什么名字，遇见西班牙人因语言不通无法交流，走进教堂不知拜的是谁。

计划今晚住在阿斯托加镇（Astorga），还有16公里。

一个西班牙大哥光着膀子迎着朝阳跑步。一个大叔开着拖拉机下地，也不忘带上两只爱犬。

一座村桥，竟有一点廊桥的感觉。

一排高大杨树，几棵灌木，明渠小路，树丛后是朝圣者的“放水”之处。

教堂响起钟声，这座教堂响过，另一座教堂的钟声传来，接着是又一座教堂的钟声，几座教堂的钟声，此起彼伏，连成一片。

我的眼前出现了一幅全景画面：玉米地、老屋、尖顶教堂。这一带农民生活三要素是不是玉米地、老屋和教堂？

村牌Villares。

著名的奥尔维戈十九孔桥

一个农家小院，厕所前、通往二楼的楼梯上摆放着十几盆红色、紫色、白色的鲜花。厕所已与时尚挂钩了。

一只狗在农家小楼门前的木墩上眯瞪。

坐在椅子上歇一会儿。背包晒热了，外兜里的口香糖已经晒化，相机备用电池也晒得烫手。筒子兜里凉快，换个地方放东西。

出村遇见一个西班牙大哥，叫小约翰，47 岁，来自马德里，在保险公司上班。小约翰大哥只有 4 天假，儿子才 3 岁，只走一段圣地亚哥之路。

一位村民大叔骑车出村遛弯儿，骑累了，坐在树荫下乘凉。

身体已经发热出汗了。影子越来越短，已是日照中天。公鸡在打鸣，是刚起，还是准备睡个西班牙式的长午觉？

大卫和苏珊的西瓜摊儿

中午，十来公里的田间小路，头顶烈日，无遮无挡，忽见一个西瓜摊，犹如见到桃花源。一棵大树下聚集一群朝圣者。一群人围着一个小车，车上有饮料、有切好的西瓜，却不见价格牌。我要一杯冰镇西瓜汁，问多少钱，女店主笑着说免费。我正在疑惑，一旁的西班牙同行者说，他们靠捐助为朝圣者服务。我这才看到小车侧面有一个小小的捐款箱。

耐心地等这一拨朝圣者散去，我跟女主人聊天，知道她叫苏珊，他的男朋友叫大卫。西班牙大哥大卫开这个水果摊有七年了。苏珊是澳大利亚人，家在阿德雷德附近。苏珊去年走法国之路，走到这里遇到大卫就停下来了，跟大卫一起干水果摊，已经干了一年了。

苏珊说：我们全年服务，就住在路边的棚子里。

我请苏珊给我签个名，留个电子信箱。

苏珊说：这里没有电，我们不用手机，也不用电脑。

我问苏珊：你走到圣地亚哥了吗？

苏珊说：我没有走到圣地亚哥。

澳大利亚大妞苏珊心中的圣地亚哥到底在哪里？

后来我才知道，这里就是圣地亚哥之路上著名的大卫休息站。

初见卡塔琳娜和托马斯

来到 Tuento 桥。在横跨铁路的天桥上，我遇到了一路上最神奇的两个波兰青年。女孩颈椎有毛病，躺在天桥通道上，小伙子为女孩做指压止痛。我以为他们是恋爱中的男女朋友，女孩说不是。他们昨晚睡在野外的草地上，没有帐篷，用雨披吊了一个顶棚。

女孩叫卡塔琳娜，来自华沙，是一位职业摄影师。小伙子叫托马斯，住在英国曼彻斯特附近的一座小城。他们相约一起走圣地亚哥之路，托马斯从法国比利牛斯国家公园的卢尔德（Lourdes）出发，一路走一路搭帐篷，露宿田野和森林，在西班牙利昂与卡塔琳娜会合。

我与卡塔琳娜和托马斯一起走进美丽的阿斯托加。小镇的主街口有一座小楼客栈，我已行走 24 公里，不想走了。他俩还想继续前行，我们只好分手。

这家是阿斯托加公立客栈。接待我的管理员是一位日本志愿者，中年女士，能说流利的英语。我与女志愿者简单交流了几句，知道日本人一般比较拘谨，不宜随意聊。女志愿者很照顾我，特意给我安排了一个小房间，在二层，只有两张床 4 个上下铺。我请女志愿者在我的日记本上签名，她欣然写下：黑川诚子。

我的房间来了一位印度牧师，身着黑长袍。他进屋后脱掉长袍，袒胸光膀子躺在床上，仰面朝天大声打电话。我去活动室充电上网，在楼道遇到卡塔琳娜和托马斯。他们在镇里转了一圈回到这里，想住宿，但不喜欢有很多人的大房间。

我对卡塔琳娜说：你睡到我的上铺吧。

黑川诚子问我：他们是你的朋友吗？

我说是。

就这样，黑川诚子把卡塔琳娜和托马斯安排在我的小房间。看来，小房间一般是不给青年人的。晚班的管理员是波兰青年人。卡塔琳娜和托马斯也是波兰人，跟波兰管理员用波兰语沟通几句，管理员就破例同意他们午夜 12 点前回来。印度牧师与他们一同出去了。

6 点 15 分，从客栈小楼出来，进门口的教堂浏览一圈出来，与 87 岁法国波列大叔相遇，跟大叔合个影。

阿斯托加是圣地亚哥之路上的大镇，有几家朝圣之路纪念品商店和徒步用品店。一家店外展示一个一人来高的巨型登山包，招来不少朝圣者拍照。

阿斯托加的广场音乐会

说说阿斯托加广场音乐会吧。一个小镇有两个交响乐团，今晚轮番演奏。

第一个乐团的全团演出人员身着黑装，开始排练。我去得早，坐在第一排最左边的第一个座位。一群小学生坐在我前面的地上。

8 点 30 分，演出开始。乐队演奏了四五支曲子，风格舒缓悠扬，好听，但不熟悉。我的邻座也是朝圣者，一位德国大妈，会说西班牙语。德国大妈用西班牙语问她邻座的西班牙老奶奶，然后用英语转告我，说是西班牙作曲家的作品。

45 分钟后，第二个乐团登场，指挥和全体演奏员身着白衣制服。指挥是一个三十多岁的小伙子，乐队也是演奏四五支曲子，风格轻快活泼。在圣地亚哥之路上，我享受了一场免费的交响乐音乐会，很爽很美，白天走路的疲劳一扫而光。

音乐会散场已近 10 点，客栈 10 点 30 分关大门。音乐会是在小镇中心广场举行的，广场上的小楼就是镇政府，距离客栈也就是几百米。

阿斯托加广场音乐会

德国大哥波里带爱犬风餐露宿

沿原路走回客栈。在客栈小楼石阶下拐角，一个中年大哥带着狗在看书。我走上前交谈，得知他是德国人，叫波里（Bori），他的爱犬叫步玛（Booma）。

老人与海的时代已经过去，老人不再有船，也不再有海，但老人还有狗。现代人与狗是一种新型关系。

波里席地而坐，背靠墙，爱犬趴在身边。

波里说：我住在西班牙南部，从塞维利亚（Sevillia）徒步走到布尔戈斯，走了750公里，又从布尔戈斯走到这里，走坏了两双鞋，脚上的鞋刚走400公里就裂开口子了。我没有钱了，等母亲的西联汇款。明天是星期天，我还住在这个镇，等星期一银行开门取钱。

波里已经整整徒步两个月了，是5月9号从家走出来的。客栈不让他带狗住，

德国大哥波里带爱犬风餐露宿

他只能搭帐篷睡公园和草地，有时睡体育场。

我给波里 4 个蛋糕，他接了过去。

午夜，卡塔琳娜和托马斯，还有印度牧师，三人一起回来了。卡塔琳娜爬上我的上铺，与托马斯拥抱，贴脸，互祝晚安。

Part 26

>>> 阿斯托加—拉瓦纳尔

（Astorga）　　（Rabanal del Camino）

7月10日　08:29出发　15:50到达　徒步7小时21分　21.5公里

不是情侣却扑朔迷离

第二天早晨，印度牧师早早走了。托马斯在门外，卡塔琳娜在屋里，双双练功。卡佳（卡塔琳娜的昵称）看我感兴趣，教我练了小猫弓腰、老牛挤奶等几个基本动作。

我又一次问卡塔琳娜：你们是不是男女朋友？

卡塔琳娜嘎嘣脆地说：不是，我们只是好朋友，我们之间根本想不到对方是异性。

卡塔琳娜说这话时，托马斯也在场，用沉默表示同意。

我们三人到阳台上吃早餐。他俩是天主教徒，餐前一起祷告，祷告后深情地望着对方，露出一脸的喜悦。

卡塔琳娜和托马斯早餐前祷告

接下来的四五天，卡塔琳娜和托马斯像一对仙人时而飘在我的面前，时而又消匿，神不可测。也许你猜对了，也许你猜错了，他俩的关系扑朔迷离，我猜不出来，也看不明白。

我只能直截了当问，卡塔琳娜也直截了当答：不是。

我的洗漱袋不见了

阿斯托加公立客栈是一座三层小楼，二楼和三楼的各个房间都敞着门，朝圣者都已离开，工作人员 8 点前就开始打扫卫生了。这家客栈上午 11 点开门，又将迎来新的一拨朝圣者。

小楼前是一个小广场，广场上立着一尊塑像，一个朝圣者手里提着一个现代手提箱。

昨天晚上，我丢了一件东西，一件不值钱，但天天离不开的东西。我的洗漱袋不见了。

看完演出回到客栈，看到背包旁只有一个水瓶，我的第一反应是洗漱袋忘在活动室或凉台了。洗漱袋不见了，毛巾却还在，到底丢在哪里了？

晚上 12 点，托马斯、卡塔琳娜、印度牧师斯坦利（Stanley）都回来了。他们看到我一脸苦苦回忆的样子，纷纷劝我。托马斯拿出一袋牙膏，说他与卡塔琳娜同行，可以用她的，又递给我一把新剃须刀。

卡佳为安慰我讲了一个故事。

她说：我在一个重要场合拍了很多照片，收拾包离场的时候就是找不到相机储存卡了。我都急哭了，沮丧地回到家，不经意间发现储存卡竟藏在包的一个角落里。

托马斯和卡塔琳娜特别善解人意，用他们的方式把我逗笑了。

半夜睡醒一觉，脑子清醒，一下子想明白了。昨天下午想喝茶，带上洗漱袋（里面有一包花茶），去厨房烧水，看到有人做饭不方便，见楼道有饮水机，灌了一瓶，去旁边的活动室给手机充电、上网，后来就把洗漱袋落在那里了。

记忆链的缺失部分补上了，释然了。

出发前，斯坦利牧师给我“布道”，讲了一通珍惜当下快乐的话。

昨天晚上没刷牙，今早也没刷牙。波兰青年彼特也热心帮找洗漱袋。彼特是波兰大学神学系的学生，两年后毕业，想当牧师，暑假来这里做志愿者。

8 点多上路，走到阿斯托加大教堂，围教堂转了一圈。

又遇托马斯和卡塔琳娜

11 点 15 分，我刚走进小村 Santa Catalina，就看见了托马斯和卡塔琳娜。他俩坐在村吧墙根休息。我也停下脚步，放下背包，买一杯咖啡，与他们坐在一起。

托马斯和卡塔琳娜的桌前每人有一杯咖啡和一杯橙汁。托马斯的登山包是特大号的，我猜测是 90 升的。我用双臂拎起来掂一掂，足足有 30 公斤。这么重的包是一个野战兵的重装负荷，我肯定背不动。

美国帕特里克大叔逆行法国之路

我总是与托马斯和卡塔琳娜不期而遇，神了。

走出街口。一家四口，爸爸妈妈带着两个孩子骑行。公路上时常可见西班牙自行车赛手骑行训练。一个西班牙女子在烈日下疾走，路过朝圣之路标识碑就侧身抚摸一下，不知有什么讲究。

我们都是一路西行，走向圣地亚哥。一位大叔来自美国华盛顿州，叫帕特里克（Patrick），从葡萄牙走到圣地亚哥，又从圣地亚哥走到这里，再走向法国。

吧台喝酒竟能与村民交流

中午走进 El Ganso，一个小村只有 36 人。

走进村吧，喝了一听冰镇可乐，吃了两根香蕉。我坐在远处的一张大桌子后面，总觉得与当地人有距离。我要离当地人近一些，干脆学他们的样子，要一杯啤酒，一屁股坐到吧凳上。女老板送上一小碗炒花生，我连比画带说，跟吧台内外的老板、店员、顾客聊了起来。这一个村，我喝一杯啤酒就见到了九分之一的人。

喝酒是与西班牙人交流的一个工具，有时比西班牙语还重要。

路上贴有出租车的小广告。谁走不动了，可以打电话叫车。我的鞋底子磨薄了，踩在石头上硌脚。四月走圣地亚哥之路我穿的就是这双纽百伦旧鞋，脚上没打一个泡，我信任这双鞋。

走进山区，走进森林，走在雨水冲出来的路上。午后 3 点非常闷热，大汗淋漓，喘大气。

米莉亚姆开村店又当管理员

下午 3 点 40 分，走到住宿地拉瓦纳尔（Rabanal del Camino）。

走进公立客栈，宿舍门大开，西班牙小伙子丹尼尔告诉我，管理员不在，可能 4 点才回来。

桌上有管理员用英语写的留言牌：我稍晚回来，你先找到你的床，放松一下吧。

这时女管理员来了，她认出了我。十几分钟之前，我进一家村店，那家店的女老板就是她——眼前的米莉亚姆（Miriam）。

10 分钟后，与莱拉和艾琳娜不期而遇，同住一间大房子。莱拉和艾琳娜睡在一个角落的两个上铺。接下来的日子，我与莱拉和艾琳娜走散了，重逢，又走散了，又重逢。

昨天徒步 24 公里，今天徒步 21.5 公里。西班牙夏天的骄阳上午 10 点钟就是一团火，穿短袖衫裸露双臂，涂了两遍防晒霜，仍有灼伤的感觉。

拉瓦纳尔不大不小。全村有两家门脸小店，各是一座小楼，楼上住人，楼下

米莉亚姆的村店

卖货。米莉亚姆的店就在村口的主街上。

米莉亚姆说：开店和做管理员就是夏季半年的活，冬天就没事干了。

我去第二家店才买到牙刷和香波，今天终于可以刷牙了。

客栈是上下两层，一楼有 22 张床，住了 7 个人，有西班牙小伙丹尼尔、丹麦大妞莱拉和艾琳娜、捷克女孩，还有一对西班牙中年人。房间很大，很空旷，有两个厕所 + 淋浴间。楼上有一个小房间宿舍、厨房、客厅和厕所 + 淋浴间。

这是一座典型的石木结构老房子，石头墙体，二楼是木地板，木头楼梯，木头屋檐。

晚上煮了两包中国方便面，是在阿斯托加超市买的，0.75 欧元一包。厨房里有一只中国碗，坐在楼梯拐角的小桌旁，美美地吃了三碗。

小麻雀在眼前的餐桌和楼梯栏杆上飞来飞去，小燕子在屋檐下飞来飞去。

在人家屋檐下，小燕子就是不低头。

Part 27

>>> 拉瓦纳尔—莫利纳塞卡
（Rabanal del Camino）　（Molinaseca）

7月11日　06:45 出发　19:15 到达　徒步 12 小时 30 分　24.5 公里

波列大叔独行

大前天在圣马丁客栈晚餐上有一对韩国母女，妈妈坐在我的斜对面，女儿坐我的旁边。母女俩跟我们几个中日韩同行者没有任何形式的交流，没有寒暄，没有点头致意。

走到村子主街，韩国妈妈一个人出现了，母女俩一起走朝圣之路，只见妈妈，不见女儿，女儿呢？韩国妈妈在前边走，我在后边走，间隔几十米。走到村外一公里，在一个土坡分岔口，韩国妈妈停下来，待我走近，用手比画问路。我也没说话，用手向右一指。韩国妈妈不会英语，性格也内向，这是我们仅有的一次非言语交流。

走到小村 Foncebadón 时看到波列大叔的背影。

波列大叔背包进村

今天是第三次遇见波列大叔。我喊一声波列，大叔耳聪目明，回头认出了我，很兴奋，与我握手。今天是波列大叔 87 岁生日之后的第 6 天。

我和波列大叔一同进村，一起走进村口的第一个村吧。我们坐下喝点什么，我帮大叔去点，大叔跟我说法语，我听懂了一个词“黑”，肯定是不加糖的咖啡了。这家村吧的咖啡不讲究，装在一个按压壶里，我帮大叔买了一杯。

老板是三四十岁的西班牙大哥，马德里人，跑到这里来开店。

荷兰彼特大叔是犹太人

山间小路，前面是一洼水。一个大叔跌倒在水洼前，左眼眶边划破一个寸长小口，脸上淌血。我站住，解下包拿出一叠餐巾纸，递给大叔。大叔擦干净脸，继续前行。

半个小时以后我们在村吧不期而遇，大叔主动跟我合影，在我的日记本上签名，写下电邮，还留下家庭住址。

大叔叫彼特，彼特大叔有故事。

他说：我是荷兰人，67 岁，退休了。我原是荷兰环境部的政治和环境顾问。我去年从家门口走到法国圣让·彼耶德波尔。今年 6 月 3 号从圣让·彼耶德波尔出发，走到布尔戈斯时，突然得到哥哥去世的消息。我赶回家与家族一起办丧事，两个星期后又返回布尔戈斯，继续走圣地亚哥之路。

彼特大叔补充说：我是犹太人。

他的眼睛是灰蓝的，鼻子有点高。这是我第一次与犹太人这样亲近地交谈。

休息之后，大家各自前行。

穿过几个村庄，村屋破旧。穿过一片草场，马儿膘肥体壮。

爱尔兰青年工程师丹尼斯

远处有一座高耸云天的纪念柱，这是朝圣之路上著名的铁十字架（Cruz de Ferro）。铁十字架由一根 5 米高的木柱支撑，海拔高度达 1504 米。这个铁十字架是复制品，原件收藏在阿斯托加朝圣之路博物馆里。

纪念柱的基座上堆满了石头。据说，堆积石头的习俗始于基督教早期。

很多当代朝圣者爬到基座上留下一块石头、一张相片、一张纸片。柱下有一些照片和文字卡片，大一点的石头上也有文字。朝圣者用这种方法纪念自己走过的路，用这种方法表达对亲人、对朋友的美好祝愿。

女孩琳达来自美国，是个教徒，坐在木栅栏上用手机记下自己的感想。

红衣女孩叫朱丽亚，来自维也纳。男孩叫丹尼斯，25 岁，是工程师，来自爱尔兰。丹尼斯去过中国的云南，游过昆明、丽江和西双版纳。

我问丹尼斯：英国脱欧对爱尔兰有什么影响？

伊良戈山上的铁十字架

丹尼斯说：对爱尔兰不利，爱尔兰政府要重新在边境上设防。英国曾占领爱尔兰三百年，边境上曾发生过武力冲突。

我问丹尼斯：谁对谁错呢？

他说：各对一半。

丹尼斯从包里掏出吃的东西，顺手递给我一块甜点棒。我翻包找出一袋方便面送给他。丹尼斯吃过中国的方便面，很高兴。

路上休息的时候，同行者拿出一点食物与同伴分享，你会感到非常亲切。

一块大石头上有汉字，落款时间是两天前，是来自台湾的朝圣者留下的。

一路上听世界人讲故事。

魁北克中年男女

一路山道，从海拔 1150 米爬到海拔 1500 米。一路野草，在路边疯长；一路野花，红花，黄花，百花开，争相绽放。

一对中年男女坐在山坡花草丛中眺望峡谷。我走到近前，女士给我挪出一块地方，果然是看风景的绝佳处。

他们来自加拿大魁北克，第一语言是法语，英语也说得特棒。

他们是西方人，举止文雅，是有知识的人，闲聊中，我向他们请教我在路上看不懂的现代人关系。

魁北克男人说：我们不是夫妻，也不是恋人，我们只是好朋友。

哈哈，又一对让我看不懂的现代人。

我说：我可以发表你们的照片吗？

女士说：我们给你许可。

魁北克女士叫安娜（Ana），男士叫 Selfich，是法语，按发音可译成“赛飞驰”，跟英语的“自私”一词相似。

我问男士：你叫“自私”？

小村 Manjarin 的村吧彩旗飞扬

男士说：是的。

这是真话，还是幽默?

山道边，一位女村民卖自采的樱桃，用报纸卷成一个小喇叭筒，卖一欧元。我问她名字，她说叫玛尔塔。玛尔塔说，她是那边那个村子的。

在海拔 1500 米的高山上，在炎炎烈日下，吃几个樱桃又甜又爽。一欧元二十几个樱桃，不知是贵还是便宜。

这个村吧彩旗飘扬，大兴土木。一个小伙子摇铃招揽朝圣者，就是招不来人。

红宝石婚的英国夫妇

中午 12 点，刚刚走过小村 Manjarin。

这个拐角是一个小小的休息区，有一个长木椅、一个小桌，还有一个垃圾桶。

我坐在长椅上休息。一对大叔大妈走来，大妈叫苏珊，大叔叫贝利，他们是英国人。

苏珊大妈说：我们24年前走过这条朝圣之路，这次是为纪念结婚40周年再走朝圣之路。我们从利昂出发，今天是徒步的第5天，在拉瓦纳尔村住了3个晚上。

24年前，苏珊和贝利从潘普洛纳走到圣地亚哥。

一个村民小伙子骑自行车过来清理垃圾。小伙子说，他每天过来一趟。

小桌上有一个小篮子，里面是空的，早点来里面有苹果和香蕉。小桌上还有一个捐款盒，我投了一个硬币。

这一片还是小村Manjarin的地界，海拔1460米。一个波兰女人走过来，我们闲聊了几句。

她说：我与丈夫一起从圣让·彼耶德波尔出发，半路上他因假期已满返回波兰，我一个人继续走，目的地是圣地亚哥。

波兰女人是一个虔诚的教徒。

她说：我要一路上与上帝说话。

一路上没有村吧。走到下午1点时，远远看到公路边停着一个车载流动村吧，近处路口有一块价目牌。渴死了，热坏了，要了一听可乐，凉爽一下。遇见一对母子，来自南美哥伦比亚，妈妈37岁，儿子15岁。

我端起相机拍照，售货员女孩很活泼，马上摆出一个动作，给我一个笑脸，哥伦比亚妈妈也举手互动。

骑士过小镇

到达小镇El Acebo。街口有一眼山泉，先喝饱，用1升大可乐瓶灌了多半瓶。镇口有一家店，进去买酸奶和点心。年轻女店主态度特别好，墙上挂着很多张她与朝圣者的合影照片。她还给我看中国人给她写的中文名字，我又给她翻译了一个

当代骑士走朝圣之路

好听的名字。我给她拍照时，她笑着用手指挡住了眼睛。看她很友好，我又多买了一些食品。

屋顶上吊着一个秤，把背包放上去，指针指到 8300 克。

古代有贵族和骑士，当代朝圣之路上也有骑士。这两位骑士从利昂骑马而来，威武雄姿。我几次在路上遇到这两位骑士，也交谈过，终因语言不通，无法接近。

出镇。

来到一个很大的休息区，大门口有一个售货亭，里面是一大片草地。卡佳和托马斯坐在这里休息，桌上有两杯鲜橙汁。今天路上几次遇到他们。这是一个私人露天村吧，我与托马斯聊天，卡佳悄悄走到远处，去练她的那套动作。

又上路。

走到莫利纳塞卡。天气非常闷热，一群美女在河畔草地上晒美腿，为什么干晒不下水呢?

跨过古罗马石桥，穿行古镇的石街，去找我今晚住宿的客栈。

朝圣之路上的古镇古村都是东西走向的，镇子越大，主街就越长。古镇还是石头路，还是石头房，只是新添了许多家私人客栈和餐馆，拐弯抹角找到药店，买到齿间刷。

镇旅游办公室就在药店旁边，大门紧闭。门上贴一纸通知，也是西班牙文的。这条路上的朝圣者一小半是西班牙人，一多半是从欧洲、美洲、亚洲、大洋洲来的外国人，旅游办公室可能还没搞清楚它服务的主要对象是谁。换一个角度想，我们若先学一点西班牙语，跟热身训练一样，然后走朝圣之路，可能会有意想不到的收获。

我连走带看一个来小时，才穿过一公里长的古镇。

曼努埃尔办正事不忘闲聊

莫利纳塞卡公立客栈，在镇西口外一公里。一群西班牙人围一桌闲聊，其中一个大叔起身过来欢迎我。这位管理员有五十岁上下，英语不太好，啰嗦了半天，看护照，收费 6 欧元，不要求出示通行证。

我们分坐在小办公桌两头。他又伸出手来，与我握手，自报名字 Manuel，告诉我放松，我们有的是时间。大叔的名字我连听几遍，只听见一串含混音节，模仿几遍，大叔高兴地说，对了。中国人学外语是通过背单词、读课文、练句型、抠语法学的，听说能力是我们的弱项。大叔在我的本子上写下他的名字 M-a-n-u-e-l，还顺手写下他老婆的名字 Ana。

曼努埃尔大叔说：我在电信公司工作，协助安娜管理客栈。我负责登记住宿，安娜负责做饭，套餐一人 8 欧元。

西班牙人热情，爱聊天，办正事也不忘闲聊，闲聊也是正事的一部分。

曼努埃尔接着跟我聊起中国，聊起华为。在烈日当空下，我走了十几公里上山路，又走了十几公里下山路，恨不得早点洗个热水澡，洗掉一身黏糊糊的臭汗。

曼努埃尔大叔热情不减，谈兴不减，幸亏这时一个蓝衣美女赶到，我总算被解围了。

又见韩国小白

晚上7点25分，说来也怪，一天走25公里不在话下，拎登山包上二楼宿舍却走得挺费劲。房间一角靠窗的下铺离楼梯最远最安静，就选它了。客栈有二十多个铺位，我只遇见了一个熟人，韩国女孩白优绢，小白。小白的下铺在楼梯口，我们相遇，她只是礼貌地打一声招呼，仿佛跟陌生人一样。

第24天在阿斯托加遇见小白，我们住同一个客栈。第25天在拉瓦纳尔遇见韩国小赵、小玄和小白，他们住在教堂旁的免费客栈。不知为什么，这三个韩国青年人都失去了在圣马丁客栈相遇时的热情。

今天是第26天，走在路上又遇到小白。小白喜欢拍照，拿着一个索尼微单，走走停停。从小白身边经过时，我对小白说，按中国人的习惯，我称呼你“小白”，没想到小白却说，我不说汉语。从小白的语气里我听出小白不喜欢中文的称呼。

二楼找不到充电插座，我到一楼来。客栈一层是一个方形大厅，做厨房餐厅，也是活动室。几个韩国男孩刷盘子洗碗，收拾灶台。几个美国人在左侧一溜聊天。

小白坐在右侧靠墙充电玩手机，看见我，勉强打个招呼，算是尽了外交礼仪，又低头玩她的手机。小白28岁，大学毕业，说一口流利美国英语，她说是在韩国学的。小白不跟欧美人交流，也不跟眼前的韩国小兄弟交流。

这天以后，我和小白就彻底走散了。

徒步圣地亚哥之路不仅仅是记录走过的公里数，不仅仅是记录从哪里走到哪里。我看到一些韩国“行走侠”，说句心里话，不太欣赏他们的徒步精神，感觉他们简直就是公里数记录仪。几天后我遇见德国胡兰，坦诚交换看法，胡兰与我有同感。

一个人有一个人的走法，我们互相尊重。圣地亚哥之路上没有什么讨厌的人，每个人都很独立，谁也不依赖谁。

朱利安从里斯本骑到纽伦堡

一个欧洲大男孩在灶台上炒洋葱胡萝卜，蓝衣美女走过来。

大男孩问美女：你可以与我一起吃晚餐吗？

蓝衣美女说：谢谢，我吃过了。

美女是美国人，马上跟几个美国人打成一片。我肚子饿了，包里没有现成吃的，也没有食材。我要么交 8 欧元，去吃安娜做的饭，安娜的饭桌上都是西班牙人，不能聊天，没意思；要么走一公里的回头路，到镇里去吃饭，徒步 25 公里，卸下包后一步也不想走了。

我冲大男孩说：如果你做的饭多的话，我们一起吃吧，我可以跟你分摊饭钱。

大男孩很高兴地说：面条是客栈的，我只买了几根胡萝卜和几头洋葱，饭钱一会儿再说。

男孩又说：你去洗澡吧，8 点吃饭。

我洗完澡，拾掇利索，饭也做好了。我们一人盛一大盘子面条，坐到客栈房檐下走廊餐吧。

天下没有免费的午餐，我也不想吃免费的午餐。

炒一锅菜，煮一锅意大利面条，大男孩已经忙乎了一个多小时。我若付钱给他，他也没花几个钱，也可能不好意思要钱。我知道德国人爱喝啤酒，就跑到餐吧小屋，曼努埃尔也跟进来，给大男孩买了一大杯啤酒，我要了一小杯啤酒。我和大男孩一起举杯庆祝在朝圣之路上相识。

喝几口啤酒，心里凉快了，吃几口意面，肚里不那么饿了。

我听大男孩讲故事。

他说：我叫朱利安，22 岁，来自德国纽伦堡，在纽伦堡北部的一个小城埃尔兰根读大学。今年上半年，我作为交换生去葡萄牙里斯本高等技术学院学习。放暑假了，我骑着在里斯本买的一辆普通自行车回德国。我从里斯本出发，骑行 5 天经

Coimbra 到达 Aveiro。我的膝关节受伤了，改乘火车到 Porto（波尔图，葡萄牙西海岸的一个城市，是“葡萄牙之路”或“南方之路”的一个重要起点），这一天没骑车；从波尔图乘火车到西班牙比戈（Vigo），在比戈休息两天，去谢斯群岛（Cies）玩，养好膝关节伤；又骑两天到圣地亚哥，接着骑 3 天到这里，再骑 3 天到利昂。我计划八月中旬骑到巴黎去见女朋友，之后从巴黎骑回纽伦堡。

朱利安接着说：我九月开学，有足够的时间。我学的是化工，下学期主要是写毕业论文，年底就硕士毕业了。

我对朱利安说：你去读博士吧，二十五六岁博士毕业，天高任鸟飞。

朱利安很虚心，很有礼貌，认真地听我说的一套经验。一顿饭，与朱利安聊一个晚上，收获很大，近距离地认识了一个德国大学生。我离开大学很久了，对青年人也陌生了，徒步圣地亚哥之路给我补了一课。

Part 28

>>> 莫利纳塞卡—卡卡韦洛斯
（Molinaseca）（Cacabelos）

7月12日　09:00出发　18:55到达　徒步9小时55分　23公里

光脚丫走路的 Zara

我不是最后一个离开客栈的，还有两个西班牙自行车手昨晚去镇里玩，半夜才回来，早晨还在酣睡。

昨天的故事留在了客栈，今天的故事发生在路上。

客栈就在镇外大路边，是朝圣者必经之路。我一出门就遇见两个德国女孩，其中一个光着两只脚丫子走路。

Guten Morgen！我用德语打招呼。

你好！她们用汉语回应。

“你好”已经变成世界语言了，跟英语的“哈罗”有一拼。

光脚丫姑娘叫 Alisa，25岁。穿鞋的高个儿姑娘叫 Yoke，21岁。她们来自德国的埃尔兰根。我说，我知道埃尔兰根，这个城市有一所大学。这是朱利安告诉我的。

我们的开场白很好，一下拉近了我和德国女孩的距离。我们一边走一边聊天，高个女孩 Yoke 嫌我们走得慢，跟光脚丫女孩约好下一个镇子见，独自先走了。

光脚丫女孩说：我喜欢别人叫我 Zara。

Zara 说：我高中毕业就工作了。我喜欢学点有用的技能，不喜欢上大学学理论。

Zara 还说：我是个 maler（德语“油工”），干这一行有五六年了。

欧洲的“油工”，比如在德国和瑞典，属于建筑装修行业，主要的活是给房子的内外墙刷涂料，早已不干刷油漆的活了。

我和 Zara 一起走了七八公里。

半路上，Zara 说：前天晚上我和 Yoke 与波兰人托马斯和卡塔琳娜一起野外露营。托马斯给我催眠，我竟在一瞬间对自己的身体失去了控制能力。

Zara 补充说：那一段时间我感到非常恐怖，到底是怎么一回事，托马斯到底做了什么，我一点记忆都没有。

我说：我也认识托马斯和卡塔琳娜。

我亲眼见过托马斯在路上的村吧给一个丹麦女孩发功。托马斯有神功？我似信非信。

我和 Zara 走上一个高坡，回头拍了一张照片。与朝圣者同行的优点是可以听别人讲故事，缺点是少拍了不少好风光。Zara 很懂事，在我拍照时总是耐心地停下等我。

一路山道走来，与我结伴而行的 Zara 一直光脚丫走路。

西班牙北部农民种一亩三分地，盖几间房，日子过得自由自在。

我和 Zara 慢悠悠走到蓬费拉达（Ponferrada），来到古桥小广场，却不见 Yoke。

我对 Zara 说：我去边儿上小店买点吃的，你要什么？

Zara 说：随便。

西班牙农民的一亩三分地

我去买了两盒酸奶和一根法棍，回来分给 Zara 一盒酸奶和一段法棍。Zara 坐在长椅上，一边吃早餐，一边看着蓬费拉达河发呆。

说到东西方文化差异，一个流行的说法是，西方人独立，在西方帮助一个人，请一个人吃点喝点什么，都可能冒犯人家。在朝圣之路上，人与人之间的关系拉近了。四月走圣地亚哥之路，我经常吃同行者做的晚餐。七月走圣地亚哥之路，我也经常送给同行者吃的东西。

与同行者分享你的食物是最好的交流。

Yoke 出现在小广场上，我们会合了。接下来，我想去看古城堡，Zara 和 Yoke 不想去，我们分手了。

蓬费拉达古城

走进蓬费拉达古城，登上这座千年古城堡，远眺山城，近观大教堂。

一个女子亭亭玉立在古城堡大门内，上前几步热情地与你打招呼。你在惊诧几秒之后才知道，这位西班牙小姐是古城堡导游员，她不陪你游览，只是向你简单介绍一下古堡的布局，指点参观的路线。西班牙导游小姐穿着时尚，完全不是打个小旗、带个胸牌的导游的形象。

我先是看了城堡的展览，之后沿城墙走一圈，参观古城堡博物馆。镇馆的藏品有几百年前的彩色版圣经。

我站在城墙上欣赏大教堂外景，俯瞰全城山色。

在古城墙上，我往下探头，正巧看到坐在草地上吃午餐的卡佳和托马斯。这几天，我总是与卡佳和托马斯不期而遇。我们到底有什么缘分，托马斯到底有什

西班牙小姐是古城堡导游员

一队骑行者穿行古镇钟楼

么神功？这对我来说是一个谜。

卡佳比托马斯爱说话，英语也说得更流利一些。

卡佳告诉我：昨晚我和托马斯与两个德国女孩一起在野外露营，其中一个德国女孩身体不舒服，托马斯给她调理治疗。

我没有提及遇到 Zara 的事，我只听故事，不想传 gossip。

出古堡城门，沿朝圣之路标识在城里绕来绕去。一队骑行者正在穿城而过。古钟楼下，一个当地艺人站在街上在与朋友闲谈。

一路上，美丽的西班牙小镇都是悠闲的景象。闯进小镇的朝圣者，走走停停，或悠闲，或匆忙，点缀着小镇，给小镇带来几分动感。

艺术女生举红酒绕院子走一圈

坎坡纳拉亚葡萄酒厂大门前，一块牌子告诉游客，交几个欧元，可以品尝酒厂的各种葡萄酒。酒厂接待大厅空无一人，车间里有几个高大的不锈钢酒罐，没有一丝生产的迹象，莫非葡萄还没有丰收，还不到酿酒的季节？

来到卡卡韦洛斯镇。库阿河上两个孩子划船戏水，岸上七八个青年人在草坪上玩游戏。自古以来有水就有人家。西班牙的许多古镇古村是依水而建，依水而昌盛。今晚住宿的卡卡韦洛斯（Cacabelos）公立客栈在库阿河西岸，穿镇而行，跨过古桥就是。

卡卡韦洛斯公立客栈建在大教堂的院内，沿墙一圈有几十间小屋，每间有两张床，用床头柜隔开，是简易的双人标间。

客栈是不是教堂的附属建筑，管理上是怎么一回事，我想搞个明白。管理员是本镇的一个女孩，26岁，学绘画艺术的，曾在新西兰留学两年，英语说得非常流利。

艺术女孩告诉我：客栈是镇政府所有，全年收费入镇政府账，管理费用不够部分向中央政府申请补助。客栈每年向国家报告入住的人数、国别、收入和支出。这些统计数字是分析朝圣之路影响力的重要数据。

公立客栈的运营管理，这个艺术女孩给我讲明白了。

卡卡韦洛斯公立客栈有七十张床，昼夜三班各有一个管理员，白天有两个清洁工，共五个工作人员。客栈洗澡间、厕所、露天休息区等设施齐全，但没有厨房设备。

管理员值班室有一个电热水壶，我借来烧开水，泡了两桶方便面，还有一点面包，还真吃饱了。

4天来，卡佳和托马斯一直与我形影相随。今晚我们又做了邻居，他俩就住在我的隔壁。晚上，他俩去镇里玩，我给托马斯5欧元，让他买瓶葡萄酒和下酒菜。这一带是葡萄酒产区，院里几个同行者喝的红酒是0.89欧元一瓶。

艺术女孩打开一瓶红酒，沿院子走了一圈，谁喝就给谁倒一杯。卡佳和托马斯回来了，买了一瓶酒、一袋奶酪、一袋橄榄，我们露天小酌。我吃了几颗橄榄，感觉冷，感觉困，也感觉不胜酒力，告辞回屋睡觉。

干喝酒是欧洲人文化，可以光喝不吃。我们中国人是吃文化，当然吃也离不开喝。

Part 29

>>> 卡卡韦洛斯—维加·德巴尔卡塞

（Cacabelos）　　（Vega de Valcarce）

7月13日　08:30出发　18:35到达　徒步10小时5分　24.5公里

托马斯教卡佳练功

晨曦中，卡佳跟托马斯练功。托马斯今年34岁，在英国曼彻斯特打工，辞了工作走朝圣之路，然后回曼彻斯特继续写书，在写一本练功与调理的书。

托马斯是一个魅力十足的小伙子，跟演007的影星绝对有一拼，但比007年轻20岁。他背的包远远超过一般人的负重。

上午8点20分，用30倍的小长焦镜头把圣玛利亚教堂顶上的鸟拉过来，拍一张卡卡韦洛斯客栈的外景，走向下一站。下一站叫什么名字，沿途有几个村镇，没仔细查看，我只是把当天的那几页指南抽出来，折叠一下放进背包的顶兜。

托马斯和卡佳晨练

十里风光二十里枯燥

别尔索自由镇是朝圣之路上的一个大镇。镇里有一家自行车店，店员忙着给骑行者配零件、修车子。

两位骑士骑累了，在公园歇息；两匹马跑累了，在草地上吃草。

我在小店买了酸奶、小面包、樱桃，坐在店外长椅上吃午饭。

走进一家超市。一位西班牙大叔健壮如牛，买了一个皮球大小的奶酪。我给大叔拍照，他跟我绷起脸来，气壮如牛的样子很吓人，忽而又友好地一笑。

大叔用手指向一种奶酪，售货员小伙子切一片请大叔品尝，大叔点头，才上秤称。我买200克火腿，小伙子也是一样热情服务。西班牙超市的奶酪肉食柜台还保持着现切现卖的传统。

这十公里非常枯燥，一直沿公路走，走在路肩上用挡板隔出的一条小道上。这是当地政府为徒步朝圣者专设的。头顶烈日，仰望空中立交桥，沿着朝圣之路上的特有标识——黄色箭头，一步一步向前走吧。

见到村牌，15 分钟后才拐进小村 Pereje，见到人家，感受到人气。

爱尔兰小伙子丹尼斯在长凳上半躺半坐，小巧玲珑的美国女孩奥莉雅（Olja）与他结伴而行，之前与他同行的奥地利女孩不见了。奥莉雅是纽约女孩，28 岁，根在欧洲，9 岁时跟父母从波兰移民到美国，在美国已经 19 年了。

沿街走到一家村吧，买可乐，盖章，灌水。

刚要出发，贝利大叔和苏珊大妈走来。贝利大叔 64 岁，是退休工程师，苏珊大妈 62 岁，是退休文员。一路上，与大妈和大叔交谈很轻松。大叔大妈结对走朝圣之路，也是很耀眼的。

走在朝圣之路上，在你最干渴的时候，看见几棵古树，就不愁见不到人家了。这个村子叫特拉瓦德洛（Trabadelo），因村口有三棵古树，被我称作“三棵树”。

山泉最解渴

下午 6 点 16 分，看见维加·德巴尔卡塞镇牌。

在卡卡韦洛斯客栈见过的德国女孩在酒吧窗外悠闲地喝红酒。这个女孩不简单，才 19 岁，高中毕业后去马德里当了三个月的 nanny（小保姆），又干了几个月的酒吧推销员，攒了点钱，打电话告诉妈妈一声“我走圣地亚哥之路去了”，说走就走了。

两位本地七旬大叔在自家小院悠闲打牌。

6 点 35 分到达客栈。7 点来钟躺下，8 点来钟睡着了，一觉睡到凌晨 2 点半。打开相机看白天拍的照片，屏幕耀眼，怕影响别人睡觉，蒙上睡袋看。

Part 30

>>> 维加·德巴尔卡塞—奥·塞波雷鲁

(Vega de Valcarce)　　(O Cebreiro)

7月14日　11:00出发　18:10到达　徒步7小时10分　11.5公里

自由职业者安琪拉

昨天走到维加·德巴尔卡塞镇，住进Pension Fernandez。这是一座私家小楼旅馆，也可以叫民宿，有旅馆房间，也有客栈床位。接待我的是一位大妈，不会说英语。语言不通也挡不住我们简单交流，我住客栈床位，8欧元一个人，还含早餐。

7点多到厨房兼小餐厅吃早餐。我对面是德国女士安琪拉（Anchela），旁边是丹麦女孩飒拉（Sara），7天前住拉比尔亨客栈时见过飒拉。

昨天最后的5公里是与安琪拉一起走的。在同行路上，安琪拉讲了她的故事。

她说：我59岁，有一儿一女，两个孙子。我与女儿6月20日从法国圣让·彼耶德波尔出发，女儿中途返回德国，我自己一个人继续走。

安琪拉走到维加·德巴尔卡塞用了 24 天，而我用了 28 天，还是她厉害啊！

我问安琪拉：你做什么工作？

安琪拉说：我是一个自由职业者，自己办班开设食品健康方面的课程。

安琪拉问我：你为什么走朝圣之路？

我说：我想挑战自己，也想探索这条朝圣之路。

我也问安琪拉：你为什么走朝圣之路？

安琪拉说：我想甩掉繁杂的日常事务，清静一下大脑，当然也想重新发现自己。

早上年轻的女老板玛利亚在打扫卫生。玛利亚是时装设计师，在西海岸的菲斯特拉开一家自己的时装店，夏天主要做客栈生意。

客栈小楼背后是一路相随的巴尔卡塞河。我昨晚到客栈后洗洗就睡了，连晚饭都没吃，今早才听到小河流水潺潺。

鹿特丹人骑超级双人自行车

楼道里停放着一辆双人自行车。在餐厅见到车主大哥和大姐，大哥叫荣，大姐叫百吉，来自荷兰鹿特丹。

荣推出双人自行车，在小广场上往车上装东西。这辆双人自行车的车体比普通自行车长出一半，支架也是超大的，前后有两个驱动轴，结构比较复杂。车体后架宽大，结构粗壮，但非常精巧。几个装备包都是双人车专用的，包上有扣锁，往车架上一放，包就自动锁在车架横梁上。我好奇怎么解锁，荣轻轻一提包上的拉绳，就可解下装备包。这是一辆非常高级的双人自行车。

我问：在哪里可以买到这种车？

荣说：这种车在荷兰和德国都可以买到。

我问：多少欧元一辆？

荣说：我不想说价钱，5000 欧元。

鹿特丹人骑超级双人自行车

荣不想说，还是说了。这就是低调吧。

我问：后架上装备包的价格呢?

荣还是说：我不想说，500 欧元一个。

车上还有几个小专用包，是 200 欧元一个。一辆车 5000 欧，两个大装备包 1000 欧，多个小装备包，车锁是 300 欧，价值 7000 多欧元，可以买一辆中档摩托车了。荣和百吉喜欢骑行，骑行照样可以走朝圣之路。圣地亚哥之路上，一些路段是步行者和骑行者共享，有的路段是各行其道，有路标指引，人走人路，车走车道。

比利时管理员大叔说过，他与老伴骑双人自行车走过一趟圣地亚哥之路。我想看看双人怎样骑行，请荣和百吉表演一下，荣和百吉高兴地答应了。百吉登上前座，荣跨上后座，二人合力蹬脚踏板，围小广场骑了几圈，挥手跟我告别。

最不能走的90后女大学生

两个女孩是马德里大学生。现在才10点来钟，我还没出发，她们就想停下来入住。

女大学生说：我们昨天从马德里乘车到蓬费拉达，今早徒步9公里，走到坎波纳拉亚就走不动了，坐车到这里，想住下。

女大学生说Ponferrada和Camponaraya两个地名跟说绕口令似的，我让她们重复好几遍才听清楚。我把她俩领到客栈，介绍给老板玛利亚。

马德里大学生是我遇见的最不能走的女孩，一个叫卡若莱娜，一个叫芭乌拉，都是90后。走不动就是走不动了，两个女大学生实话实说，天真可爱。

11点出发。一位西班牙老人拄根木棍迎面走来。一座老房子前，女主人正在给盛开的盆花浇水。老人拄棍溜达，女人在家浇花，是山村一景。

山村

隐藏在森林里的山村 Ruitelán，突兀在公路之上的高架桥。

路遇一对美国青年，小伙子叫贾诗（Jush），女孩叫杰西卡（Jessica），来自美国东北部佛蒙特，从利昂徒步 6 天走到这里，比我快两天。

理查德借个小楼办交流中心

到达小村 Herrerias。一个小伙子在冷水河里洗澡，我只能点赞，不敢模仿。这条河还是巴尔卡塞河，洗澡的小伙子叫马丁（Martin），来自捷克，在这个村的客栈做志愿者。

马丁在冷水河洗澡，一个意大利姑娘在阳光下画画。这个女孩叫阿列克山德拉（Alexandra），来自意大利北部山区，靠近奥地利，母语是意大利语，从小会说德语，上大学学的是西班牙语翻译专业，毕业后教小学英语。女孩昨天才到这里，在“交流中心”做志愿者。

在一座白楼的一层，我见到了主人理查德（Richard）。没等我打探交流中心的故事，理查德就主动开讲了。

他说：我叫理查德，来自美国芝加哥。我是文化上的混血儿，祖先有土著人，有黑人，有白人。我在西班牙这一带生活了 5 年，感觉到朝圣之路上缺少一样东西，就是朝圣者与当地西班牙人的交流。走朝圣之路就是促进不同文化的人交流，可是当地西班牙人很少有人会说英语，朝圣者大多数也不会说西班牙语。为了促进朝圣者与西班牙人的交流，我跟朋友借来这座小楼，建立了“文化交流中心”。

我环顾交流中心的四周，一半是厨房餐厅，一半是活动室，展示一些宣传文字，窗台有一个留言簿。

理查德说：交流中心今年 4 月正式开办。一个台湾女孩是他认识的第一个中国人，我是从中国大陆来的第一个中国人。

这个台湾女孩 3 月 30 日晚走到这里，赶上这个村的客栈还未开业，就住进了理查德的小楼。

我认同理查德的理念，喜欢这个文化交流中心。

在路上，我最喜欢人与人之间的交流，了解不同的文化。我能与说英语的人比较深入地交流，最缺乏的是与当地西班牙人的交流，如果我会说一点西班牙语，收获肯定会更大。

在路上，一个地方最多住一晚，第二天就要奔向下一站。我今天刚走几公里，不可能停下脚步在这里住宿，下回吧，我一定在这里住一晚，与理查德一起拜访当地人家。

理查德有条爱犬，狗也有助于人与人之间的交流。我在瑞典曾帮女儿遛过狗，牵狗走路特别容易与遛狗的瑞典人交流。

志愿者在朝圣之路上处处可见，他们是自愿的，自发的，只身一人来到他们喜欢的地方。当然，有的志愿者走的是协会渠道，通过协会来做志愿者。

瑞典爸爸用童车推 3 岁女儿走山路

一个瑞典三口之家走在圣地亚哥之路上，身高力大的爸爸推着童车走，三岁的女儿坐在车里。他们从圣让·彼耶德波尔启程，走得自然辛苦，我几次看到推车爸爸的后背湿成一片。

我走到近前，跟他们打招呼，还跟孩子说了几句瑞典语。我刚拍了一张照片，西班牙女服务员托着盘子走过来，冲我喊道：你拍照应该征得人家同意。

我压住不愉快，回应说：人家同意拍照。

孩子爸爸扭头冲我说：It's OK。

在路上，我拍过很多同行者，一般拍近景都打个招呼，打招呼有两个好处，一是求得同意，二是得到配合。一般人不反对被拍，但不喜欢被偷拍，朝圣之路上的同行者都比较配合拍照。女服务员无话可说了。我不太明白，她为什么喜欢多管闲事。西班牙人热情友好，一般不管闲事。

这一家走了多天，爸爸赶上瑞典有事，中途飞回瑞典。妈妈推着孩子往前走，爸爸办完事又赶回朝圣之路上，一家三口继续向前走。

林间土路，大树遮阴。先是几匹马跑来，接着骑马人也跑下来。你想骑马走一段路，这个要求并不难，村民会帮助你实现。

在山道拐弯处，光脊背的西班牙大哥正在搭建一个遮阳棚。一个小桌上摆着一个果篮，有香蕉和苹果，没有标价，那就是说你看着给吧。

又遇见卡佳和托马斯，他们今天计划走 34 公里。

走过拐角，看到两个女孩躺在林荫大道的一侧土坡上睡觉，吓我一跳。

马德里父子仨

走进小村 La Faba。村口有一眼泉水，喝水，灌水，擦洗上身散热。进村店买 2 根香蕉、2 盒酸奶和一听啤酒，这就是路上的午饭了。

一路上多次见到这爷仨，他们是西班牙人。爸爸叫安东尼奥，哥哥 13 岁，叫罗曼，弟弟 12 岁，叫克劳狄奥。妈妈开车带上两个小女儿把父子仨送到布尔戈斯。

安东尼奥在我的日记本上留言：我们相见在去 O Cebreiro 的路上。你是我们在朝圣之路上遇到的第一个中国人。

光脊背的是哥哥，弟弟高一点，之后几天还常遇见他们。

从海拔 915 米的 La Faba 走 2.5 公里陡坡山路，走了一小时，到达山顶。这里是海拔 1200 米的山村 Laguna de Castilla，有客栈村吧。

从海拔 630 米的维加・德巴尔卡塞一路上山，骄阳似火，干热，消耗了大量体力。

走到里程碑：至圣地亚哥 152.5 公里。这是利昂大区的最后一块里程碑。

然后是利昂大区与加利西亚大区的分界碑。

穿过利昂大区，进入加利西亚大区（Galicia）。加利西亚是西班牙别有特色的一个大区。加利西亚人有自己的语言，书上说加利西亚语更接近葡萄牙语。

圣地亚哥是加利西亚大区的首府。

加利西亚大区卢戈省界碑

看见加利西亚大区的第一块里程碑：圣地亚哥 160.948 公里。向前走了 15 分钟，距圣地亚哥的里程却多了 8448 米。

波士顿女人打车到山顶客栈

徒步 11.5 公里，翻过四五座山头，从海拔 630 米的维加 · 德巴尔卡塞攀登到海拔 1300 米的小村奥 · 塞波雷鲁（加利西亚语 O Cebreiro，西班牙语 El Cebreiro）。住进海拔 1293 米的奥 · 塞波雷鲁客栈。

与热情的波士顿女士奥莉（Aurie）、韩国母女一起吃晚饭。说是吃晚饭，其实就是晚上吃点东西，摆在我们面前的是一个平底煎锅，煎锅里是一层樱桃，还有几片奶酪。这就是中美韩三国人在海拔 1293 米的奥 · 塞波雷鲁客栈吃的“一锅饭”。

大餐厅有合班教室那么大，空空荡荡，炉灶俱全，但无任何厨具。这口煎锅后来也不见了。

美国女子奥莉在波士顿开一家小公司，做理财咨询服务。**奥莉从圣让·彼耶德波尔走到奥·塞波雷鲁只用了20天，走到洛格罗尼奥之前摔了一跤，去医院缝了13针。**奥莉给我看了一下眼眶上的伤口。

我问奥莉：今天的12公里山路你感觉怎么样?

奥莉说：我是打出租车上来的。

美国人习惯用银行卡。圣地亚哥之路的沿线村镇习惯收现金，很多地方不接受银行卡。奥莉用的银行卡还不是常见的卡，在洛格罗尼奥的银行折腾了半天，才取到现金。

奥莉想上网，又遇到一个问题。这个地区提供免费Wi-Fi，需要用手机注册，获取密码，但她的手机没有开通国际漫游。问题总是有的。

韩国妈妈带女儿走朝圣之路。女儿十几岁，一头短发，我起初还以为是男孩呢。妈妈英语流利，也大方热情。我们同住一个大屋子。

10点10分，跟管理员说好出去拍几张日落照片，千万别关大门。站在海拔1293米山顶客栈外的矮墙上观看壮美的日落。

Part 31

>>> 奥·塞波雷鲁—萨莫斯
（O Cebreiro）　　　（Samos）

7月15日　07:00出发　19:40到达　徒步12小时40分　31公里

又见小哥俩和他们的老爸

穿过小村Liñares。遇见两个爱沙尼亚女士，其中一个叫玛恺，友好，互相问候。爱沙尼亚人一般会说芬兰语，我们用芬兰语和英语混合起来交流。

走进Hospital da Condesa。进村吧看看，没有什么食欲，也不想喝咖啡。大早晨的，西班牙三壮士坐在村吧墙根喝啤酒，快乐啊。小伙子米盖尔（Miguel）来自马德里，卡洛斯（Carlos）来自布尔戈斯，胡安（Juan）来自比戈（Vigo）。

路上，我又遇到安东尼奥父子仨。哥哥罗曼（红衣）和弟弟克劳狄奥（蓝衣）各持一根长棍，长棍在小哥俩手里不是登山杖，是兵器，是玩具。小哥俩一路上耍棍子，交战不休。两个孩子英语都很好，哥哥更善交际一些。

哥哥说：我和弟弟都是五年级学生，大妹妹9岁，小妹妹7岁，我和弟弟参加过英国的英语夏令营。

罗曼看到我的背包插着登山杖，想玩一玩，我教他调节好高度。

哥哥又说：你教我们汉语吧。

我教小哥俩学汉语：你好。你好吗？我很好。你叫什么？我叫罗曼，我叫克劳狄奥。

小哥俩重复两遍就学会了。哥哥玩够了登山杖，放回我的包里，又拿出一把弹弓，弟弟手里也有一把。

哥哥说：这是爸爸在纪念品商店给我们买的。休息时，一只鸟落在了桌子上，我瞄准后一松手就射中了。商店售货员说，中国孩子喜欢玩弹弓，用它射鸟。

我大笑起来说：这是什么年代的故事啊。

我给哥哥讲，弟弟也凑过来听。

我小时候玩弹弓射鸟，也玩弹弓打仗。我的孩子小时候就已经不玩弹弓了，那时的城市也很少见到鸟了。现在的小孩子玩什么，我不知道，但我肯定，他们连弹弓都没见过。

弟弟把他的弹弓递给我，木把，橡胶管，很精致，3 欧元一把。我弯腰捡起一块小圆石头，拉弓，瞄准路边一棵小草，松手射了出去，就是没射中。哈哈，50 年没玩弹弓了，手潮了。

我问哥哥：你爸爸做什么工作？

哥哥说：我知道，但我不知道用英语怎么说。

我们刚好走到 Alto de Poyo。村吧就在土坡上，露天吧有桌椅和太阳伞。我和安东尼奥倚靠土坡聊起来。

安东尼奥说：我是学生化的，在国际组织工作过，也在实验室工作过。我现在是一家私人基金会的负责人，我们每年评估医院的研究项目，组织专家评审，发放研究基金。我们的基金来源是几家制药厂，基金规模是 100 万欧元。这是一个小基金会，管理人员很少，聘请评审专家的费用也比较低，管理的比较好。

孩子们放暑假了，我放年假，就带两个儿子出来锻炼一下。

德国美女腰别一本指南

昨晚的奥·塞波雷鲁客栈很大，但不提供晚餐和早餐。这是很多公立客栈的做法。为了减轻负重，我不背任何食物，连一块巧克力都没有。走五六公里，我也饿了，进村吧吃点东西。村吧有咖啡、茶，热饮有高乐高，冷饮有橙汁，当然还有酒。

又遇西班牙三壮士——米盖尔、卡洛斯、胡安。三壮士还是每人攥着一瓶啤酒对嘴喝。

喝什么？立普顿袋茶无论是什么味道的，都不好喝。瓶装的盒装的饮料，原汁含量少，等于喝糖水。鲜榨的果汁？我也不想去站着等候。我选择喝咖啡，有加热牛奶和不加奶两种，我要加奶的，等于多喝一些水。我对咖啡不上瘾，也不用担心咖啡因影响睡眠。

吃什么？有三明治，里面夹奶酪、火腿，是冷餐，凉乎乎的。甜点，有各种夹心的派，有牛角酥，有蛋糕，还有叫不上名的小点心。我一般买一个牛角酥或一个巧克力派。

在朝圣之路上，你不用担心减肥，怎么吃也胖不了。

村吧有三个基本功能：上厕所、灌水（四月灌热水，七月灌凉水），盖纪念章，免费上网。**村吧还有一个功能是聊天，在这里你可以跟陌生人聊成熟人，跟熟人聊成朋友。**

一位德国美女腰带上别着一本朝圣之路指南。全世界的朝圣者几乎都在用同一本指南，只是语言版本不同。我没有这本指南，也不想看，我希望我的大脑是一片空白，用脚去丈量这条路，用眼睛去看这条路的风光村落，用思考去审视这条朝圣之路和一路上的当代朝圣者。

一连几天与这位美女相遇，同走一段路，从不问下一站宿营地，却总是碰上。美女叫什么名字我不记得了，查一下日记本也没找到，只记得她来自斯图加特。

走进小村丰弗里亚（Fonfria）。从潘普洛纳来的一家西班牙人很热情，可爱的小女儿才11岁，给爸爸妈妈和我拍了一张合影。我当时能叫上这一家人的名字，匆匆之中没有记下来，现在只能遗憾地说，想不起来了。西班牙人的名字比较陌生，连听几遍，都分辨不出音来。学西班牙语，还是先学人名和地名吧，这是重要的一课。

南卡大男孩为女孩背水袋

不同的时间遇到不同的同行者。

我喜欢年轻人，这三个年轻人也喜欢与我同行。小伙子叫戴文（Devin），24岁，来自美国南卡罗来纳；高个女孩叫玛迪松（Madsson），23岁，来自北卡罗来纳；小个女孩来自南卡罗来纳，24岁，叫比萨妮（Bethany）。

小伙子戴文背一个小包，包里有一个饮水袋，水袋的水管挂在包外。高个女孩玛迪松紧跟大男孩后面，吸管子里的水。一路上见过有人背水袋，见过有人吸水袋的水，但没见过给别人背水袋的。这个画面太温馨了，青年人太浪漫了。

我赞美了小伙子一句，还说：你的创意太棒了，你可以在朝圣之路上卖水了。

小伙子说：我学的就是MBA，好点子，我可以背上一个水罐。

与陌生人聊天一旦有共鸣，就能聊下去，我们一路走，一路聊。MBA小伙子戴文在一家管理公司工作。

我单刀直入问戴文：你对钱感兴趣吗？

戴文想了想说：不是特别感兴趣。

我说：资本家都是对钱特别感兴趣的人。

戴文说：我对钱不感兴趣，才来走朝圣之路，要是对钱感兴趣，我就挣钱去了。

戴文也熟悉一些中国的事，比如南海问题，比如华为。

高个女孩玛迪松说：我五六岁的时候跟父母去了玻利维亚，南美洲的一个西班牙语国家，从小会说西班牙语，12 岁时回到美国。我上大学学的是西班牙语，毕业后当了西班牙语老师。

我太羡慕玛迪松了，走在朝圣之路上跟西班牙人交流畅通无阻。小个女孩比萨妮，比较腼腆，不爱说话，特别认真听我们聊天。我单独跟她说话，她才开口。

比萨妮说：我大学学的是哲学，哲学有很多分支，有宗教哲学、文化哲学等，我学的是文化哲学。我毕业后找不到工作，在思考去做志愿者，去参加教会的海外工作。

我们走进小村 Filoval。去年的旅行指南上说，这几个小村都没有村吧，现在有了，而且比较大。进一家村吧休息，三个美国青年人点了一盘蔬菜沙拉，因为天热我没有什么饥饿感，喝一杯凉啤酒吧，解渴，还当饭。我忽然想起包里还有一根三天前买的干香肠，翻出来掰成四段，一人一块。大家美滋滋地吃着香肠，聊天气氛乐融融。

我与三个青年人又一同步行了几公里，走到特里亚卡斯特拉地界。今天是他们走朝圣之路的第 2 天，想在这里住下。我昨天走得少，今天状态好，已经走了 20 公里，还有劲头，想多走一段路。

戴文跑到小街上一家私人客栈探路，几分钟后跑回来，三个人决定住在大路边有草坪大院子的公立客栈。三个美国青年与我一一拥抱告别。

我在路边找个村吧歇脚，买了两根香蕉，在遮阳伞下又喝了一听冰镇啤酒。夏天在西班牙徒步，闷热，暴晒，连我这个不喝酒的人都开始喝啤酒了。

穿行三城堡镇

特里亚卡斯特拉镇（Triacastela），又名三城堡，建于公元 9 世纪，因古有三座城堡得其名。古堡现已无存。

此镇有 700 余居民。镇教堂是 18 世纪重建的，教堂顶楼是三城堡的象征。小镇主街细小狭长，有多家旅馆、客栈、餐馆和酒吧。出主街，路刹那变宽，在丁字路口，有一个标识，向左通往萨莫斯（Samos），向右通向 San Xil。

出镇界。我不知选择哪条线路，停住脚步，掏出旅行指南。指南上说，左线，比较安静，多走 6.5 公里；右线，前 5 公里有 250 米爬坡。最吸引我的是左线有一个萨莫斯镇，镇里有一个非常漂亮的修道院。我决定走左线，继续走 11 公里，住到萨莫斯。

刚拐过丁字路口，左手边有一片空地，大树下有一片绿荫，绿荫下躺着一男一女，一看就知道是朝圣者，很可能是西班牙人。我一打招呼，他俩热情回应，女的来自马德里，男的来自西班牙什么地方（我没记住）。

我举起相机，她俩冲我微笑摆出姿势。这就是拍照许可，这就是默契，这就是西班牙人。

在公路上重摔一个嘴啃地

这不是一条清静的小路，而是一条新修好的公路，路面还是沥青的本色，非常粗糙。这段路有时绕行路边草地，有时走路边的小径，更多的时候就是在公路上走。

走了四十来分钟，看到 137.138 km 里程碑，我觉得有意思，掏出手机低头记下来。我因分散了注意力，左脚竟绊在粗糙的沙石路面上，没能迈出去，身体瞬间失去平衡，向前趔趄跌倒，重重摔了一个嘴啃地。

在跌倒一瞬间，我翻转右手腕护住相机。我的嘴唇磕破了，左手掌、右手背挫破了，相机也摔了出去。我趴在地上，第一反应是抓回相机，外壳磕破一点，镜头自动伸出，庆幸没摔坏。第二反应是，这是公路，危险，赶快爬起来。我吐干净嘴里的血，用纸擦一擦手上的伤口，右手背上的伤口很深。

走到一个休息点，石头桌子、石头凳子都被骄阳烤得热热乎乎的。

枯燥的路一直向前。

摔跤之后，沿光秃秃的公路走了一个小时，拐进小村 Lusio。这个古老的小村，有很多老房子，竟没有一户居住的人家。

我没水了，渴极了，惊喜地发现路边有一台自动售货机，投进硬币 1.2 欧元，按 64 号钮，蹦出一听冰凉的可乐。

一间老屋，屋里有几块老磨盘，还能看出几丝古老生活的迹象。

一路上又穿行几个小村，也是不见村吧。看见两个村民在说话，一家房子外有自来水龙头，我只好向村民开口要水了。我用空瓶子一指水龙头，这种国际语言村民当然明白。我喝足了，又灌满一瓶，涮一把毛巾，继续走。

这一段路基本是林荫土道。前不见人家，后不见同行者。枯燥的几公里。

萨莫斯美女玛尔免费导游

走进萨莫斯镇界。站在山坡上俯瞰修道院，非常宏大，颇有气度。

走下山坡，拐进镇子，在街角的一家店遇见小哥俩的爸爸安东尼奥，他在给两个儿子买食品。安东尼奥告诉我，公立客栈就在前边。我买了一只雪糕，匆匆离开。

找到圣马丁修道院客栈，管理员是一位中年壮汉，热情安排我入住。客栈有 70 个床位，我是第 69 个到达的，还有两个上铺是空的。我选了一个，正好与爱尔兰青年工程师丹尼斯为邻，他也是上铺。

客栈门前的长凳上坐着很多人，一个高个苗条女子冲我微笑，我想不起她是谁，一路上见过的美女太多了。客栈把门有一间小屋，这位美女进进出出，一问才知她是当地官方导游，名叫玛尔（Mar）。

美女玛尔带我们参观马路对面草坪上的一个小礼拜堂。小礼拜堂一般建在大教堂内，做小型活动之用。这个小礼拜堂是独体建筑，建于 10 世纪，门前有一棵 960 年树龄的柏树。中欧萨莫人（Samo）于 6 世纪定居于此，建这座房子做聚会之所。萨莫人后来改信天主教，此地遂称萨莫斯。

加利西亚人个子比较矮小，偏胖，玛尔却是高挑细长。

恢宏的萨莫斯修道院

我问玛尔：你是加利西亚人吗？

玛尔说：我就是当地人。

加利西亚美女玛尔高兴地在我的日记本上签上她的名字，盖上客栈纪念章。

圣马丁修道院客栈不收费，也不提供Wi-Fi。

客栈没有厨房，不能做饭。很多人到马路对面的餐馆吃饭，一面山坡都是餐馆的露天区。

餐馆正门比较清静，门前便道上有个小桌有把椅子，我坐在便道上，要一杯啤酒，用餐馆Wi-Fi上网，向家人报平安。

9点多钟，山区的气温骤然下降，感觉冷，躲进餐馆。屋里冷冷清清，一个韩国女孩独坐一桌，要一份套餐，慢悠悠吃鱼。盘子旁的半瓶红酒是店家送的。

我坐到女孩对面，闲聊几句。女孩是韩国人，中文名叫张始成。这时爱尔兰丹尼斯也走进来，说饿坏了，点了一个汉堡，我也点了一个，没时间吃套餐了。

韩国女孩张始成的英语很棒，边吃边说：我在韩国读的大学，英语专业，毕业后到外资企业做翻译，后来辞职去美国明尼苏达大学读英语文学硕士。读了两年，夏天放暑假，来走一趟圣地亚哥之路。我是天主教徒，走朝圣之路是宗教的原因。

客栈晚 10 点关大门，我们只好离开餐馆。今天徒步 31 公里，却并不感觉太累，洗澡，写几行日记。

睡觉。明天还有明天的路。这个客栈的规矩是：明早任何时间都可以走，但不能晚于 8 点。

Part 32

>>> 萨莫斯—维雷
（Samos）　（Viley）

7月16日　08:20出发　16:20到达　徒步8小时　18公里

志愿者罗伯特上士

早上7点，教堂的钟声响了。这个客栈是一路上最漂亮的客栈，在修道院院落的一侧，大门临街。三开大屋，屋顶微拱，墙壁和屋顶绘满了宗教故事画。

不久，钟声又响了，叮——当。前台桌上有一个捐款箱，我投进几个硬币，硬币落进箱子的回声是空的，没有什么人往里投钱。几十个朝圣者就是奔免费住宿来的吗?

叮——当，叮——当，钟声响了两遍。拍照壁画，浏览一大册留言簿。

叮——当，叮——当，叮——当，钟声响了三遍。收拾行装。

健壮的管理员不到8点就到了，打扫房间忙个不停。我抓住一个空隙跟壮士交谈，没想到壮士竟是职业军人。

他说：我叫罗伯特（Roberto），40 岁，是西班牙军队现役军人，上士军衔，职务是教官，职责是训练士兵格斗。我第一次走圣地亚哥之路是 1996 年，那年我 20 岁。今年春天我带 9 岁女儿走葡萄牙之路，走 115 公里到圣地亚哥。这是我第 14 次徒步圣地亚哥之路。

我问罗伯特：你为什么走这条路？

罗伯特说：这条路给了我一切，我的妻子就是在第一次走路时认识的，在这条路上我可以认识很多同行者。

我问罗伯特：你是虔诚的教徒吗？

罗伯特说：是。

我问罗伯特：你在这里是志愿者还是工作？

罗伯特说：我是志愿者。我一年有一个月的假期，做 15 天志愿者，回马德里与家人团聚 15 天。我还有一个小女儿，明天过 6 岁生日。

罗伯特还说：有不同宗教信仰的人和没有宗教信仰的人走圣地亚哥之路可以互相了解，增进友谊。圣地亚哥之路是非常有魅力的。

临行，罗伯特在我的日记本上签上他的名字。

很想参观萨莫斯修道院，但 10 点才开门，不等了，上路。

律师妈妈伊萨贝拉和大学生儿子

路上遇见一个美国小伙子，聊了一会儿。在路上，见到谁，听谁讲故事，有时候竟想不起来了。

前方不远处，印度牧师斯坦利与一个同行者边走边聊，还兴奋地唱起歌来。斯坦利有两件长袍，一件黑色，一件红色，他说这是正规场合的着装。今天他穿的是黑色长袍，走在路上很显眼。

出镇不远有一个酒吧，还没开门，楼上是住家，有人下来开门，一天的生意又要开始了。在酒吧小楼的拐角，一个青年人孤零零地坐着。年轻人很有礼貌，

美国律师伊萨贝拉辞掉工作走圣地亚哥之路

跟我打招呼，说自己来自美国得克萨斯，在等妈妈。这时，青年人的妈妈拄着两根登山杖轻快走来。妈妈瘦高，年轻，漂亮。

青年人和妈妈都非常友好。

青年人说：我叫孔拉得（Konrad），21岁，是波兰人，出生在美国，正在读大学生物系，过了暑假上大四。今年暑假有时间，陪妈妈走一趟朝圣之路，上大四就忙了。我的波兰老家在谢维日。

我跟妈妈伊萨贝拉（Izabela）聊天时，孔拉得就走快一些，走到前面很远的地方，坐在地上等我们。我们在一个村庄前又遇到两个波兰青年人，一个男孩和一个女孩。

我问他们：你们多大？

女孩爆料：男孩明天过生日，今天还是29岁。

我建议大男孩今天庆祝29岁的最后一天，大男孩很高兴，我们说定了，一起庆祝。两人来自波兰的弗罗茨瓦夫，今年的欧洲文化首都。

他俩笑言：旅游者都奔向我们的家乡了，我们就逃离家乡到这里。

在一个分岔口，有左右两条路，我和孔拉得选择走左路。我走了一会儿，后面竟无人跟上。十几分钟后，绕了一个大弧线，我又与波兰人会合。伊萨贝拉说：你走后我们觉得不对，大声喊你，你没听见。

我和伊萨贝拉慢悠悠在林间和村庄穿行。

律师伊萨贝拉娓娓道来她的故事。

她说：我15岁从波兰来到美国，读了高中和大学，后来做了律师。美国得克萨斯州有自己的法律，规定地下资源归土地所有者拥有。得州地下有页岩气，地面上的农场主自然拥有地下页岩气资源。油气开采公司跟农场主谈判，农场主不懂法律，不懂页岩气开采技术，也不懂得如何谈判。我们律师事务所就专门为农场主服务，帮他们与油气开采公司谈判签订合同。油气开采公司一般规定把开采页岩气利润的20%分给农场主，我们从农场主那里得到律师服务费。

伊萨贝拉接着说：这种工作我一干就是十年。我干烦了，辞了工作，跑到朝圣之路上来。儿子不放心，就跟来了。

一路上，我看得出，孔拉得是一个特别善解人意的大男孩。

我问伊萨贝拉：你有几个孩子？

伊萨贝拉说：我只有一个孩子，生了孔拉得之后我就离婚了，那时很年轻，后来再也没结婚。

我问伊萨贝拉：你父母还健在吗？

伊萨贝拉说：我爸爸没有了，妈妈还健在，住的地方离我不远。妈妈后来有了男朋友，男朋友后来成了我的继父。一个男人突然跟妈妈在一起了，妈妈了解这个男人，但我不了解他，不喜欢他。随着时间的推移，我渐渐地熟悉了这个男人，才与继父比较和谐相处，以前我很少跟继父来往，现在跟继父来往多了。

我问伊萨贝拉：你从圣让·彼耶德波尔走到这里，走了一个多月，想好以后干什么了吗？

伊萨贝拉笑着说：有一些想法了，走完再说。

我说：你这么优秀，儿子有压力吗？

伊萨贝拉说：我对儿子要求很严很高，他感到压力了。

我又单独问孔拉得：你妈妈这么优秀，你有压力吗？

孔拉得说：有。

我们三人一起聊天。

我说：妈妈走了这么多年的路，现在慢下来，思考前面的路怎么走。孔拉得，你的前进目标很明确吧？你可以加速走。

孔拉得是一个非常善于倾听的大学生，点了点头说：走完朝圣之路，我就忙了。

这一天，我与伊萨贝拉和孔拉得一起走了十几公里，有时三人一起聊，有时一对一聊，收获了很多故事，也引发很多思考。有时，我们似乎走散，似乎又没走散，有时各走各的路，过一会儿又碰上了。

萨里亚（Sarria）是朝圣之路上的重镇，距圣地亚哥有 110 公里。圣地亚哥朝圣者办公室规定，从萨里亚出发，徒步走到圣地亚哥就可以获得“朝圣证书”。

进萨里亚地界。这里竖立着一块萨里亚地图，还有一眼饮用泉水。

几个西班牙女人挤在一起看地图。看地图对我没什么意义，路标很清楚，跟着路标走就行。已是正晌午，太阳高悬。喝足水，也灌满水。这几天我用一种新方法对付当头烈日。我有一块布方巾和一顶布太阳帽，先把方巾和帽子浸湿了，把方巾盖在头顶，遮住脖子，再戴上太阳帽，头颈都是凉爽爽的感觉。一个小时后，方巾和帽子被晒干了，头部也感觉升温，见到泉水就再把方巾和帽子浸湿。

我头顶着湿方巾和湿帽子，凉凉爽爽走进萨里亚。沿街的萨里亚旅游办公室开着门，进去找了几张地图。圣地亚哥之路的大镇都有旅游办公室，免费提供咨询、地图和当地旅游资料。二十多年的国际旅行养成了一个好习惯，就是每到一地，必访问旅游办公室，但走在朝圣之路上，却很难如愿。当地旅游办公室一般是星期一休息，平日上午 10 点至 14 点开门，14 点至 16 点是 siesta（长午休），16 点以后再开门。一路上，我只进过三个旅游办公室。

不知不觉走了 13.8 公里。

穿过一片现代化小区，途经一个酒吧，前面出现了一面图画墙。此处有树荫，我坐在长椅上，摊开“老三样”（酸奶、香蕉、法棍），欣赏墙画。这是一幅几十米长的巨画，主题是朝圣之路，画面是身背大包的朝圣者，硕大无比的脚印，峰连峰的群山。

吃饱了，看够了，继续走，跨过一条马路就是老城区。几十级台阶旁的客栈门窗上有足疗按摩价目表，这是在山村客栈从未见过的。

登上高坡，萨里亚主街横在眼前，客栈、餐馆、酒吧，一家挨一家。忽然听到有人唤我，一看是伊萨贝拉，伊萨贝拉和孔拉得与几个法国人在遮阳伞下喝咖啡。

一路同行，一路走散，又一路再见，我们跟喜相逢一样合影留念，每个人都是一脸的兴高采烈。

法国人笑着说：别把我的照片发到脸书上。

我也笑着说：发到电视上怎么样?

我觉得跟法国人很容易用开玩笑的方式交流。

他们喝他们的咖啡，我继续走我的路。根据指南计算，从萨莫斯走到这里才13.8公里，我想再走10公里。

在路边的帐篷里，三个西班牙大妞美滋滋地躺着、坐着。一路上遇到“西班牙仨大妞”好几回，叫不上她们的名字，却感觉是老朋友了。

加利西亚人有自己的民族服装。一群身着民族服装的加利西亚人沿街走下，我本想给他们拍照，却被他们拉进去合影。

一路上，常常与西班牙人合影，就是因为西班牙人的天生热情感染了我。

走在林荫土道上，遇到一家瑞典人。爸爸、妈妈、哥哥和妹妹，一家四口骑行朝圣之路。十七八岁的哥哥勇猛，率先骑到前面上坡的弯道，爸爸下车等妈妈和妹妹。好温馨的一家人!

爸爸无比珍惜地对我说：我们还在一起。

这句话意味深长啊!

路边有一家客栈，我不想走了，到酒吧前台登记入住，9欧元一个床位。这是一家比较大的“农家乐”，叫Casa Barbadelo，有一大片草坡，像一个田园山庄。这个地方叫维雷（Viley），是个特小的村子。Casa Barbadelo有旅馆客房、客栈床位，有独立餐厅，还有户外游泳池。

今天徒步18公里，一路上跟美国律师伊萨贝拉和大学生孔拉得交谈。他们的英语纯正，聊起来很舒服，走得比较轻松。

我洗一洗荧光绿速干衫、裤衩和袜子，晾在草坪晒干，然后去酒吧，坐在遮阳伞下要一杯啤酒，悠闲上网。

孔拉得走过来，说：这个客栈还剩一个床位，他跟妈妈住在隔壁客栈了，妈妈一会儿也过来。

孔拉得要了一杯特色冷饮，名字有点怪，推到我面前让我品尝，说里面兑了一点威士忌。

伊萨贝拉来了，我们三人一桌，走一天下来已是老朋友。朝圣之路上的晚餐没有准点，现在已是下午六点来钟。邻桌大声讲英语的美国人点的是海鲜“八爪鱼”，说是加利西亚的特色菜。伊萨贝拉很讲究，点了三道，还要了一杯白葡萄酒。孔拉得说不饿，只喝他的鸡尾酒。大男孩真懂事，妈妈就是一个大钱包，儿子也不乱花。我点一盘烤八爪鱼，美味实惠。伊萨贝拉点的头道是汤，二道是煎猪排，三道是甜点。伊萨贝拉给我倒了一点白葡萄酒。我们三人举杯，高高兴兴喝酒，吃菜，聊天。

我说：儿子一路上陪妈妈走，怎么接近女孩啊？

妈妈说：是啊，我常让他一个人往前走。

我告诉伊萨贝拉一个秘密：女孩都不喜欢西班牙阳光，怕晒黑了，一般早上六点就出发了。

伊萨贝拉笑了：我还真不知道女孩的心思，从明天起早点上路。

孔拉得很腼腆，只是微笑，点头，不说话。

我住的房间有8个上下铺，两个洗手间，很干净。我的下铺是日本人，邻铺是西班牙大妞，门后角落的上下铺是走散多日的那一对丹麦大妞——莱拉和艾琳娜。一屋子人都睡了。

Part 33

>>> 维雷— 普埃托马林

（Viley）（Portomarin）

7月17日　08:28出发　19:15到达　徒步10小时47分　19公里

走16公里集6个纪念章

上路。小村巴尔伐代罗（Barbadelo）几乎与维雷连起来了。

走2公里到Mercado da Serra，进第一家村吧。小村维雷距圣地亚哥是108公里，路上突然涌出很多“旅游者”。朝圣之路上有一个流行说法：远途背大包的朝圣者，无论是从法国圣让·彼耶德波尔出发的，还是从西班牙布尔戈斯、利昂出发的，都是真正的朝圣者。这些短途的朝圣者则是“旅游者”。萨里亚旅游办公室的纪念章上标明距圣地亚哥是111公里。朝圣之路上还有一个说法：走这段111公里路，通行证上每天必须盖两个纪念章才有资格领朝圣证书。村吧爆满跟这个说法有关吗？这一拨人走了才空出座位，轮到我坐下吃早餐。

盖纪念章，出发。

在一个村吧休息，没记住村吧的名字，只记得遮阳伞上有 Estrella 的标识。又遇“西班牙三壮士”，三个人手里还是各握一瓶啤酒。天气渐热，我也喝一瓶，三壮士见我学他们喝啤酒，哈哈大笑。喝酒也是一种交流沟通的方式。

路上出现了很多背小包的青年人和中学生。背大包的是远行的朝圣者，背小包的是从萨里亚出发的旅游者。

四月徒步 21 天，一路上同行者互相帮助的气氛非常浓；七月徒步 18 天，互相帮助的气氛比较淡。特别是萨利亚至圣地亚哥这一段 111 公里，因涌进大批旅游者，“朝圣者气氛”被冲淡，沿途店家友好热情也骤然降温。这 111 公里，村边很难见到供朝圣者饮用的山泉水，村吧厕所也贴出了“仅供客人使用”的告示。店家的朝圣纪念图章就搁在吧台上，你想盖章，自己盖，自己写日期。有的厕所无纸，找吧台灌水也会遭到白眼。

客栈村吧 Casa Morgade 休息，村吧纪念章上印有 99.5 km。

又徒步 1 公里，走进大一点的村子 Ferreiros，村吧叫 Casa Cruceiro，也是一家小客栈，走过去休息。这家村吧纪念章上印着至圣地亚哥的距离：100.746 km。徒步 3 个小时，我才走了 8 公里。路上的客栈村吧多了起来，在村吧休息的人也多了起来。

走到村吧 RESTAURANTE MIRALLOS，买一支雪糕。在这里遇到四个法国同行者，其中一位大叔认出我，比画了一下我拍照的姿势。我想起来了，他就是那个在二楼阳台晾衣服的光膀子大叔。我会说几句简单法语，不会说的就蹦法语单词，就用这点可怜的法语跟他们交流，效果也不错。他们来自法国地中海城市马赛，是从圣让·彼耶德波尔出发的。

到达圣地亚哥之路 100 公里标识碑，石碑侧面有不少签名。美国佛蒙特的小伙子贾诗和女孩杰西卡在这里拍照。

圣地亚哥之路 100 km 标识碑

走进雷蒙的家听传奇

路见荷兰人雷蒙的家。这几天非常热，气温在 30 度以上，在阳光下暴走，见到村吧就停，吃点喝点，补水补能量。走了十几公里，途经四五个村吧，看到路旁一户人家，门口有一张小桌，上面摆放着小食品和饮料，地上戳一块小木牌，写着英文：生活，你可能错过它。我感觉好奇，加利西亚山村怎么出现了英文？我拿起小桌上的一块西瓜，往小桌上的捐款盒里投了几枚硬币，因为是捐款，也没数投进了多少钱。

院子里有一男一女，四十岁上下，不像是本地人。这是一户本地人家，还是客栈？都不像。

我用英语问：我可以坐在这里吗？

女人说：可以。

我坐在小桌旁的椅子上，脚下是小院的草地。

中年男人走过来，用英语打招呼。当地西班牙人不会说英语，客栈村吧的老板和伙计一般也只会说简单的英语。他俩说流利的英语，不可能是本地人，这里面一定有故事。

我问中年男人：有凉饮料吗？

中年男人说：啤酒可以吗？

我答：好。

一罐冰爽的啤酒递过来。中年男人也搬来一把椅子，一场故事会开始了。

女人站在男人一旁，男人侃起了他的故事。

他说：我叫雷蒙，45岁，她叫索菲亚，40岁。我是荷兰人，生长在荷兰临德国的一个边境小城，荷兰语是我的母语，德语也跟母语差不多。我做了15年房地产中介，有自己的公司和4个雇员。我做得很棒，在荷兰卖房子，也在德国卖房子。德国的中介费很高，买方付4%，卖方也付一点。荷兰是卖方付，买方不付。荷兰卖房子是透明的，明码标价，而德国卖房子是不透明的，中介从中做手脚。我去德国卖房子，采取透明制，德国房主愿意找我做代理，我卖得比德国中介好，一年可以卖几十套房子。德国中介根本卖不动，他们打电话来说，我破坏了行业规则，我说这是公平透明竞争。

雷蒙加重语气说：德国的房地产中介有腐败行为。我是荷兰人，在德国挣的钱，15万欧元以内在德国不交税。在德国挣的钱在荷兰也不交税，我挣了很多免税的钱。

我干了15年，天天穿西装打领带，星期天也是如此。我每月给自己开15000到20000欧元的工资，但我干腻了。2012年5月，我第一次走圣地亚哥之路，从圣让·彼耶德波尔走到圣地亚哥。三个月后，我又走了第二次，还是这条路线。之后我认识了索菲亚，一年后的6月，我和索菲亚一起走这条路。加利西亚太吸引我了。三年前，我卖掉了荷兰的公司，花12万欧元买下了这栋房子，又用了两年时间，花 6 万欧元自己动手装修，把二楼的房间改成地采暖。西班牙人只知道烧壁炉，不安装暖气。我还养了 3 只羊、7 只鸡，每天都有鸡蛋吃，根本吃不完，经常给朝圣者。

雷蒙特意带我参观他的房子和花园。

他继续说：我住在这里很美，很悠闲。我天天看朝圣者从我家门前走过，我可以跟他们交流，不想交流了，把前门一关，从后面去西班牙人家串门。西班牙人很好客，你什么时候去都行，他们家里有自己腌的猪肉，有自己做的奶酪，有自己酿的葡萄酒，有自己种的粮食。他们招待你，给你做很多吃的，吃剩下的就喂家禽家畜。

我在屋后打了一口 80 米深的井，把水样送到药厂检验，说是能喝，但农民给农田施肥几天之后井水就变浑浊。我不喝这口井的水，只是洗澡、洗菜用。原住户在山上打了一口井，水管引到院子里，我喝山上那口井的水。

在前院，雷蒙给我灌了一瓶山上的井水。

我问雷蒙：你没事时干什么？

雷蒙说：我有一个爱好是打鼓，没事时教孩子们打鼓。

雷蒙带我参观了他的鼓房。

雷蒙有这个爱好，索菲亚干什么呢？

索菲亚说：我喜欢养鸡。

在雷蒙家一待就是两个多小时，已是午后三点多，我必须赶路了。

村里主街上有一间没有门的敞开式石屋，屋里有壁炉，有方木长凳，夏可乘凉，冬可烤火。墙上有个小篮，你可随意投几个硬币。还有一个留言簿，你可随意写几行。我翻看了一下，本子里不乏朝圣者的赞美言辞。

在小村 Mercadoiro 的客栈村吧休息，在日记本上盖一个纪念章，章上印有：Santiago 95 km。

农民的生活是这样的，一辆拖拉机，一辆小汽车，一群老牛，一堆牧草，房梁上吊着几只腌火腿，肯定还有老婆孩子热炕头。

村里有一间敞开式石屋，供朝圣者休息

窥视西班牙农民的家

两个女中学生像是参加运动会，一路小跑下坡。过了萨里亚，村里不见饮用泉水了。

今天我是见村吧就停下脚步，盖一个纪念章。今天才走16公里，沿途就集了6个纪念章，创纪录了。

山城水镇

一路上见山爬山，见河过桥。眼前忽然一亮，远方是一片水，是一个大湖。湖上的山城就是我今晚住宿的普埃托马林——“一城山色半城湖”的漂亮小镇。

进镇前的最后几百米，我没有走公路，而是抄小路走近道，没想到这是一条蹦蹦跳跳几十米的石头陡坡路。

一城山色半城湖——普埃托马林

跨过一座长桥，爬上几十级台阶，穿过一座门，走进美丽小镇普埃托马林。

我看见的第一个熟人是美国小姑娘奥莉雅。她坐在湖边的长椅上，低头看手机，抬头看水发呆。

奥莉雅有一次跟我说：我见过你用手机写日记，我是老派的，还是用日记本写。

她用手一指，那边就是去公立客栈的路。

普埃托马林很有生气，沿街有几家超市，十多家餐馆酒吧，十多家旅馆客栈。公立客栈在主街的顶头，走到那里，前台不见管理员，几个熟悉的人让我耐心等待。一会儿女管理员回来了，说已满员，我无奈离开，去找下一家。

遇见推童车带女儿走朝圣之路的瑞典人，他们一家三口住在高坡上的一家旅馆。

走进主街的一家小楼旅馆，前台也是无人，正要退出，管理员回来了。他让我等一下，打了一个电话，给我写了一张纸条，用手一指几十米外的一家旅馆，让我去那里。

走进这家旅馆，穿过一条通道找到客栈。客栈很棒，临街，对着大湖，才10欧元一个床位。这样的环境多花几欧元值！上街去超市买大瓶水，买吃的，买水果，晚餐是在客栈厨房吃的，吃完饭也就耗完了我的全部力气。

这个客栈没有我认识的人。上床睡觉。

Part 34

>>> 普埃托马林—理工德
（Portomarin）（Ligonde）

7月18日 08:01出发 17:45到达 徒步9小时44分 17公里

马德里男女露宿湖边

在马丁别墅客栈的阳台上观赏湖景。客房是一字排开的格局，两个房间被通往阳台的大门隔开，对门互望，各有8个上下铺。

我这间住着几个美国人，可能是熟人，叽叽喳喳聊个没完。美国人爱说话，声音也比较大。美国人住在里头，要走到里头才能与他们说话，我感觉不自然。我喜欢聊天，而不喜欢高谈阔论。一个男人的声音高，听起来像高谈阔论，他们说的什么也没引起我的兴趣。

我睡在外头第二个双层床的下铺，先到的德国女孩睡上铺。门口的下铺是西班牙大叔，骑行来的。我判断他是西班牙人，是因为他不说话；判断他是骑行来的，是因为看到了他的头盔。

我沉默了一个晚上。一路上我喜欢与同行者交流，喜欢与同住一个客栈的人交流，但我喜欢自然而然的交流，而非刻意的交流。

早晨八点，我还是最后一个离开客栈的。

湖畔有一个开放式大木屋，像个大戏台，一位大哥和一位大姐是在这里宿营的。我在阳台上看见他们睡醒，坐起，伸懒腰，叠睡袋。

我想探个究竟，走下阳台，跨过马路，来到木屋台下跟他们打招呼。

大哥告诉我：我们是马德里人，从萨里亚徒步到圣地亚哥。

大哥还说：露宿在这里很美，比住在客栈里听别人打呼噜好多了。

大哥一脸得意的样子，扬起脸模仿打呼噜的动作。西班牙人走朝圣之路，有各式各样的走法，走得个性张扬。相比之下，从西班牙境外来的外国人走圣地亚哥之路则千篇一律，按标准配备户外行头，60 升以上的登山包、登山杖、高帮靴、防水服、雨披……

普埃托马林之美

我沿普埃托马林水库岸边走了一趟，寻找古老村镇的历史遗迹，拍了不少风景照片。

沿坡儿向上走到普埃托马林客栈，清晨门前人烟稀少。广场上，镇政府小楼顶上飘扬着西班牙国旗、欧盟旗，楼前有一尊圣雅各石像，是 2001 年落成的。主街东高西低，缓坡向下走。

在自动取款机上取 100 欧元。小镇街景很美，两侧是长长的骑楼，沿骑楼长廊是一家挨一家的餐馆、酒吧、银行、小门脸儿商店、大一点的超市。

骑楼上是小镇人家。一家阳台上摆满了鲜花，一位女士在给鲜花浇水，我向她招手致意，她回应以微笑。

一位女士双手牵 4 只小狗，你说拍照，她立马停下来，让爱犬的小脸朝着你。我处处感觉山城的美好，感觉山城人的友好。

两个壮士小伙子睡在草坪上，还是短裤打扮。他们是在草地上睡了一夜，还是五更上路走累了躺下歇一会儿？

水城之美，是因依山；山城之美，是因傍水。普埃托马林有水城之秀，有山城之美。脚下的山，不让我挪动脚步；眼中的水，不让我移开视线。我在小城驻足很久，才恋恋不舍上路。

出镇，过桥，上坡。

替妈妈背包的立陶宛大男孩

两个年轻人站在高高的岸上，女孩双手卷成喇叭状，学布谷鸟叫，河流峡谷响起回声。回声消逝，两人双双蹦下河堤，抄近路过小桥，追赶上我。

我喜欢与年轻人交流，是因为特别喜欢年轻人浑身上下洋溢的那股朝气。

高高瘦瘦的大男孩来自波罗的海三小国的立陶宛，苗条女孩来自加拿大。他们6月28日从圣让·彼耶德波尔出发，中途有几次乘公交，徒步加乘车20天到这里。

大男孩说：我妈妈也在路上。

他俩轻快地走远了。过了一会儿，我遇到一位中年女士。她因膝关节疼痛走得慢，说是立陶宛来的，哦，她就是大男孩的妈妈。妈妈实在背不动包了，大男孩就替妈妈背，女孩也替妈妈背。大男孩就是背两个包也走得轻快如飞。

在前面一段僻静的土路弯道上，大男孩和女孩静立不动，贴在一起，渐渐走近才看清他俩是在热吻。我装作没看见，两人却羞涩起来，拉开了距离，原来是一对热恋中的年轻人。

在这条路上，我遇到过很多夫妻，也遇到过很多恋人，但很少有人有亲昵动作。

妈妈希尔和女儿乔丹

9点半，遇到加拿大女士希尔（Shell）和她的女儿乔丹（Jordan）。希尔50多岁，是加拿大多伦多一所高中的历史教师。乔丹27岁，大学学的是文学，毕业后到中国湛江的一所加拿大国际学校教过两年文学课。

妈妈希尔和女儿乔丹7月4日走到洛格罗尼奥，后乘巴士到萨里亚，继续徒步。

我问乔丹：你喜欢文学是受妈妈的影响吗？

乔丹说：是的。

我又问：你在中国教课时跟学校里的中国老师打交道吗？

乔丹说：学生读国际学校是为了到加拿大上大学。我们这些国际老师熟悉加拿大的教育制度和课程设置，跟升学有关的课由我们外教来教，中国老师教一些不重要的课。我们外籍教师是一个教学组，跟中国老师不来往，各教各的课。

走到一个客栈，希尔和乔丹想住下来，我们就此分手，各走各的路。

一路上，在村庄稀少的地方，有时见到车载流动村吧。在这片空地上，停着一辆售货车，卖咖啡、饮料、水、啤酒，草地上摆几张桌子、几把椅子，供大家休息。我买一听可乐，坐下来歇会儿。两个德国人，女士叫玛拉（Malla），男士叫托尔斯登（Tolsten），结伴而行，从利昂出发，没有计划，随意走。我还遇到了美国大叔、他的夫人和三个大儿子。

美国医生大卫夫妇和三个儿子

今天很热，才走了一个小时，见到村吧就想休息。村吧的女主人可能是起早贪黑做生意太辛苦了，给我取了一支冰糕，就坐到大堂电视机下低头打盹，我想付钱都不好意思叫醒人家。

店外有一片草地，草地上有几棵大树，我坐在树荫下凉快一会儿。天气太热，感觉长裤糊腿。草地上有两个女孩，我扭过身，从包里掏出短裤迅速换上，顿感凉爽。这是我在路上第一天穿短裤。

北部山区丘陵地带，七月早晚温差大，早晚穿秋装，上下午穿夏装。

在草地上又遇到刚刚见过的那一家美国人，爸爸、妈妈和三个大儿子。

我问大叔：你们从哪里来？

大叔答：西棕榈市。

西棕榈市是佛罗里达州大西洋沿岸一个富人云集的城市，我游美国时到过那个地方。

我说：你们来自富人云集的地方。

大叔笑答：是的，有很多富人，但我不是。

愉快的聊天就是这么简单地开始了。

大叔叫大卫（Dave，发音跟“大夫”相似），64岁，医生；老伴叫唐娜（Donna），猜测是60多岁，是一家私人癌症研究基金会的发起人。大叔和大妈温文尔雅，三个大小伙子也非常有礼貌。我好奇三个儿子的年龄，三个大小伙子自报，老大叫詹姆士（James），38岁；老二叫斯蒂夫（Steve），35岁；老三叫丹（Dan），29岁。这么大的儿子还跟父母一起出来旅行，一起走朝圣之路。我羡慕这位美国大叔的凝聚力。

我问美国大叔：你是怎么把一家人聚在一起走朝圣之路的？

大卫大叔说：我们家有一年一度全家一起旅游的传统，今年选定这条路，从蓬费拉达启程，准备一路走到世界尽头菲斯特拉。

我说：在美国，在欧洲，一家人在圣诞节时聚到一起已经不是一件容易的事了。

大叔说：是啊。还有一点，三个儿子都没有结婚，成了家再一起旅游就不容易了。

大叔换了一个话题：天太热，唐娜走不动了，我们叫了出租车。我们两位和小儿子坐车到下一站帕拉斯德雷伊（Palas del Rey），老大和老二走路。

我想记住这一家五口人的名字，又重复了一遍，还用了联想法：老大詹姆士，这条朝圣之路在英语里叫“詹姆士之路”；老二斯蒂夫，发明苹果的乔布斯也叫斯蒂夫；老三丹，是丹麦的丹；大妈 Donna 是麦当娜的当娜。大叔和几个儿子都笑了，觉得挺有趣，大妈一直保持着矜持。一辆出租车驶来，一家人跟我挥手告别，分两拨走了。

休息了一个小时，出发。这个简陋的村吧叫 Cafe Bar O Castro。小村 Castromaior 有一个古城堡遗址，这个古村因古堡而得名。一个路标指向古城堡遗址。

小村 Ventas de Narón 的路边是客栈 Albergue O Cruceiro。露天休息区有石头桌凳，德国女士玛拉和德国大哥托尔斯登在这里喝啤酒。我感觉很热，很疲倦，躺在石头桌上睡着了。

4 点 20 分，上路。一家四口骑行，爸爸领头，小儿子紧跟其后，爸爸的车后架上有一根绳系在儿子小车的前端，上坡时可牵引儿子一把。小姐姐和妈妈断后，一家人直奔圣地亚哥方向。

一支“浩浩荡荡”的车队反方向骑行冲我而来。爸爸和妈妈骑的是“母子车”，一人带一个孩子。这四口之家是这样走朝圣之路！看到我举起相机，爸爸冲我友好微笑，妈妈闻到牛粪的气味，捏着鼻子。

提前退休的意大利乔治奥

看到蒙特罗索镇（Concello de Monteroso）信息牌，理工德公立客栈在前方600米。

走过理工德村（Ligonde）古代朝圣之路医院旧址。

小村街里有一家客栈，几个志愿者很热情，告诉我已住满了。这家小客栈仅有10个床位。我渴坏了，坐下来连喝了三杯柠檬水，捐了几个小硬币。

今天很热，身体状态也不佳，只走了17公里，投宿理工德公立客栈。客栈在村西头外大路边，是一座二层石头小楼，二楼左侧是一间大宿舍，右侧是厨房餐厅活动室。宿舍中间是一条通道，两侧各有5个双层床，20个上下铺，床与床之间的距离半米多宽。这是一路上最拥挤的、最小的一个客栈。

厨房里有几个人在做饭，我没有背任何食材，感觉也没有合伙吃饭的气氛。我还没有耗尽全部力气，可以出去吃饭。一位意大利大叔告诉我，500米之外有一

古代朝圣者墓地

个餐馆，让我先去洗澡。

这也是一座孤零零的二层小楼，主体是餐馆，侧面是住家。夏天客人都喜欢在草地上喝酒吃饭，树荫下成了餐饮区。我和意大利大叔选了一个小桌。

意大利大叔说：晚餐是我一天唯一的一顿正式饭，我很饿了。

大叔点的是朝圣者套餐，前餐是蔬菜沙拉，主菜是烤鱼煲，甜点是一块甜饼。印度牧师斯坦利坐在我的不远处。他点的是一盘炖肉拌饭，说好，看上去也不错。我也点同样的，拌饭端上来，果然不错，大块的炖猪肉，肉汤拌的大米饭，肉多米饭也多，吃得很顺口。

意大利大叔叫乔治奥，英语不错，话也投机。在大树下，乔治奥悠悠讲起故事来。

他说：我在 IT 行业工作 37 年，在最后一家公司干了 20 多年，最后做到经理职位。两年前，我 59 岁，老板找我谈话，跟我谈内退的事。我如内退，公司按月发给我原薪 60% 的工资，一直发到 62 岁正式退休。我考虑了一下，接受了这个条件。老板让新人接替我的职务，可以付给年轻人比较低的工资。公司付我月薪 60%，收入降低了，但我的生活质量提高了。我有更多的时间跟家人在一起，有更多的时间干自己喜欢的事。我是资深经理，工资比较高，拿 60% 的工资也不少了。我有妻子，有孩子，一个人离开家几十天，走一趟朝圣之路也不是一件容易的事啊！前几天我病了一场，上吐下泻，我们正在吃饭，我就不细说了。我当时走不了，困在一个小村客栈三天，天天去当地医院输液，每天只能吃一点白米粥。夏天走路，天气热，消耗体能大。我每天 5 点起床，打好背包就出发。早上 5 点多，天是黑的，我带上头灯上路，中间休息几次，走到下午 2 点就不走了，找客栈住下。我不仅仅是走路，制造公里数，一路上还看了不少名胜古迹，拍了好多照片。

乔治奥给我翻看手机拍的 Castromaior 古堡的照片。

我有点遗憾，为了节省一些体力，没有绕路去看古城堡遗址。

我跟乔治奥说：我明天早上 5 点起，跟你一起走。

乔治奥说：没有头灯是不好走的。

我一想也对，跟在乔治奥的后面走，借他的头灯照亮，也不方便。走路还是安全第一，我放弃了拂晓前出发的想法。

很多人还在草地上闲聊，我们回客栈。一个西班牙大叔是个话痨，在宿舍里高声讲话，餐厅里灌满了他的声音。他在餐厅里高声讲话，宿舍里灌满了他的声音。他说话几乎不喘气，不停顿，光说西班牙语也就算了，我听不懂，他还能说流利的英语。说一句夸张的话，他一个人唠叨就是一台独角戏。

乔治奥大叔冲我直摇头，拿起一本小书，坐在小院石墙上，盘起双腿看书。我问是什么书，乔治奥举起小书给我看，是一本谈宗教的 mini 书，小得可以放进衬衣口袋里。乔治奥说：我是天主教徒。

唠叨大叔在宿舍唠叨够了，就到餐厅唠叨，在餐厅唠叨够了，就走出客栈小楼，坐在路边矮墙上继续唠叨，身边总是有爱听唠叨的人。拄棍遛狗的村民大叔可能也喜欢听唠叨，停下来不走了。

10 点 52 分，日落西山，我站在客栈小楼台阶上，拍了几张晚霞照片。

Part 35

>>> 理工德—布恩特
(Ligonde)(Boente)

7月19日　06:47出发　20:30到达　徒步13小时43分　29公里

墨西哥帅哥靓妹

天似亮非亮，西班牙这一带天亮得晚。一屋子人呼啦不见了。乔治奥大叔早就没影了，昨天也没有留下他的联系方式。我大体能猜出他一天走多远，估计很难再见到了，感觉有点遗憾。我觉得乔治奥是一个老朋友，一个老朋友就这样走散了。

我保持着一个习惯，每天最后一个离开客栈时拍一张照片。昨晚乔治奥说，这个客栈是一所学校改建的，我们住的是原来的教室。

墨西哥小伙子和女孩还在厨房。昨晚他俩是最后到的，睡在我旁边的最后两个上铺。墨西哥人说西班牙语，他们的名字不好记，小伙子叫Raul（劳尔），女孩叫Maria Jose（玛利亚·何塞）。墨西哥小伙子大一点，看起来三十岁左右，微胖凸显

阅人无数的狗

小肚腩。女孩苗条漂亮。我猜测他们是一对恋人，不是路上结伴而行的青年男女。

出发了。穿短裤和运动衣出汗了。这是出村后爬的第一个上坡，一群同行者正在向坡顶攀登，仿佛融进了朦朦胧胧的云间。我离他们很远，用 30 倍小长焦镜头把他们拉到眼前。

走进一个小村，街上无一人。一只大黄狗，披着铁链，前爪蹬墙，注视着我们，一声不吠。我判定这是一只颇有阅历的狗，一生尽看穿行而过的朝圣者。在它的眼里，一年四季寒暑往来的朝圣者就是一群行走的人，没有宗教信仰的区别，没有文化背景的区别，没有国籍的区别，没有身份的区别。

这一带村落比较密集，几公里之内有几个村子，每个村子都有客栈，有的在路边，有的在小径深处。一拨又一拨朝圣者从不同的客栈涌到大路上，汇集成一股又一股小分队。瞧，这一拨人多，横着走，堵住了公路。

小村吧爆满

来到小村 Portos。几拨人同时涌进了路边的村吧，冷清的村吧刹那间沸腾起来。柜台前排起了长队，老板以超人的速度接待顾客。我点了一个牛角酥和一块苹果派。

小村吧爆满，熟人不少。墨西哥小伙子劳尔和女孩玛利亚·何塞走进来，几天前认识的法国四女士也走进来，我们互相打招呼。

同行者之间打招呼是热情的表现。人不一定都是热情的，但热情一定是挂在脸上的。

第一次见面问对方的名字，发音难记的多重复几遍，下回相遇，若能说出对方的名字，你肯定能获得对方的笑脸，陌生人也就成为熟人。又见墨西哥青年人，我叫出 Raul 和 Maria Jose，他俩非常高兴。

走在漫长的朝圣之路上，每天在路上遇到几十人，在客栈打头碰脸的也有十几人。**一路上几乎没有不友好的人。走在这条路上的人没有一个是来寻找仇恨的，但友谊一定是用心交流获得的。**眼睛是友好的窗口。不友好的人，不想表达友好的人，看见你会装作看不见，看见你会不抬眼皮。

我喜欢学外语。中学学的是俄语，大学学的是英语，上研究生时也修过俄语，那时没有好的环境学外语。上大学时，我在一所业大读过一个学期的法语。大学毕业后，跟着北京人民广播电台学过一册法语，还记得几句问候语，也能脱口蹦出一些单词。一路上遇到几拨法国人，用法语问候，抖搂完自己会说的那几句话，往往能跟法国人说笑成一片。我的亲历体会是：**友好是最通用的国际语言。**

法国女士 Joelle 邀请我与她们四人一起到户外用早餐。Joelle 来自法国的 Bardy，是从比利牛斯山自然保护区公园以北的图卢兹（Toulouse）启程的。

我问 Joelle：你有电子邮箱吗？

Joelle 说：我从来不用电脑。

一路上，波兰人也多。年龄大的波兰人英语不好，但有的会俄语，跟他们交流时英语和俄语一起上，效果也不错。

走出村吧。三个美国小伙子，两个来自芝加哥，一个来自田纳西，早晨起来就是一脸喜气。

爬上第二个坡。离圣地亚哥越来越近，商业气息渐渐浓厚起来。灌水更加困难，纪念章自己去盖吧，食品价格比之前贵了。

巴塞罗那带狗的女人

是昨天还是前天，在一条下坡路上看见一个女士带一条大狗，我的速度赶不上大狗小跑的速度，女士和狗渐渐消失在拐弯处。

今天又遇到这个女士和她的大狗，还有她的朋友和朋友的花白狗。两位女士在教堂后院里跟狗玩，我走过去聊天。

蓝衣女士叫米利亚（Mireia），她的大狗叫布鲁克（Bruk），紫衣女士叫玛利亚（Maria），她的花狗叫诺亚（Noa）。米利亚和玛利亚是朋友，来自巴塞罗那，相约一起走朝圣之路，从萨里亚开始徒步，今天是路上的第 4 天。

我问米利亚：你们带着狗，都住什么地方？

米利亚说：我们住在特别的客栈，那里允许带狗，也给狗安排吃住。

一路上几乎所有的人都友好，走在路上并肩而行，擦肩而过，互相打个招呼。很多人有交流的意愿，打过招呼之后，进一步交流。

交流的话题有很多，例如：

你是从哪个国家来的？

你是哪国人？

你是从哪里开始走朝圣之路的？

你是哪天出发的？

这些都是交流的开场白，之后话题会自然延伸：

昨天晚上你住在哪里了？

你每天走多少公里？

膝盖疼不疼？

包有多重？

你会感觉到你们之间有没有默契，你们是否愿意继续交谈。我一般不会先问对方的名字，与同行者聊得愉快，我才问名字，真诚地问对方的名字，记住对方名字。在路上，与同行者相遇，聊天，走散，当天或几天之后又相遇，第一次相遇是陌生人，第二次相遇是熟人，第三次相遇就感觉是朋友重逢了。

每天在路上休息、吃东西、聊天、拍照，会消耗几个小时。一天与几十个人打招呼，与十几个人交谈，有的是长谈，有的是短聊，我不可能问所有人的名字，一般在相遇两三次时才问同行者的名字。有时第一次相遇，感觉对方特别友好，特别有意思，特别值得我去记住，我也会问名字。在方便的场合，我会拿出日记本，请同行者写下他们的名字。没有人会拒绝这个请求，大多数人还会留下电子邮箱，少数人会留下电话和通信地址。

这里是朝圣之路的必经路线，不少朝圣者进出教堂，我也进去参观一下。教堂没有华丽的装饰，正门内靠墙有一个长条案子，两个工作人员站在那里，我去盖个纪念章。工作人员告诉我，他们不是神职人员，男的自称 brother（兄弟，男性教友的称呼），是西班牙人；女的自称 sister（姐妹，女性教友的称呼），是墨西哥人。他俩知道我来自中国，从台子上拿出一本小册子，指给我看他们在中国云南的活动图片。

意大利三人组合

中午来到圣胡里安村（San Xulián，西班牙语写作 San Julian）。这个小村有一个历史传说。一个叫胡里安的贵族士兵非故意地杀了他的父母，为了赎罪，建立了一家朝圣者医院。后来不久，一个天使飞来说，他的罪恶被赦免了。这个小村因圣胡里安而得名，现有圣胡里安古罗马教堂。

一个壮士拉着小车，反方向走朝圣之路，车上有一把琴，那个红塑料筐看来就是琴凳了。俗话说：背着抱着一般沉。拉小车走朝圣之路轻松吗？

拉小车走朝圣之路

遇到一队三人组合，二女一男躺在青石上，浪漫有诗意，我想他们不是西班牙人就是意大利人。

我主动打招呼，一女一男坐起与我交谈。三人都是意大利人，男士是邮局职员，女士是银行职员，另一位女士是小学英语教师，教小学 11 岁至 13 岁的学生，相当于 5—6 年级吧。英语老师的英语说得极好，跟母语一样。为什么我们的学生从小学学到大学，学了十几年英语，却学得那么烂？是不是我们的英语老师的英语也很烂？

40 分钟后我们几乎同时走进村吧 Casa Nova，邮局男士给大家买咖啡，也执意请我喝一杯。他们站着喝完，告辞先走，就是这样，很随意，一路上聚聚散散。

意大利三人组合是从萨里亚出发的。

下午 1 点走进村子。有时会遇到卖东西的村民大妈，买不买看你的心情吧。一次，一个大妈端着一盘子自家摊的薄饼，站在道路中间，看到大妈期盼你掏钱的眼神，你感觉不买都不合适。你停下，大妈递给你一张面饼，又小又薄，然后等着你给钱。我随手摸裤兜，掏出 1 欧元硬币递给大妈，大妈用中文跟我说“你好”。这张小饼小得一口就塞进嘴里了，不值一欧，但为一句“你好”的问候，也值了。我给卖饼大妈拍照，她却举手不让。

十公里郊游

今天体力好，下午的这十公里路仿佛是郊游。去村吧厕所，厕所无纸，店家的态度也不好。

在加利西亚一带，在村边，在宅院旁，你会经常看到这种悬起来的小屋。我猜是存放谷物的。

父亲体力好，停下来等女儿，告诉我，他们是西班牙人，来自潘普洛纳。林荫土道上，阳光洒进来，变幻为光的花瓣。漂亮的山地车，漂亮的骑行服，灿烂的笑脸，我抓拍到了这个瞬间，父女情，是这么真真切切！

在朝圣之路上，母子情很常见，父女情则较难捕捉。

走到 Lebreiro 村，从卢戈省进入了拉科鲁尼亚省。

穿过小村 Gudelus。玉米地那边突然冒出一股浓烟，继而是一团一团的浓烟，是不是着火了？最近的一家村民几分钟内就驾着越野车向滚滚浓烟方向急驰而去，扬起一路黄土。

徒步 24 公里，马上就要到大镇梅利（Melide）。昨天才走了 17 公里，今天必须多走一些。昨天为什么走 17 公里就不想走了？是看错了指南，把至下一个村子 .9 公里看成 9 公里了，西班牙在小数点前不加 0。中西方文化有差异，阿拉伯数字表达也有差别。

销售大哥骑行仨月与妻儿团聚在路上

下午 5 点到达梅利近郊。这里有个花园村吧，绿树成荫，鲜花盛开，诱人进去避暑。我与两个美国女士前后脚走进，美国人外向热情，邀我同桌。我的背后有一家人，回头打招呼，感觉这一家人特别和蔼可亲，跟美国人说一声不好意思，扭身坐到这一家子桌前。

这家是德国人，来自科隆，爸爸叫卫（Uwe）45岁，妈妈叫芭白蒂（Babette）43岁，姐姐叫诺拉（Nora）14岁，弟弟叫尤斯图斯（Justus）10岁。爸爸是德国著名品牌咖啡机WMF的销售员，妈妈是会计。小姐姐和大弟弟特别善解人意，喜欢交流，也会说英语。

一家人只有爸爸一个人走朝圣之路，我问缘由，卫从头讲起。

我在WMF做销售，一干就是15年！年复一年做重复的工作，销售的压力又非常大，我不想干了，就辞职了。我4月1号骑车从家出发，穿过法国，来到西班牙。

我问：你骑的是什么车啊？

我想起了德国大学生朱利安。

卫说：我骑一辆麦当劳送餐电动车，一路走走停停，住客栈，骑了仨月来到圣地亚哥。

卫从手机里找出电动车的照片，小儿子拿给我看。

我问：你们一家人是怎么会合的？

妈妈芭白蒂说：我七月放假，开车带女儿和儿子到圣地亚哥，一家人会合。今天开车到这里来玩，晚上还回圣地亚哥，开一个小时就到了。

我问小儿子：你想爸爸吗？

小儿子一把搂住了爸爸的脖子，爸爸美翻了。

女儿也点头说：想爸爸了。

妈妈说：我们一家相聚一个星期，住在圣地亚哥，以圣地亚哥为中心每天到周边去玩，然后我带孩子回科隆，卫骑车回去。

我问卫：想好以后干什么了吗？

卫说：有一些想法了，现在还不能说。我在路上慢慢走，计划10月份骑回科隆，我还有很多时间去想。

科隆大哥卫借一辆麦当劳送餐电动车，骑行 3 个月走一趟圣地亚哥，理由却是这么简单，干了 15 年的销售干得 burn-out 了，想换个工作。

店员是一位五十多岁的西班牙女人，非常热情，几次走到我们的桌前聊天，得知我是中国人之后给我们讲了一个故事。

她说：一个台湾人在我家用餐，发现自己的东西忘在之前的客栈了，我帮她打电话找回东西。这个台湾人帮我写了一份中文菜单，回台湾后还给我寄来一个礼物。

我翻看女店员递过来的菜单，有一页是中文，编号菜单的第 1 号是八爪鱼汉堡，还注明是“招牌菜”，我就点这个八爪鱼汉堡吧。台湾人寄来的礼物，是一对貔貅，我给西班牙人和德国人简单讲了貔貅的寓意。我没想到是，女店员还是厨师，亲自给我去做这个招牌菜。一刻钟后，八爪鱼汉堡送上桌，4.5 欧元一个，味道鲜香，确实不错。

一杯啤酒让我与销售大哥卫一家人结缘，一个八爪鱼汉堡让我感受到 Casa Alongos 餐吧的热情友好。

辞别科隆大哥一家。我还要赶路，今晚住在哪里还不确定。

梅利的主街车水马龙。一群长者聚集在街心花园，悠闲祥和。商业街上有一家酒专卖店，颇有规模和档次，店中却无一顾客。小广场的教堂有活动，不少人在排队等候。

西班牙农民盖房子跟中国农民一样，也是搭个脚手架，头戴草帽，搬砖弄瓦。

7 点 48 分，又一个里程碑，距圣地亚哥还有最后的 50 公里。一户西班牙农民至少要养十几头牛，种牧草，夏天收牧草，晒干，用拖拉机打捆，包装。

哲学教授走一路说一路

休息区 El Penqueno（绿洲）有木栅栏，里面有长条木桌和两个长木凳。一个大叔躺在那里刚起。

大叔会英语，聊了起来。没想到的是，前几天同行者传说的一个有意思的哲学教授，远在天边，近在眼前。

大叔叫彼特鲁（Pedro）。在这一段路上，彼特鲁知名度非常高，同行者传说他是哲学教授。我们一起上路，边走边聊。

彼特鲁大叔是西班牙人，高中哲学教师，家住加利西亚大区拉科鲁尼亚省的省城拉科鲁尼亚市。我头一次听说西班牙中学里有专门教哲学课的哲学老师。

“哲学教授”彼特鲁说：你可以叫我彼特。

我觉得还是叫彼特鲁有西班牙味道。

彼特鲁说：拉科鲁尼亚省很少有人徒步去圣地亚哥，我只知道三个人走过，更多的人是徒步去法国。圣地亚哥是加利西亚大区的首府，加利西亚人徒步走到圣地亚哥是个不可思议的事情。

我问彼特鲁：你是哪天出发的？走几天了？

彼特鲁说：我不计算走路的天数。我是在奥·塞波雷鲁，也就是那个最高峰之前4公里开始徒步的，是上星期四出发的。

我掴了一下，上星期四是14号。15号（我徒步的第30天）路上，我听同行者谈论，有个西班牙哲学教授住在了奥·塞波雷鲁客栈。我和彼特鲁是同一天住山顶客栈的，5天之后，与传说中的哲学教授彼特鲁见面了。

彼特鲁非常健谈，一路上，滔滔不绝，说到关键处还停下脚步。我们是走朝圣之路啊，不能光说不走，我几次催促彼特鲁迈开双腿继续前进。

怎么也没想到，彼特鲁跟我讲起了中国哲学，孔子孟子，老子庄子，他都懂，聊起老庄，给我讲什么是“道”，什么是“无为而治”，还能用中文说出这些哲学名词。他讲了半天，把我带到了山里云里雾里。我没有系统学过中国哲学史，但知道一些概念，觉得彼特鲁说的没有超过一般人的常识。我联想到，我们的西方哲学教授、西方文化学者，研究貌似深不可测的学问，口吐我们陌生的概念，如果讲给西方人听，西方人会不会觉得说的都是小儿科呢？

与彼特鲁边走，边聊，边停，又继续走，继续聊。沙石路上迎面走来一个青年人，手里拄一根树枝，踩着路边草丛。近看，此人只穿袜，没穿鞋。

彼特鲁站住，用西班牙语问青年人。

青年人说：我在去圣地亚哥的路上看见一个残疾人，拄拐走朝圣之路。我觉得我胳膊腿一无受伤，二无疼痛，轻松走到圣地亚哥有一种罪恶感，于是扔掉鞋子，从圣地亚哥一路穿袜子走回来。

这个青年人是西班牙人，家住萨里亚。彼特鲁劝他跟我们一起走，一起住下。

彼特鲁停止与我谈论老庄哲学，与西班牙青年聊起来。前面出现了民房，马上就要进村了，西班牙青年突然跟彼特鲁和我握手告别，说要到主路乘大巴回家。几分钟后，当我看见主路时，青年人已经消失了。彼特鲁说，青年人可能脑子有点毛病。

走到小村布恩特（Boente）村口，夕阳斜照，光线非常柔和。我和彼特鲁走到公路边的一座小楼客栈。客栈一楼是酒吧，老板是一个怪怪的男人，五十岁上下，办手续，登记，收费，领我们上楼到客房。一楼店堂无一客人，二楼客房也无一客人。我和彼特鲁一个房间，他先洗澡，要去另一家客栈找他的学生。待我洗完澡，彼特鲁已不见了。

我也出去看看，在柜台买了一瓶 1.5 升水。

老板说：你 10 点 30 分之前回来。

这个客栈很奇怪，奇怪在哪里，我说不出来。我提着一大瓶子水，穿着拖鞋走出客栈，沿便道向东走，去一百米外的另一个客栈找彼特鲁。

在餐厅，我看到彼特鲁正跟一群学生聊天，六个男女生瞪大眼睛听着。

彼特鲁向学生们介绍我，几个学生忙让座。这六个同学是马德里一所高中的应届毕业生，都考上了大学，用暑假走朝圣之路，路上遇见彼特鲁，称彼特鲁为老师。我身旁的女生叫 Pipo，考取了马德里大学心理学系。彼特鲁说 Pipo 特别聪明。热情、聪明、漂亮的 Pipo 起身给我们拍照，还约我明早一起走路。时间早过 10 点，我悄声告诉彼特鲁，客栈老板让我们 10:30 前回客栈。我告辞先走了。

老板看我回来，露出满意表情，说“好”。

我上楼，刚躺下，彼特鲁推门进来。

他脸带愠色说：我必须离开。老板刚才给我打电话，非常粗鲁，要我马上回来。我打听了一下，这个老板非常奇怪，我必须走。

彼特鲁收拾背包，我在迅速做判断。老板有点奇怪，客栈也空无一人，彼特鲁好聊天，不守时，难辨谁对谁错。我是与彼特鲁一起来的，还是他打电话联系的客栈，我不走，不仗义。我如不走，客栈只有我一个人住宿，万一老板有问题呢？我在几秒钟之内拿定主意，跟彼特鲁一块走，迅速起床，把东西塞进背包，提着鞋下楼。

老板还在柜台，表情很生气，看来两人刚吵过架。

彼特鲁说：我们退房。

老板嘟嘟囔囔，打开收银机，每人退还 11 欧元。

我礼貌地说了一句：对不起。

我觉得对老板有一点歉意，入住了，洗澡了，也睡下了，就是因为主客吵架，一气之下退房。这就是西班牙，这就是彼特鲁，一个西班牙大叔，一个懂哲学的大叔，一个性情中人。

我拎着包，带着一丝愧意跟彼特鲁走出客栈，去彼特鲁学生住的布恩特公立客栈。管理员是个西班牙女孩，带我们上二楼，二楼大厅里住满了人，给我们开了一间空房，我和彼特鲁又是同住一间。

已是半夜 12 点，走了一天，徒步 29 公里，我困了也累了。彼特鲁仍有谈兴，下楼去跟管理员小孩们聊天，不知几点回来的。

哈哈，遇到神人了。明天，我与彼特鲁同行，明天还会有什么故事呢？

Part 36

>>> 布恩特—萨尔塞达
（Boente） （Salceda）

7 月 20 日　06:58 出发　20:00 到达　徒步 13 小时 2 分　19 公里

彼特鲁又气翻了

6 点来钟，客栈喧哗起来，彼特鲁和我起来收拾背包。夜里很热，睡袋连拿都没拿出来，穿着衣服睡了一宿。我可以背上包就走，走几公里之后再吃早餐。彼特鲁不干，说他必须吃早餐，否则走不了，我只好跟他下楼去餐厅。Pipo 和同学正在厅里收拾背包，昨晚约我一起走的事，今早似乎忘了。

早餐还是老一套，一杯咖啡和一个牛角酥。餐厅里有一对大叔大妈，也是装备齐全，有登山包和登山杖，我猜测是远道而来的，不是西班牙“旅游者”。

布恩特公立客栈，人气极旺。与彼特鲁和六个学生一起出发。跨过马路，回头瞥一眼昨晚退房的客栈 Os Albergue。这是一个奇怪的客栈，它到底奇怪在哪里，不知道。不懂西班牙语，很多事情，只能看到皮毛。

没有伤痛是不可能走到圣地亚哥的。

Pipo 昨晚还在摆弄她那一脚丫子的水泡，一瘸一拐地下地走路。今天上路，刚拐过一个房角，Pipo 和同学们走路轻快如飞，不见了。

走过这个村庄，两个韩国青年人擦身而过，留下一声问候。

我问年轻人：来自哪里？

一个答：Incheon。

我说：我从天津乘船去首尔，停泊的港口就是仁川，乘的还是仁川号轮。

他俩知道我熟悉他们的家乡，开心回应，说到过中国北京。我给他俩拍照，他们很配合，停下疾走的脚步，转过身来，摆个姿势，伸出大拇指，冲我一笑。

我多么希望在路上遇到朝气蓬勃的中国青年人啊！

又到一座建在村外的孤零零小楼——村吧 Bar Manuel。老板是个大妈，彼特鲁走到柜台前搭话。谁料想，大妈说彼特鲁不是加利西亚人，一句话就把彼特鲁给气翻了。

彼特鲁跟我叨叨：我住在拉科鲁尼亚省的省城，居然说我不是加利西亚人？

我买了一杯咖啡和一块巧克力派，想要大妈给盖个纪念章，大妈用手一指吧台桌面，意思是你自己盖吧。一路上都是老板、店员郑重其事地给你盖章，有时还签上名字，走进加利西亚，你就自己盖吧。人们都说加利西亚人热情，也许是内心热情吧，我看到的可能是皮毛。

在村吧，又见墨西哥帅哥劳尔和靓妹玛利亚·何塞。两个年轻人，很特别，很亲密，但不亲热。我一直以为他俩是恋人，但不确定，遂大胆去求证。

劳尔说：玛利亚·何塞是我妹妹。

我问：你们做什么工作呢？

哥哥说：我是律师。

妹妹说：我是心理咨询师。

我还知道，哥哥 29 岁，妹妹 25 岁。

这对兄妹16号开始走奥·塞波雷鲁高山。这般年龄的兄妹结伴而行，在这条路上还是第一次见到，令我赞叹不已。哥哥劳尔是80后，妹妹玛利亚·何塞是90后，中国的80后、90后是不是羡慕死了？

在路上，我有一条经验：遇到好奇而又看不懂的事情，千万别瞎猜，想办法去问明白吧。

利巴迪索村

这是小村利巴迪索（Ribadiso）的地界。

一过萨里亚，旅游的气氛骤然浓厚，一个典型的现象就是单个玩自拍的多了，集体玩自拍的多了。瞧，这四个姑娘在利巴迪索古桥上玩自拍。之前的路上，自拍只是偶尔可见。

利巴迪索桥（Ribadiso da Ponte）建于中世纪，是圣地亚哥朝圣之路的必经之路。加利西亚政府在1992—1993年间对古朝圣之路的利巴迪索医院进行了修复，建成公立客栈。

彼特鲁很热心，在古桥上帮助“四姑娘”拍照。教师可以大体分两类，一类特别喜欢学生，一类不怎么喜欢学生。彼特鲁绝对是特别喜欢学生的教师。

一座老石头房子的房檐下是一面“智慧墙”，一串绳子挂着几十张名句、格言摘抄。彼特鲁是哲学老师，喜欢这些智慧语言，举起登山杖当教鞭，对着名句格言指指点点，想给学生们上一堂课，可是他的学生早已跑远了。

一路上总会遇到不一样的同行者，一个人看书看得那样入神，一个人睡得那样香甜。

彼特鲁在路上也想讲课

跟彼特鲁吃奶酪大餐

我跟彼特鲁慢悠悠走朝圣之路，有一种春天郊游的感觉。他不在乎时间和公里数，他的最大乐趣是与人聊天。彼特鲁绝对是聊天高手，看见什么就能聊什么。路上遇到一只狗，他就聊狗。

我们走进阿尔苏阿镇，徒步 4 个小时才走了 8.5 公里。彼特鲁问我，要不要品尝一下加利西亚的特产奶酪？彼特鲁是地地道道的加利西亚大叔，跟他走没错。

我们走进一家奶酪吧。店里有桌椅，也有吧台位。我们坐在高腿吧台凳上，把背包放在脚下，这样似乎更有情调。去过不少酒吧，但很少坐吧台凳，感觉坐吧台凳上的酒客有点“另类”。今天我坐在吧台凳上，溜一眼坐在普通椅子上的顾客，感觉他们有点土了。视角变了，看法也变了。

彼特鲁认真看女服务员递上来的菜单，点了三种干奶酪。第一盘端上的是奶酪，送一小篮儿面包，彼特鲁又点了红酒。我们碰杯之后就随意吃，随意喝。三种奶酪，每种少则六块，多则八九块，有三角形、方形、条形。至于味道，我吃进嘴里，还能感觉出细微的不同，咽到肚里，就说不出来了。欧洲人喝中国白酒，只有一个感觉，辣，品不出曲香、酱香、清香，有时竟用“蒙古伏特加”来形容中国白酒的辣劲。店里的加利西亚奶酪有几十种，对我来说味道大同小异。吃奶酪对我来说，不是品味道，而是体验西班牙文化，最基本的还是充饥，没有美味佳肴的感觉。彼特鲁很享受奶酪大餐，也能喝红酒，喝干一杯，大学生服务员就再给满上一杯。

第二盘端上的是香肠，是另一个女服务员用机器切的，很薄，有肥肉，口感香，较腻。

第三盘端上的是甜点，形状像北京的果丹皮。一顿加利西亚奶酪大餐渐入尾声了。

这顿奶酪大餐我吃的是加利西亚文化，连充饥都谈不上，是几片面包下肚才半饥半饱的。这三种奶酪、一种香肠、一种甜点，我叫不上名字，请服务员写在日记本上：1.Queixo de Arceia；2.Queixo San Simon；3.Queixo de Cabra；4.Chorico de Salamanca；5.Membrillo。我感觉这些食品名词很难译成中文。现在有谷歌翻译，翻译任何语言都不难，但难在准确。

彼特鲁屁股黏，没有走的意思。我催促他，我们至少还要走十几公里。彼特鲁很不情愿，但还是起身了。

一顿奶酪大餐加红酒，消费 24 欧元，采取 AA 制。

走出奶酪吧，顺着大街走下去。有橘红色遮阳伞的那家店就是奶酪吧。橘红色遮阳伞也是广告牌，左面写着：奶酪、蜂蜜、火腿、香肠，右面写着：啤酒、葡萄酒、下酒小吃。

我要感谢彼特鲁，没有他当导游，我不会进这个奶酪吧的，也不会有品尝奶酪大餐的独特体验。

彼特鲁自曝“离家出走”

奶酪大餐之后，彼特鲁自曝了一段家事。这段家事像一杯苦咖啡，就是因为这段家事，彼特鲁“离家出走”，走上了朝圣之路。

他说：我儿子 17 岁，迷恋玩电脑。有一天，他玩电脑，我说你不能玩了，儿子不听，我一生气把电源线拔了，令我没想到的是，儿子在我面前又把电源线插上了。儿子敢当面跟老爸叫板，我非常恼火。老婆回家，我跟儿子他妈告状，没想到，老婆竟然站在儿子一边。我跟老婆吵起来，老婆一怒之下收拾东西要回娘家。我说你别去了，我走，我去走朝圣之路，就这样，我“离家出走”，到今天走了七八天了，也没跟老婆儿子打过电话。

走在路上 35 天，听过上百人讲为什么要走这条朝圣之路，头一回听说是因为教育孩子跟老婆吵架而出走的。

彼特鲁又补充道：跟儿子生气，跟老婆吵架，只是离家走朝圣之路的一个契机，深层原因是也想走一趟这条路，很多年前就想走，一直没有机会。

我过去认为，学哲学懂哲学的人是最智慧的，因为他们懂得人与人的关系，人与社会的关系，人与万物的关系。现在明白了，懂得的只是学问，无论懂得什么都是学问，学问不是智慧。智慧不仅是懂得，还包括行，知而行才是智慧。

彼特鲁继续说：自打有了儿子以后，我就没出过门旅行，只有一次离开家几天，那是几年前去参加全省招聘哲学教师的出题、监考和面试。我是考试小组五位成员之一，集体住在外地宾馆五天。

彼特鲁爱家爱儿子，我都可以理解，但爱家不等于是宅男啊，欧洲人爱旅行是出了名的。

彼特鲁不等我问，继续说：我喜欢旅行，但我恐惧坐飞机。我 5 岁时坐小飞机，遇到气流颠簸，落下了飞行恐惧症。结婚蜜月旅行是我最后一次坐飞机，也不是怕得要死，就是坐在飞机上感觉浑身不舒服。

不坐飞机，可以开车旅行啊，西班牙人又是那么浪漫。

我问彼特鲁：你父母还健在吗？你有几个兄弟姐妹？

彼特鲁说：父母都过世了。我有六个哥哥姐姐，我排行老七，大姐已经70岁了。父亲先走的，我继承了母亲的房子，当然我也按姐姐和哥哥应得的继承份额给他们钱了。我要养房子，养儿子，养车，当然我老婆也有工作，她在政府社会部门工作。当老师是永久工作，稳定，有假期，工资在西班牙是中等水平。我前些年是照顾老人，现在是盯儿子学习，基本上不出去旅行。儿子喜欢打篮球，一次去菲斯特拉打比赛，菲斯特拉就是中世纪欧洲人认为的世界尽头。我家在拉克鲁尼亚，在圣地亚哥以北60公里，菲斯特拉在圣地亚哥以西90公里。我很少去圣地亚哥，甚至都没去过菲斯特拉，想借这个机会带儿子在那里玩玩，没想到儿子打完比赛后钻进汽车就不出来了。我只得放弃游览，开车直接回家。

彼特鲁是哲学老师，也是交际高手。上午多次遇见的西班牙“四姑娘”已经卸掉了背包，轻松悠闲地坐在教堂台阶上，彼特鲁几句话就把她们逗乐了。

彼特鲁看到神父纪念碑潸然泪下

我和彼特鲁从城镇走进林间，走在林荫中的沙石路上。眼前竖立着一块天然巨石，石上刻有一块纪念牌，牌上有一个人头像。彼特鲁蓦地停下脚步，站在碑前，表情瞬间凝固，惊愕，眼泪簌簌流淌下来。

我惊愕不解，彼特鲁到底怎么了？

彼特鲁哽咽着给我讲纪念碑的故事。

他说：我认识他，他是曾经主持过我的婚礼的神父。我妻子的母亲是高中老师，她有一个男同事，在学校教宗教课，也是教堂的神父。那时我不信教，但我们的婚礼是在教堂举行的，我岳母把这位同事请来主持婚礼，他当时才30岁。第二年七月，他带领学生去圣地亚哥，在回来的路上，就在这一带出了车祸，他遇

彼特鲁看到神父纪念碑潸然泪下

难身亡，学生无一人死亡。我参加了神父的葬礼，我问上帝，为什么让他走了？彼特鲁从口袋里取出一张从教堂得到的卡片，在背面写了几行纪念文字，放到纪念牌平台上，上面已有十几块纪念石。彼特鲁默默肃立了很久，才缓缓离开。

拄双拐的牛津博士丹尼尔

走在路上，彼特鲁的悲伤情绪渐渐平静下来。圣地亚哥是一条神奇的路，路上走来一个神奇的人，他就是丹尼尔。

丹尼尔拄着双拐，把双脚当作支点，带动残疾的双腿，奋力向前跳跃，向我们走来。

我问丹尼尔：你是从哪里出发的？

丹尼尔回答：圣让·彼耶德波尔。

我问丹尼尔：你是哪天出发的？

丹尼尔回答：5 月 5 号。

同行者——拄双拐的牛津博士丹尼尔

我问丹尼尔：你每天走多少公里？

丹尼尔回答：10 公里。

今天是 7 月 20 号，丹尼尔拄双拐整整走了 77 天。很多人用 30 天左右走到这里，我走到这里用了 35 天。从圣让 · 彼耶德波尔翻越比利牛斯山对健壮的人都是艰难的，对拄双拐的丹尼尔无疑是异常艰难的挑战，但他一路走过来了。

我问丹尼尔：你计划哪天走到圣地亚哥？

丹尼尔回答：7 月 24 号。

我想了想，不想问，但还是问了：你为什么走朝圣之路？

丹尼尔低头听，向前跳跃一步，抬头，微笑，看着我说：为了上帝的爱。

说完，丹尼尔继续向前跃进。

丹尼尔是英国人，33 岁，伦敦人。

我问丹尼尔：你现在住在哪？

丹尼尔回答：住在牛津城，在上学。

我问丹尼尔：读什么？

丹尼尔回答：人类学。

我问：你在读硕士？

丹尼尔仰起脸，露出微笑，语调谦虚，清晰吐出：Ph. D。

哇，丹尼尔在牛津大学读博士！

我和彼特鲁陪丹尼尔走了一个小时。

一个高大壮实的大哥加入进来。壮士大哥自曝“血统”，在罗马尼亚出生，在德国长大，还有在哪哪哪生活过，把我说蒙了。好了，不论血统了。

我问：你是基督徒吗？

壮士大哥说：上帝不是基督徒，佛也不是佛教徒。我信上帝，上帝信什么？我没有宗教，我信 spirit。这个词特别不好理解，它不是某个宗教，但信仰超自然的某种东西，大意是“神灵”吧。朝圣之路上有这样一类人。

在这个世界上，有人相信上帝，有人相信佛，有人相信个人努力，有人相信超自然力量，有人相信顺其自然。生物世界有多样性，人类的信仰也有多样性，这就是多元世界吧。

2 点 15 分，与丹尼尔和壮士分手。丹尼尔一个人继续顽强向前走。我相信丹尼尔在 24 号一定能走到圣地亚哥。

彼特鲁反常了

来到一面更长的“智慧墙”，可能与利巴迪索村的“智慧墙”是同一个人的杰作。“智慧墙”主人说：为了支持“智慧墙”生存下去，你喜欢哪张，就购买吧，付一欧元。

智慧格言是双语版的，黄色的是西语，橙色的是英语。有一条格言说：人们迷恋于旅行到很远的地方去观察，然而他们却忽略了家门口的东西。

这一条是说朝圣之路上徒步远行的人吗？是说我吗？彼特鲁一条一条地看，看得很认真。我看英语比彼特鲁看母语慢很多，觉得有意思，从头到尾把每条格言都拍下来，有时间慢慢去读吧，别耽误走路。

走过这面墙，跨过一座桥，我们走到一座石头房子村吧。这个村吧有前院后院，前院有露天座，后院是个园子，前后院都可以晒太阳或乘凉，因为有人喜欢晒太阳，有人喜欢乘凉。彼特鲁喜欢露天座，在院子里喝咖啡。我买了一份甜点，坐在村吧的外间屋。这款甜点在瑞典语里叫 wienerbröd（直译“维也纳面包”，也许跟维也纳有关），是一种带甜芯的点心，比中国的烧饼大一点。进入萨里亚之后，路边的水没保障，开始买瓶装水。

我自己在吧台上盖了一个纪念章，村吧名叫 CASA CALZADA，章上标明距圣地亚哥 32.728 km。我和彼特鲁用 3 个小时才走了 5.5 公里。

外间屋还有一个美国大学生男孩，刚 20 岁，来自俄勒冈州。他是 6 月 24 号从圣让・彼耶德波尔出发的，今天是徒步的第 27 天，昨天走了 40 公里。太羡慕年轻人的体力啦。

美国大学生说：明天走到圣地亚哥，然后飞回俄勒冈州，在家待 4 天，接着去墨西哥 5 个月，去学西班牙语，两年后毕业。

大男孩学的是西班牙语专业，走这条路一是徒步旅行，二是练西班牙语。出发前，他拿起水瓶去柜台，跟店员说西班牙语很溜，顺利灌了一瓶水。

村吧的外间屋有空调冷气，很凉快，透过大窗看前院，不少西方朝圣者在露天喝咖啡、喝啤酒。走一天还没晒够太阳吗？

彼特鲁的行为反常了，不再跟我聊天，也不跟同行者聊天。我看到他的一个背影，瞬即消失了。

我找到了彼特鲁，他也没藏在什么地方，而是坐在前院墙根底下打电话。我打手势示意我们该上路了，他冲我摆摆手，但没有停下来的意思。

过十来分钟我又去催他，彼特鲁表情是愉悦的，还是没有停止通话的意思。又过一会儿，我走到他眼前晃了一下，他终于放下了手机。

彼特鲁起身说：我刚才是给老婆打电话，今天是离开家的第 7 天，我头一次给她打电话，老婆已经不跟我生气了。

彼特鲁说到这里，表情明显比之前轻松了许多。我能猜出他跟老婆说了什么。他肯定告诉老婆，他在林间看到了为他们主持婚礼的神父的纪念碑。彼特鲁与老婆的一场冲突就这样在朝圣之路上化解了。

我们在这个村吧消耗了 45 分钟，一多半时间是彼特鲁在给老婆打电话。

匈牙利文学老师牵驴行

路上出新鲜事儿了，出现了一头驴与它的主人。**一个匈牙利哥们儿在匈牙利学校教匈牙利语语法和文学，放着好好的教师工作不干了，几个月前辞职，牵一头驴走在朝圣之路上。**

这哥们儿是一个单挑“驴帮”。他从朋友那里借来一头驴，牵着驴，驮着他的铺盖和锅碗家当，从萨里亚走到圣地亚哥，又从圣地亚哥走回萨里亚，往来穿梭，沿途在路中央立一只塑料桶，桶上放一枚“驴章”和一个印盒。路过的朝圣者若好奇，想在通行证上敲个驴章，那就随意捐点零钱吧。

我捐了一欧元，请这哥们儿亲自盖章，并签上他的大名和家乡：Roland Miskolc（罗兰　米什科尔茨）。

罗兰来自匈牙利东北部的米什科尔茨。他一边收拾摊在草地上的行装，一边跟我闲聊。

匈牙利文学老师牵驴走圣地亚哥

他说：我已经干了三个月了，现在回萨里亚还朋友的驴。

罗兰还说：我准备给这头公驴找个女朋友，生很多驴仔，在圣地亚哥之路上做驴帮生意，让朝圣者体验骑驴走朝圣之路。

临别，我问罗兰：你多大了？

罗兰回答：35 岁。

在欧洲，这还是一个有奇葩梦想的年龄。在中国，35 岁已是大龄青年，快到中年油腻男的年龄了，老老实实在家当爸爸吧。

朝圣之路最好素净一些，千万别出现驴帮。如果北极村的人来了，冬天的路上就会出现狗拉雪橇了。

跟彼特鲁散伙

彼特鲁是与我同行时间最长的同行者。明天，最晚后天，我们就要走到圣地亚哥了。

彼特鲁说：我要住在圣地亚哥的朋友家。

我说：我可能继续走，走到菲斯特拉。

天下没有不散的筵席。明天，最迟到后天，我们的“筵席”就散了，没想到的是，我们的筵席今天就散了。

彼特鲁意外看到神父纪念碑，借机与老婆沟通，成功化解了一场因教育儿子而发生的夫妻冲突。夫妻言归于好，彼特鲁又出新问题了，他突然感觉后背不舒服。彼特鲁背的是城市款背包，有胸扣带，也是不错的。我几次帮他调节扣带，把包拉近后背。他觉得背包调好了，可还是感觉越走越不舒服，干脆想停下来找客栈，我只得随他。

我们走到萨尔塞达（Salceda）的一条小路，看到支岔路口有一块客栈广告牌，彼特鲁的腿不向前挪动了。我们按广告牌指示的方向，向左拐，穿过公路，远远看到一个大院子，里面有旅馆客栈。

前台说：客栈每个床12欧元，一共有8个床，已经客满。旅馆的双人间是47欧元，单人间是30欧元。

彼特鲁建议说：我们俩住双人间，我出24欧，你出23欧。

此时是后晌午6点45分，最炎热的下午已经过去，我们磨磨蹭蹭才走了19公里。我的能量还没耗完，还能走，我决定继续走。彼特鲁住单间，办手续，在我的日记本上留下名字、电话和家庭住址。彼特鲁要我的手机号码，我坦率直言，在路上我一般不接电话。我和彼特鲁的“筵席”就这样散了。

走在路上，每一个人的性格都是鲜明的，每个人都有自己的节奏、速度、食宿方式，很难迁就别人，也很难让别人迁就你。

村吧是小村的中心

晚上7点20分，走出客栈大院，走200米，拐上公路，向西行。

不远处，公路北侧有一个客栈，我跨过公路走进客栈小楼。直对大门的楼梯口有一张小桌，管理员大哥坐在那里。大哥告诉我，还有床位，10欧元一位。管理员大哥要求我把登山杖拿出来放在门口，不能带进宿舍。我执意随身带登山杖，不想给大脑增加记忆负担。大哥不好意思不同意，微笑着拍拍我的肩膀，带我去看房。西班牙人最不缺的就是灵活性，不为这点小事较劲。

到后院我才看明白，小楼是旅馆房间，客栈是小楼后的一间大平房。进门一看，有二十来张床，摆得满满当当，第一感觉就是不想住，不喜欢拥挤的感觉，还有，按我的经验，无线路由器可能设在小楼，平房有可能收不到Wi-Fi。我徒步一天，喜欢躺在床上上网。我坦率地说不住，大哥没有一点不悦的表情，建议我去对面客栈看看，那里12欧元。

这家客栈是一所新盖的石头小楼，前门临公路南侧。管理员是个女孩，微笑着给我办手续。小楼右手边是客栈大房，空荡荡的房间围着墙摆放一圈双层床，有10个上下铺，只有3个人住。

我发现了一个选铺的新方法——用手机选，发现门口的Wi-Fi信号最强，就选门口的下铺。门口还有一排储物柜，每人一个，可以把贵重的东西锁在小柜门里。一路上有储物柜的客栈有几家，但这家的储物柜里有一个充电插座，连充电的手机、照相机都可以锁上。

距圣地亚哥还有29公里，我想一天走到。这两天与彼特鲁同行，说话多了，走路少了，明天补上。几天前换下的长裤，满是尘土，应该洗一洗，万一在圣地亚哥参观什么地方要求衣着呢。洗个澡，顺便在脚下踩一踩脏裤子，算是洗了，晾在院子里。一切收拾妥当，感觉饿了，走一天路就吃了几块奶酪、几块点心，应该早就饿了，但走路是运动状态，身体的兴奋感压抑了正常的饥饿感。

前一家客栈的管理员大哥过来串门。

大哥说：我们两家是竞争对手，也是朋友。你没住我家，住朋友这里，也很好。

我问大哥：哪里有餐馆？

大哥探身门外，伸手一指几百米之外的地方，说：那里有两家，一家是餐馆，一家是药店，别走错门。

西班牙人的热情和幽默是天生的。

前面有一排房子，一家是村吧，一家是药店。四个马赛同行者迎面走来，其中一个用手势在嘴边比画了一个OK，这是国际语言，意思是饭菜好吃。

这是一个更像酒馆的村吧。几个村民在吧台前站着喝酒，一个年轻女服务员应付十来个顾客。喝啤酒的人多，有人喝龙头里哗哗流出来的，有人喝小玻璃瓶的。两个本地大叔进来，要一瓶白葡萄酒。

酒吧的隔壁是餐厅，用一面玻璃窗隔开，刚进去一拨顾客，看样子是朝圣者。酒吧热闹，都是当地人，餐厅冷清，都是外地人。我坐在吧凳上，要了一杯啤酒和一个汉堡，边吃，边喝，边看。女服务员不时给吧台送上免费的咸味花生，喝啤酒的村民很友好，总把花生小篮儿往我这边推，我要是会说西班牙语就可以交流了。

前一家客栈的管理员大哥也来了，好像这个村子的男人晚上都要到这里喝一杯，聊上一会儿，才回家睡觉。

村吧是小村的中心，男人们在这里聚集，仿佛是来开会。

天快黑了，酒吧已人去屋空，我也撤吧。

村吧外，土坡上有一个石头圆桌、几个石头凳子，两个年轻人在这里喝啤酒。我被一声“你好”叫住，嘿，又碰见一个会说中文的老外。两个年轻人来自德国汉诺威，会说中文的大男孩上高中时在南京一所国际学校读过一年。

壮实一点的大男孩是警察。他把他的三张朝圣通行证展开给我看，有两张已经盖满了纪念章。

在萨里亚之前，我坚持在通行证上只盖客栈的纪念章，住宿一晚盖一个章，清清楚楚记录我住过的地方。我也盖村吧纪念章，每天走过的村吧太多，只是盖在日记本上。我的通行证还有不少空白格，一个通行证可能够用了。

不敢跟德国大男孩长聊，一是西班牙的夜晚冷，二是客栈快关门了。明天还要早起赶路，得赶快回去睡觉。

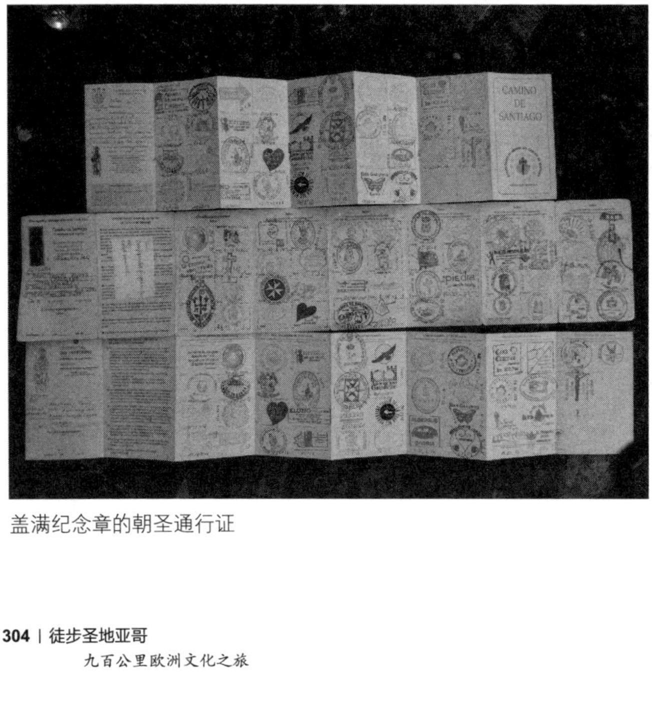

盖满纪念章的朝圣通行证

Part 37

>>> 萨尔塞达—卡斯特洛 – 阿梅斯

（Salceda）　　（Castelo-Ames）

7 月 21 日　06:22 出发　21:50 到达　徒步 15 小时 28 分　42 公里

早起早走

今天我要走到圣地亚哥，路标上的距离是 29 公里，我想尽可能早到。

很多同行者对我说过，走一趟圣地亚哥朝圣之路一定会改变一个人，一个人一定会重新发现自己。

走过这条路的朝圣者在游记中也有这样说的。我审视自己，一路走到今天我改变了什么，走到圣地亚哥我将会改变什么。

悄悄起来，天还是黑的，宿舍里有路灯照进来的微光。我干脆把背包提到大厅，打开灯整理行装。一会儿，另外两个人也起来了，感觉他俩是西班牙大叔，一个矮胖一些，一个瘦高一点，语言不通，也就在沉默中交流了。

管理员嘱咐过，早晨从后门走，碰上门锁，就不能再进来了。我站在后院草地上向灯光笼罩下的客栈告别。

6 点 22 分，推开篱笆门，跨过公路，走进村庄，不时打开手电照亮脚下模模糊糊的路，寻找路标。按路标指引，我又跨回公路南侧，走在与公路平行的土路上。拂晓前行走，黑乎乎的树荫成了前行的障碍。

穿越一个小村，看不到路标，只好凭经验走。我没有头灯，在黑影下走路，感觉不踏实。拂晓行，气温低，穿短裤短衫，微感清凉，遂加快行走。

走着走着，突然感悟到：行走是人类最原始的生存方式啊。

最奢侈的一顿早餐

两小时后走进一个村庄西头的客栈大院，撞上马德里六同学。他们刚在这里吃完早餐。

女同学 Pipo 问：彼特鲁在哪？

我说：在后面。

彼特鲁住的地方比我远七八百米，他肯定走得比我晚，当然还在后面。我与马德里六同学来张合影，Pipo 就在我的旁边，歪头笑，很可爱。我旁边的男生考的是技术专业，看样子是块理工男的料。西班牙年轻一代会讲英语，加上西班牙人天性热情，这一群高中毕业生特别活泼可爱。

这个客栈大院叫 Casa do Acivro，提供客房，也有大餐厅。法国四女士正巧在大餐厅吃早餐。女服务员接待我，先说一通西班牙语，看我没反应，又说法语，看我哪个语也不通，示意我坐在门口的高凳上。法国四女士中有一人会说英语，过来帮我跟服务员沟通。我点了一杯咖啡、一份烤面包、两个煎蛋加培根，刚坐定，女服务员又向我举起橙汁大扎杯，意思是要不要，干脆也来一杯。吃罢结账，啊，是 8 欧元！这是我走朝圣之路以来最奢侈的一顿早餐。

一对巴黎人

又背上包。穿行一条林荫大道，遇到从法国巴黎来的一对同行者。我说一对的意思是一男一女，不表明他们的关系。

大叔说：我是工程师，是搞城市基础设施的工程师。

大妈说：我是化学工程师，我 62 岁，他 65 岁。我们是从法国启程，已经走了一千多公里。

我问大妈：你有孩子吗？

大妈回答：我有三个孩子，他（指大叔）没有。

他们到底是什么关系，我也看不懂。我清楚记得，昨天早上在布恩特客栈的餐厅见过他俩。

大妈身手矫健，一点也不像大妈的年龄。

我们三人同行约有一公里。穿过一个地道桥，桥边有一家村吧，他们进去喝咖啡。我刚吃完早餐，不想停留，也就没有机会听他们讲故事了。

九岁女孩玛利亚肩扛一支长竹竿，走在路上，一路玩耍。妈妈玛利胡莱一路陪伴。今天是母女俩走路的第 3 天，妈妈走累了，妞妞却一点不累。

三个威武的骑警

沙石路上出现了警车，卷起一阵沙尘，又出现了摩托巡警。我想象中的圣地亚哥没有警察的影子。

一个哥伦比亚哥们儿在沙石路弯道边上摆地摊儿，卖一些跟朝圣之路没什么关系的小物品。这哥们儿有一枚朝圣之路纪念章，很漂亮，给我盖了一个，签上他的名字——安德里奥。

这条宽阔的沙石路似乎是为朝圣者修建的，只见背大包的远行者，背小包的

西班牙骑警

短途行者，还有骑行者，不见村民，不见村落。

走出这条宽阔的沙石路，是一条更宽阔的大路。这里离机场很近，机场公路虽宽，却不见汽车。三匹高头大马拦在路边，三个威武的骑警正在执行巡逻任务。

我跟骑警说：我想给你们拍照。

三个骑警未说话却掉转马头，让骏马头冲我，骑警也给我一个正脸。西班牙警察太亲切了！

没走多远又拐上一条林荫小路。我听到身后一阵马蹄声，三个骑警骑过来，再拍几张近景。

又见伊萨贝拉和孔拉得

这一路，村庄稀少，也难见村吧。远处有一座房子，有人进进出出，又见村吧了。

村吧是一栋石头楼房，坐北朝南，一群学生坐在路南地上，还有一群学生拥堵在村吧大门的台阶上。老板为了不影响生意，干脆把纪念章放在大门外，你们自己去盖吧。

一些熟悉的同行者陆续现身了。穿过人群，我看到了老朋友——美国律师伊萨贝拉和大学生孔拉得。

我们已走散几天了，今天重逢的那股高兴劲就像失散多年的老朋友，握手，拥抱，合影，留下永久纪念。

伊萨贝拉说：我和儿子在圣地亚哥停留一天，然后继续走，走到菲斯特拉。

孔拉得说：我和妈妈今天走到高卓山，还有八九公里的路，那里有一个“波兰之家”客栈，是波兰人开的，我们住在那里。

孔拉得是在美国出生的第二代波兰人，多次去过他的波兰老家谢维日。妈妈伊萨贝拉 15 岁去的美国，念念不忘波兰，这回又带儿子回波兰老家探亲。伊萨贝拉和孔拉得的波兰情怀给我留下了深刻的印象。

这个小村叫什么名字？

孔拉得拿出朝圣之路指南，指给我看：San Paio，也写作 San Payo。

又遇马赛同行者。光膀子大叔伸出双手比画了两个 V 字，意思是说胜利了。

最不能走的那两个马德里 90 后女大学生也走到了这里。

一拨接一拨的朝圣者在村吧门前走过，有成群结队的，有三三两两的，有独行的，基本上都是生面孔，有一种稀稀拉拉上街游行的感觉。这种感觉是从来没有的。

一个韩国大叔，背包上撑一把伞，健步如飞走过，带一股仙风道骨之气。

汉诺威胡兰大叔

穿黑色圆领衫的大叔叫 Roland，按英语发音译作罗兰，但 Roland 是德国人，按德语发音叫胡兰。我们名从主人，叫他胡兰吧。

胡兰说：我来自汉诺威，三月底从德法边境上路，徒步走了将近三个月，每天不设目的地，不规定公里数，走到哪里算哪里。

胡兰跟着感觉走。

胡兰说：我年轻时学的是体育，毕业后应该当体育老师，可是却找不到体育教师工作。我当过学校老师，也做过私人家教。

胡兰还给我讲了一些比较抽象的话，比如，德国人的思维跟中国人的思维很像，很接近，比跟西班牙人的思维更接近。我理解起来有点困难。

独坐一桌的是澳大利亚人彼特，来自阿德雷德。

彼特说：我也要走到菲斯特拉，在那里的海滨躺几天，冷却一下在朝圣之路上走热的大脑。

胡兰很友好，在我的本子上写下了名字和家庭住址。

我对胡兰说：你给我留个电子邮箱吧。

胡兰说：我没有电子邮箱，也不用电脑，谁想找到我只能按传统的方式写信。

胡兰岁数不大，为何如此老派？

伊萨贝拉和孔拉得先走了。胡兰的杯里还有啤酒，我独自上路。

我到吧台灌水时，女老板用英语告诉我，拐弯处有一眼泉水，村民也是吃那个泉的水，自己去灌吧。中午时分，阳光灼人，我用泉水沾湿方巾和帽子。

进入 A Lavacolla（也写作 Labacolla）村界。这里也有饮用水。

过小村 Villamo 后，大路左侧是一大片桉树林，像个森林公园，右侧有一些稀稀拉拉的别墅。

胡兰赶上来，我们结伴而行。

我问胡兰：你结婚了吗？

胡兰说：我曾经有一段 9 年的婚姻，也只有这一次婚姻了。

我问：你有孩子吗？

他说：没有。

走着，走着，胡兰很开心，高声唱起来。

胡兰大声说：我就是一个孩子，我不需要婚姻。

之后，我们走到一座工厂的大门口，门前有个汽车站，有长凳，有挡风遮雨的玻璃板。胡兰从包里掏出一根香蕉，一人一半，我的包里没有任何吃的东西了。我感觉右脚又打了一个水泡，脱鞋脱袜一看，是在老水泡边上又磨出了一个新的。

胡兰指了指脚上的登山靴和厚线袜，说：走了三个月从来没打过一个泡。

他又指一指大腿，说：膝盖也从来没疼过，唯一的变化就是减了十几公斤体重，肚子没了。

他比画了一下肚子。我看看他的肚子，至少还可以再减 10 公斤。

我们又走了一段路，拐进一个大院子。这里是一个宿营地，叫圣马可斯（San Macos），有村吧餐馆，有售货车。

我和胡兰在村吧露天区吃午餐，一人点了一个汉堡。我平时喝零度可乐，走在路上就不在乎含糖不含糖了，来一罐普通可乐。胡兰要一杯鲜啤，说：西班牙真便宜，一顿正餐才 10 欧元，还送一瓶红酒，在德国一瓶红酒就是十五六欧元。

我说：我得过痛风，不能喝啤酒。

胡兰说：我喝多少啤酒都没事。

全世界都知道德国人能喝啤酒，我眼前的胡兰拿啤酒当水喝。

登上高卓山

休息了半个小时，出发。

爬上一个高高的陡坡——高卓山（Monte do Gozo）。这里是一个宽阔的平台，有客栈，有售货亭，最显眼的是一座高耸的金属纪念碑。它的名字叫高卓山纪念碑。

我和胡兰，还有一些不太熟悉的同行者，在碑前石头上坐了一会儿，聊了一会儿，眺望远方的风光。我和胡兰还来了个兄弟式抱肩合影。

胡兰说：我今晚住在山上。

我知道山上有一个大型客栈，有 400 个床位。我不明白，再走 5 公里就到达圣地亚哥了，为什么会有很多人停留在这里。

“波兰之家”是一处普通的平房，门口有一些人，伊萨贝拉和孔拉得已经到了吧？

草坪上有一群中学生，朝气蓬勃，在拍合影。几个同学把一面西班牙国旗举在头顶，鲜艳夺目，告诉全世界，我们是西班牙人。

西班牙三壮士米盖尔、卡洛斯和胡安从草坪坡下走过来。西班牙三壮士是走一路喝一路，喝着啤酒走到圣地亚哥的。

旅行指南上建议：朝圣者应该花上几分钟想一想，你是怎么走到这里的，你走了多远，你获得了什么？这里是圣地亚哥之前最后一片宁静的地方。

纪念碑底座下有一堆丢弃的裤衩、背心、鞋袜，还有草帽、塑料瓶，特别显眼的是，还挂有一双褐色的登山靴。

这是当代朝圣者走到朝圣之路终点的庆祝方式，走到高卓山似乎就是走到圣地亚哥了。

走进圣地亚哥城

下午快 4 点时，我跟着一群中学生走下高坡，向眺望中的圣地亚哥城走去。跟着中学生欢快的脚步，跟着他们身后鲜艳的西班牙国旗，一步一步走近圣地亚哥，远方的山城渐渐变成眼前的平原城。

一条看家护院的狗老老实实立在栅栏内，眯缝着眼睛望着远去的人影。

这群中学生刚走到平地上就席地而坐，围成一圈。我在远处拍一张照片，继续前行。就在我东瞅西看时，这群中学生像麻雀一样叽叽喳喳，一路说笑赶上来。

我跟并肩而行的几个女生用英语交流。

一个女生说：我们是九年级学生，从西班牙南部的塞维利亚来，坐大巴到萨

西班牙中学生的夏令营——走圣地亚哥之路

利亚，从那里徒步走到圣地亚哥。这是一次夏令营活动。

进入市区，私人客栈多了起来，便道上有一块小广告，用五种语言（西班牙语、意大利语、英语、法语和德语）告诉你，Santo Santiago 客栈就在马路对面，12 欧元一个床位。

走进圣地亚哥的老城街道。我的眼睛开始忙碌起来，东瞅西看，盼望见到熟悉的同行者。

一家药店大门口立有一个体重秤，把登山包放上去，打印出一张小纸条：16:33 8.440 kg。这张小纸条有点意思，记录了我的进城时间和背包重量。

西班牙人热情奔放，特别喜欢红色。圣地亚哥导游员身穿红马甲，头顶烈日，站在街上笑脸为你服务。

我问的第一个问题是：朝圣者办公室在哪里？

导游员手托一本圣地亚哥单页地图，撕下一张，在图上标出办公室的位置，画出路线箭头。

我问的第二个问题是：圣地亚哥一年一度最大的弥撒在哪天举行？哪天的几点放焰火？

几个导游员交流了一下，其中一个回答说：最大的弥撒活动在25日圣地亚哥节的中午举行，焰火在24日圣地亚哥之夜晚上22点之后放。

我问第二个问题，是因为一本指南上说圣地亚哥节在25号左右举行，说得模糊。这几天，我一直掐着指头计算用几天才能走到菲斯特拉，是在圣地亚哥节之前去，还是在圣地亚哥节之后去。我决定，在圣地亚哥领到朝圣证书之后不停留，一鼓作气，走到菲斯特拉。

我问的第三个问题是：你们做城市导游员是志愿者，还是工作？

一个女导游员说：我们是志愿者。

我问：你们是大学生？

女导游员说：我是圣地亚哥大学的毕业生，学的是旅游管理。

还有一个导游员说：你有事还可以去圣地亚哥旅游办公室咨询。

说着，在图上给我做了一个标记。

去领朝圣证书

圣地亚哥是一个活力四射的城市。一身休闲的游客，背包拄杖的步行者，驮着全副装备的骑行者，交织在一起，汇聚在老城的大街小巷。导游员身后的圣地亚哥大教堂广场，已是人山人海。我无心游览，按图所示顺坡向下行。在十字路口，几个有几分面熟的同行者在街角喝咖啡，一个并不熟悉的美国女孩起身给我带路，一直带我走到朝圣者办公室楼前。

这座老楼的门很小，走廊上是排队领证的朝圣者，有二十来个人，但没有一个熟人，连一个面熟的人也没有。一路千辛万苦走到圣地亚哥，我有一点激动，却激动不起来，我的激动心情跟谁去互动呢？我有好多感想，我想表达，但跟谁去交流，跟谁去分享呢？

前面的几个美国人兴奋地谈论着。我无人可以交谈，感到几分失落。一个保安用英语告知大家进办公室后不允许拍照。办公室门前有一个朝圣之路个性化证书说明牌，我就站在这里请保安帮我拍一张吧。

排到我了，我走到最远处年轻小伙子的办公台前，递上朝圣通行证。年轻人看到折叠小册子的正反面盖满了纪念章，“哇”了一声，就算认可了。他递给我一个登记簿，要求填写一行个人信息。我填上“北京”，我觉得北京最能代表中国。还有一个多项选择：宗教、神灵、旅游，只能选一个，回答走圣地亚哥朝圣之路的目的。我看到前面的人有七八成选“宗教”，有二三成选“神灵”，却没有人选“旅游”。

年轻人告诉我：宗教和神灵之外的都归在旅游，比如文化、运动等。

我说：我不喜欢这个分类，我不是旅游者，但我没有办法，只能选择“旅游”。

年轻人说：宗教、神灵、旅游的证书是不一样的。他取出一张证书，飞快地签上他的名字和年月日。这张证书很漂亮，但我看不懂证书的文字。有一点我是懂的，这张证书上没有我的名字。

我问：是不是可以办一张个性化的证书？

他说：可以。

年轻人取出另一种款式的证书，看一眼我的名字和通行证上的起点，飞快签完。第一张证书免费，第二张证书收费 3 欧元，加 2 欧元买了一个硬壳纸筒。我向年轻人提出一个请求，请他给我写一句话。年轻人愉快答应，提笔在纸筒上用西班牙文写了几行字：

To: Changshun Yue

Con lis myons decís de una ide feliz.

Oficina del Peregrino

Luis Clemente

年轻人用英语翻译了大意：

致岳长顺

祝一切顺利！

朝圣者办公室

路易斯·克莱蒙特

四月从瑞典斯德哥尔摩飞到巴塞罗那，乘火车到潘普洛纳，转乘大巴到法国小镇圣让·彼耶德波尔，踏上圣地亚哥朝圣之路，翻山越岭，徒步21天走500公里到利昂。七月续走圣地亚哥之路，从斯德哥尔摩飞到马德里，乘大巴到利昂，从长途汽车站直接走上朝圣之路，第36天走到圣地亚哥。全程徒步800公里，走伤了膝关节，走伤了肌腱，忍受急性痛风的剧烈疼痛，晒黑了皮肤，练瘦了肚皮。

这一切能化入这两张朝圣之路证书之中吗？这一切能用这两张证书的拉丁字母文字完全表达吗？

丹麦女孩

我向年轻人路易斯表达谢意之后，从办公室的另一个门走出来。这一瞬间，我是兴奋的，我获得了圣地亚哥朝圣之路证书。这一瞬间，我是怅然的，我像一个毕业生，手里拿着一张看不懂的毕业证书。在后院，几个住过同一个客栈但并不熟悉的波兰人展开一张盖满纪念章的通行证，欣赏着，谈论着。我没有熟悉的同行者可以分享我的兴奋和我的怅然。

又去看一眼排队领证的人群，里边有我认识的两个丹麦女孩，在山顶客栈我们同住一间大宿舍，她俩是我的邻铺。我记住这两个丹麦女孩，是因为她俩说丹麦语时说出一串我熟悉的音节。那天晚上，两个小姐妹趴在床上说说笑笑，我听不懂，但一串“累不累”的音节灌进我的耳朵。

我问：你们会汉语？

她俩愣住了，听完我解释“累不累”的中文意思，她俩咯咯笑了，说：“累不累”在丹麦语里是“一层又一层”的意思，指的是穿好几层衣服。

我们意外相逢，又提起“累不累”，她俩又是一阵咯咯笑。两人都是大学毕业生，二十四五岁，在丹麦一家电视公司做技术工作。

姐妹俩说：走完朝圣之路，我们要去读影视制作硕士。

两个可爱的女孩，漂亮，富有青春活力，积极进取。

走菲斯特拉之路

办公楼里有一个朝圣之路展厅。我匆匆环顾一圈，看看图片和文字标题，走向咨询台。值班的小伙子给我一个菲斯特拉之路的小册子，说到菲斯特拉是 90 公里，在上面标出 10 公里处的村落。我今天至少走了 29 公里，计划再走 10 公里，在晚 9 点左右入住。小伙子还告诉我，去菲斯特拉的标识跟圣地亚哥之路的一样，很容易找到。

从地图上看，欧洲境内通往圣地亚哥的朝圣之路有十余条。圣地亚哥是一个大红点，在它的正西方最远处的一个蓝点就是菲斯特拉，中世纪的欧洲人认为它是“世界尽头”。

国际朝圣者接待中心是这个机构的正式名称。走出大楼小门时，一个大叔级的工作人员送我出来，站在街上为我指路。

一个大妞在大街上席地而坐，墙根是登山包，近旁是她的两只爱犬，离她一米之外有个钱罐。我投了一欧元，她伸拇指给了一个赞。

大妞说：我是德国人，4 月从日内瓦出发，走了 1700 公里。

她的嘴唇上有金属环，身旁还有一听啤酒。

我要赶路，没时间跟大妞多聊，在刚才的那个十字路口向右拐，一路下坡，一路向西。

快 7 点时，带上一张图，背上包，就上路了。今晚走到哪个村，住在哪个客栈，我不知道。

到达菲斯特拉（Fisterra）和穆西亚（Muxia）的路碑。一块石碑指示两个地方：菲斯特拉 88.139km，穆西亚 86.337km。穆西亚是菲斯特拉以北 30 公里的一个海滨小镇，近几年来声名鹊起。

起点是草地上的 88.139km 路碑，向世界尽头菲斯特拉零公里走去。穿过这片草地，跨过小河，绕过村庄，一路上坡。

阡陌小路上有一顶简易帐篷扎营，帐帘紧闭看似无人，树上晾晒一衫一巾。何人居住在此？不会是朝圣者，朝圣者的装备更现代一些。

登上高坡，放眼望去，圣地亚哥全城尽收眼底。古城、古教堂、古楼披着柔和的夕阳光线，犹如一幅风景画。我用 30 倍小长焦镜头取了几个画面，一面是山城，一面是绿野。

从圣让·彼耶德波尔至圣地亚哥这 800 公里，我没有做功课，但手里有一套比较详尽的旅行指南，而且这条路线知名度非常高，村落密集，客栈多，村吧多。走菲斯特拉，是走在路上动的念头，是这几天才计划的，是今天才决定的，根本来不及做功课。我匆匆看了一眼菲斯特拉小册子，上面有一条简略的路线图，不是什么详细的旅行指南。一路上，村落倒是一个接着一个，就是不见客栈，不见村吧。

我一人独行，没有看到一个同行者。

走了一个小时，渴了，水瓶子也空了。一个大叔在院子里给草地浇水，我走到铁栅栏前举起水瓶。大叔给我灌了一瓶，从栅栏空隙递给我。这一带是圣地亚哥的西郊，是一个别墅区，每座别墅有一个大院子，院子里有一个大草坪。

又走了半个多小时，坐在汽车站的凳子上歇会儿，用充电宝给手机充电，一旦需要就用手机导航。

接着走了一段路还是不见客栈的影子，我心里感觉不大踏实了。一个男孩走来，我知道说英语不灵，用西班牙语说出：a-l-b-e-r-g-u-e。

男孩重复一遍：albergue。

路碑指向菲斯特拉和穆西亚

远眺圣地亚哥古城

我点头。

男孩说：没有。

我露出失望的表情。

男孩去问近旁院子里的大叔，大叔说有客栈，告诉他方位。男孩努力用英语加手势，给我指了一个大方向。我跟男孩走到大路口分手，他向东去，我向西走，走了二三公里，看见马路对面有一个酒吧，有酒吧就离村庄不远了。

当我开始疑惑的时候，走到一个十字路口，忽见横街口有客栈的指示牌：前方 500 米。我拐上横街，按指示牌的方向走进一个小村。一路上欢迎我的是一片狗叫，这家狗叫，另一家狗也叫，狗叫声连成一片。

走到深处是分岔路，正好一对遛狗的青年人走来，用手一指他们家隔壁大院。这是一户农家院，摁门铃，一位大叔出来开门，狗也跑来一通叫。大叔和蔼微笑，引我进院。

大叔说：客栈 10 点关门，还差 10 分钟。

小楼一层是大叔和大妈的私人空间，二层是客栈。宿舍黑着灯，我睡在窗前下铺，对面下铺的女士在看手机，告诉我，她儿子睡上铺，门口是意大利人。

这一天我走的路最长，从萨尔塞达走到圣地亚哥是 29 公里，从圣地亚哥走到卡斯特洛是 12 公里，简单相加是 41 公里。我的手机显示是 42 公里，创了我负重徒步的最高纪录。

在圣地亚哥朝圣之路上，最猛的青年人创造的徒步纪录是 48 公里，我只有 6 公里的差距。

Part 38

>>> 卡斯特洛 – 阿梅斯—马鲁纳斯
（Castelo-Ames） （Maroñas-Mazaricos）

7 月 22 日　08:25 出发　20:10 到达　徒步 11 小时 45 分　29.6 公里

这一宿浑身上下不得劲，乱动。昨天是走路最多的一天，徒步 42 公里。同屋的人都比我起得早，西班牙年轻妈妈和儿子起来了。意大利女孩我认识，之前在哪见过，一时想不起来了。

我的右大腿上起了好多红疙瘩，有拇指指甲大小，几乎连成一片，很刺痒。西班牙的夏天，天气热，每回都是打开睡袋当被盖。我用的睡袋是新款羽绒的，很轻才 520 克。这几天天气热，盖在身上的睡袋老是被蹬开，有时滑落到地上。有几天我干脆没用睡袋，甚至都没从包里掏出来。与彼特鲁同住的那个晚上，我的大腿被咬了几个包，我认为是蚊子咬的，在熟睡中还听见了蚊子的飞叫声。

昨天与胡兰同行，我问过他，他认为是虫子咬的。是什么虫子？他知道德语叫 wanzen，不知道英语怎么说。我查谷歌翻译，只是译为虫子。谷歌的翻译太粗糙，无法解决问题。胡兰说，老的客栈有这种虫子，他每天尽可能选择住新客栈，住设施新的客栈。

年轻妈妈可能更熟悉西班牙，我请教她。

年轻妈妈说：可能是 bed bug 咬的。

她写出西班牙文 chinche。

她还说：你应该去药店买杀虫剂，用杀虫剂喷背包，然后把包放进黑塑料袋，扎紧袋口，把虫子杀死在里面。

意大利姑娘被虫子咬过，有亲历经验，看过我的红疙瘩，肯定地说：就是 bed bug 咬的。

我问：虫子有多大？

她比画一下她胳膊上的一个小痦子：就这么大，它藏在床上，半夜爬出来吸人血，吸饱后就变成又大又红了。

哈哈，这不就是臭虫吗？

意大利女孩又说：你睡觉时不要把背包靠在床边，bed bug 容易爬进去。还有，你穿的所有衣服必须用 60 度以上的水洗，高温才能杀死 bed bug。

我听得将信将疑。谁没见过臭虫啊？我小时候在农村见过，在城市也见过。

意大利女孩接着说：bed bug 是朝圣之路上的一个麻烦事，会被朝圣者从一个客栈带到另一个客栈。

一睁眼就讨论臭虫。哈哈，我们去吃早餐吧。

农家小院

餐厅在小楼的一层。我先从前门绕到后院欣赏一下风景，然后从阳台推开餐厅的后门。

大叔看见我，略露吃惊神色，说：昨晚忘记告诉你了，客人一律从楼里一层进餐厅，后院阳台是我们自己的私人空间。

大叔，你太认真了，餐厅的门我只会进一次，没有改正错误的机会了。

早餐很简单，一片烤面包、一个小蛋糕、两小盒果酱、一杯橙汁饮料、一杯咖啡。我一直不明白，有早餐的客栈为什么不给煮鸡蛋？为什么没有香肠？

年轻妈妈在荷兰出生，也住在荷兰，英语特别棒。她带9岁儿子走的路线很特别，是从圣地亚哥以北100公里外的费罗尔（Ferrol）走来。儿子也会英语，在我的本儿上写上他的名字Felix（菲力克斯），妈妈也留下她的名字Agata（阿加塔）。

我没有吃饱，向大叔要一块面包。

大叔说：你昨晚说6点多就走，不吃早餐，我没有准备，没有面包了。

我昨晚是告诉大叔，早起早走，去赶路。我想在明天晚上走到菲斯特拉，这样的话，今明两天我必须每天走40公里。今天早上起得晚，跟同屋室友讨论了半天臭虫，之后想看看西班牙大叔的家，我才留下吃早餐的。我没想到大叔过日子如此精打细算。

意大利女孩走了，西班牙妈妈和儿子也走了。

从客栈窗口看山看景

我围着大叔的院子走了一圈。一幢二层小楼，有前后院，前院停着一辆小汽车，后院有一片斜坡草坪，草坪上有烧烤遮阳棚。小楼的二层有三间客房，有独立厕所和淋浴房。我们这一间有 6 个上下铺，每个床位 12 欧元，另两间客房无人住。昨晚 4 个人住宿是 48 欧元，今早 4 个人吃早餐是 12 欧元。60 欧元是大叔这一天的收入，大致去掉成本 10 欧元，净得 50 欧元。大叔 60 多岁，住在乡村，办个民宿客栈，也是一份不错的生意。

大叔一再强调，小楼一层是他家的私人空间，可见做客栈生意对私人生活也有一定打扰。有得就有失啊。

从二楼窗口看小村，清清静静的一条街，两列二三层小楼；从窗口望远方，雾霭缭绕，白云青山，红顶别墅一幢幢，恍如人间仙境。

70 岁科学家克莱斯特走 45 天瘦身 15 公斤

走出卡斯特洛小村，拐到大路上，看见今天的第一块路碑，距菲斯特拉 77.668 km。明天晚上能走到菲斯特拉吗？努力吧，但别给自己下军令状。

一座独拱石桥，至少有几百年历史了。河道枯竭，桥上石缝里长出杂草，石桥另一头不见路，只见一片田园。

途经一家村吧餐馆，凑到门前，仔细寻找开门时间，就是找不到。当地人有当地人的时间表，不用我们去操心。

一家院内盛开着大朵的绣球花儿，西班牙人家，朴素中透着美丽。

一路上同行的人极少，迎面而来的人倒是遇见几拨，但都是擦肩而过。一位大叔迎面走来，打过招呼，感觉有几分默契，我们同时停下脚步。

大叔说，他来自美国马里兰州，叫克莱斯特（Christ）。

大叔说：我从圣让·彼耶德波尔出发，走到圣地亚哥，又走到穆西亚，从穆西亚走到菲斯特拉，从菲斯特拉走回圣地亚哥。从菲斯特拉往圣地亚哥走的路上标识不清楚，在很多分岔口我不得不停下来，等对面走来人才能确定方向，但去菲斯特拉的人并不多。我昨天迷路了，多走了 13 公里。

说到迷路，大叔想起手机，弯腰摸包，没找到。

大叔说：我可能落在刚才喝咖啡的村吧了。

我陪大叔往回走。

大叔说：我走了 45 天，瘦了 15 公斤。

走进村吧，大叔刚开口，老板就拿出了手机，大叔连声道谢。我买一杯咖啡，大叔抽烟，我们坐在村吧门外聊天。

大叔说：我的手机丢过一次。上回在一家村吧，我想起手机忘在客栈了，老板的朋友马上开车去取，10 分钟后就取回来了。我拿出 10 欧元表示谢意，开车的青年人执意不要，说我是帮你，不是为钱。

克莱斯特说：我退休了，我原是美国环境部的科学家。

据我所知，在美国的研究机构和大型企业的研发部门，一般的技术人员称为工程师，工程师也分若干级，工程师之上就是科学家了。

克莱斯特兴奋地回忆道：我 1972 年就访问过中国，那时中美刚刚签署了上海公报。我们代表团一行六人，我们登上长城，整个长城只有我们这些人。

大叔又说：美国政府现在要求官员学中文。我在华盛顿地铁上经常看到政府工作人员在读中文书，因为政府要考他们。

克莱斯特又换了一个话题，说：走到圣地亚哥之后我要飞到华沙，在那里与妻子会合，然后租一辆车游欧洲。

我问大叔：为什么在华沙会合？

大叔说：因为我妻子是波兰人，她正在波兰探亲。

我很想继续听大叔讲故事，但我还要赶路，不得不离开村吧。克莱斯特向东走，我向西行。圣地亚哥至菲斯特拉是 4 天的行程，早上出发晚，刚才又跟克莱斯特聊了半个小时，走得慢了，明天晚上走到菲斯特拉有点悬。

差点忘了，克莱斯特说他今年 70 岁，看着完全不像。

熟人定律

过去老人常骄傲地说：我走过的桥比你走过的路多。

中国的北方水少，桥也少，我是北方人，对这句老话理解不透彻。走在西班牙的北部，走在朝圣之路上，河多桥也多，古老的河流古老的桥，跨过一座又一座。我可以自豪地说，我走过多少桥已经数不清了。

Tambre 河上的马赛拉桥（Ponte Maceira）建于 14 世纪。桥东头是阿梅斯（Ames）镇地盘，桥西头归内格雷拉镇。跨过马赛拉桥，沿路标向左拐，桥头有一户人家，干净利落，安然恬静。

前天与彼特鲁同行时，遇到一对意大利人，男的叫米沫（Mimo），女的叫莉娜（Rina），来自意大利北部一个山村。彼特鲁擅长交际，也擅长欧洲语言，西班牙语是母语自不必说，会英语，会法语，见到意大利人还会说意大利语，跟莉娜用意大利语聊了一程。米沫走得快，经常在前面停下来等妻子，冲着我比画鸭子的嘴，嫌哲学教授唠叨。

Tambre 河上建于 14 世纪的马赛拉桥

我问过彼特鲁：你是怎么学的意大利语？

彼特鲁说：我学过拉丁语，根本就没学过意大利语，我模仿莉娜的意大利语自然而然就说意大利语了。

彼特鲁有语言天赋，应该去当语言学家。一路上，见过彼特鲁的人都称彼特鲁是哲学教授。今天见到米沫和莉娜，米沫会一点英语，第一句话就问哲学教授呢。我也想念彼特鲁了。彼特鲁走得慢，昨晚很可能住在高卓山，高卓山客栈有400个床位，彼特鲁喜欢扎到人多的地方。

彼特鲁这会儿肯定走到圣地亚哥了。彼特鲁是加利西亚人，一个加利西亚人背包走朝圣之路，当他历练一通筋骨，徒步一百多公里走到圣地亚哥之后，会有怎样的感想呢？我特别想问问彼特鲁。

意大利人生性浪漫，米沫把自己的顺溜一点的树棍儿递给莉娜，弯腰在路边拾起一根粗树枝。米沫用脚踩断枝杈，用手捋直枝干，不算太直，将就吧。他拄着这根树枝走了几步，树枝便弯了。米沫无可奈何，冲我来了一个身体语言。

米沫爱说话，但不会英语；我爱交流，但不会意大利语。我和米沫尝试连比画带说，交流一些简单的事情，更多的时候，我跟米沫前后同行，保持不远不近的距离。

我发现朝圣之路上有一个“熟人定律”：**跟一个熟人遇上就总是遇上这个熟人。**我统计过，这是一个大概率。

内格雷拉雨中吃午餐

中午走进大镇内格雷拉，主路宽阔，中间是隔离带，街心公园有大型雕塑，两旁街道酒吧餐馆林立。

十字路口的西北角有一家酒吧，店外有遮阳伞，伞下有两个背包女孩。我坐下来准备吃东西，早上分手的西班牙妈妈带儿子从店里出来，说她们已经休息一个小时了。我刚拿出我的食品，一个西班牙女子走过来问我要什么，我不确定她是不是酒吧服务员，但感觉得买点什么。我请两个女孩帮我看包，进店买杯咖啡，顺便要了 Wi-Fi 密码。

两个女孩来自比利时，一个叫路易丝（Louise），一个叫蕾拉（Layla）。姐妹俩从圣地亚哥出发，背着帐篷，一路野外宿营。我买的东西多，看到年轻人总想照顾一下，分给她俩一人一盒酸奶。天一会儿下雨，一会儿晴天，我躲在遮阳棚下避雨吃饭，看街景。西班牙腌制的火腿极有味道，法棍夹火腿很香，干奶酪也不错，都是给力的东西。

逛超市用了半个小时，吃饭加上跟比利时女孩聊天花了一个小时，走得太悠闲了。

走进山区

走出城区，又进山区，森林，村落，草地，处处是画。

快 3 点时，山间小路上走来一个小巨人。我端起相机拍照，他微笑停下脚步。小巨人是荷兰人，住在荷兰、比利时、德国三国交界处，家离比利时边境 1 公里，距德国边境 5 公里，会说当地方言和荷兰语。

我问小巨人：你有多高？

小巨人回头说：穿上靴子两米。

我忘了问小巨人的名字。这一带叫 Daz，就叫小巨人 Daz 吧。

又走了半个小时，又渴又累。看见一眼泉水、一个石头方桌和两个石凳，还看见了躺在石桌上的米沫，站在一旁的莉娜。这是一个休息站，我到，他俩走。我喝了一通泉水，躺在石桌上，眯瞪一会儿，歇歇腰腿。

石桌当床，躺在石板上，仰面朝天，看云彩飘过。闭上眼睛，大脑自动回放走过的路、见过的人、住过的客栈。闭上眼睛，什么都不想，什么都别想，我要养养神。

似睡非睡，时间似乎过了很久。一阵脚步声由远而近，脚步声停，有人站在我的旁边喝水，是一个三十多岁大哥。

大哥问我：看见米沫了吗？

我说：在前面。

这位大哥也是意大利人，会说英语。会英语说明什么呢？受过良好教育？住在大都市？爱旅行？性格开朗愿意交流？似是而非，似非而是。不会英语又说明什么呢？拉丁语区的法国、意大利、西班牙都是大国，不会说英语的人多了去了。这个语区很大，有足够的旅行空间。法国人和意大利人看懂西班牙文没什么困难，也能简单说几句西班牙语，西班牙人说几句法语也不是难事。按照历史语言学分类，德语和英语同属日耳曼语族，英语属西部语支，德语属东部语支，是近亲属语言。德语与英语比较接近，德语区人，如德国人、奥地利人，学英语比较容易，但历史上德国人没有学习英语的传统，近现代德国人又不肯学英语。

一路上，六十多岁的德国人说英语比较差，四五十岁的德国人说英语比较溜，二三十岁的德国人说英语很棒。荷兰语也属日耳曼语族，与德语的关系更近。荷兰国家小，荷兰人更开放，会德语的人多，会英语的人也多。北欧的丹麦语、瑞典语、挪威语、冰岛语同属古斯堪的纳维亚语，是日耳曼语族的北部语支，芬兰语则属芬兰－乌戈尔语族。因传统上重视外语教育，丹麦人、瑞典人、挪威人、冰岛人都能说流利的英语，芬兰人也是如此。

90 后女孩奥璐禾暴走 1700 公里

又传来一阵脚步声，喝水声，我坐起来一看是个丫头，还是叫女孩吧。女孩二十多岁，个子不高，有点胖乎乎的，头戴一顶遮阳帽，短衫，短裤，脚下是一双凉鞋，肩背一个大包，手持一对登山杖。

女孩的脸晒得微红，灌一瓶子水，站一旁咕咚咕咚喝。我喝饱肚子，灌满一瓶，与女孩同行。女孩是瑞士人，我问她叫什么名字，她发了一串很稀奇的音节，我试着拼给她听 a-u-r-o-r-e。拼对了，她很高兴。

Aurore 说：一路上没有一个人拼对我的名字。我住在瑞士偏远的山村，是法语区，法语是我的母语。

我告诉她：三十多年前，我二十多岁时，听收音机学过一点法语，会说几句“你好”“再见”之类的问候语，练过法语的小舌音“h”。女孩的名字音译成汉语，接近“aoluhe”，找三个好听一点的字奥、璐、禾，叫奥璐禾吧。

我问奥璐禾：你大学学的是什么专业？现在做什么工作？

奥璐禾说：我大学学的是犯罪学和安保。毕业后我到瑞士军队工作了一年，不是服役，不属于军队编制，是合同工。我们部门的工作是研究制订军队条例，我们这个部门的工作语言是法语，有的部门的工作语言是德语，也叫瑞士德语，是德语的一个方言。有时几个部门一起开会，有人说法语，有人说德语，我能听懂德语，但说得不好。

一个军队部门竟可以说德法两种语言，听起来有意思。

我又问：你从哪里走来，为什么走朝圣之路？

奥璐禾说：**我母亲在四月走了一趟朝圣之路，走的是法国圣让·彼耶德波尔这条线路。母亲给我做了榜样，母亲能走，我就能走。**我的一年工作合同到期了。我 5 月 15 日从日内瓦的瑞法边境出发，走到法国的里昂，走上法国之路，途经圣让·彼耶德波尔，前天走到圣地亚哥。我参观了大教堂之后，坐在台阶上不禁泪流满面，无声地哭起来。周围不相识的人递给我面巾纸，我还是止不住流泪。回头看走过的 1700 公里风风雨雨的路，我终于走到了圣地亚哥。我出生在一个天主教家庭，从小信天主教，但我和上帝走得并不近，我想借这次走朝圣之路的机会走近上帝。

我也走到了圣地亚哥，但我不是基督徒，没有产生走近上帝的感觉，但我还是被奥璐禾的故事感动了。

我问奥璐禾：你有没有受伤？

奥璐禾说：我的右脚内踝轻微受伤，有疼痛感觉，脚上打过几个水泡。

我问奥璐禾：哪一段路最难走？

奥璐禾说：法国境内的标识不明显，经常会走错路，但法国的线路有一个特点，就是教堂都在沿途上，你迷路了，看到教堂的尖顶子，就能回到朝圣之路。法国的客栈稀少，常常走三十多公里才有一家客栈，床位收费也高，一般是 30 至 35 欧元。还有，五月是法国的雨季，三天有两天下雨，客栈阴冷潮湿，走在路上靴子经常是湿的。

走一趟圣地亚哥之路，我与来自全世界的人短暂相逢，与世界人短暂同行，与世界人短暂同住。我倾听世界人给我讲故事，我也给世界人讲我的故事。当我们听懂了彼此所讲的故事，不管对方的语言、文化和宗教信仰多么陌生，我们都感觉我们是朋友。

我和奥璐禾一起走了有一个半小时。

下午 5 点 30 分，里程碑：55.183 km，路边有一家客栈。奥璐禾说，她想住在这里。奥璐禾从圣地亚哥走到这里已经走了 33.70 公里。我呢，才走了 20 余公里，这里距菲斯特拉还有 55.183 公里，明天晚上走到那里的希望还有，但明天的任务异常艰巨。我今天还可以再走 10 公里，争取在 8 点之前找到住处。

走在朝圣之路上，与一个人相逢是那么容易，在同一时刻，你走到那里，她（他）也走到那里；与一个人说再见也是那么容易，你想继续前行，而她（他）想停下来。

路易丝和蕾拉姐妹俩

说再见可能是今生今世都难再见，说再见也许是一会儿又见。

走出酒吧，又看见西班牙妈妈和她的儿子，又看见意大利女孩，还看见了躺在草坪上的比利时女孩路易丝和蕾拉。我也在草坪上歇一会儿。年轻妈妈坐在遮阳棚下打电话，意大利女孩在梳理她的长发，路易丝趴在草坪上写日记，蕾拉不知在干什么。

我说给路易丝和蕾拉拍一张照片，路易丝搂住蕾拉的脖子，姐妹俩给了我一个最美的微笑。路易丝右耳上有一排耳环，蕾拉左臂上布满文身，姐妹俩笑起来是那样灿烂，那样透明，那样善良。

路易丝对我说：我们原来说好一起走，走着走着，你掉队了，再后来就看不见你了。

我说：你们年轻，走得快。

年轻妈妈和意大利女孩住在这里不走了。我忽然想起来了，意大利女孩阿列克山德拉就是那个母语是意大利语，从小会说德语，大学学的是西班牙语，毕业后在小学教英语的志愿者。我第29天在理查德的交流中心遇到她，昨晚与她同住一个客栈，竟一时没想起来。

之后，独自一人上路，快拐出村子时，有人喊我，喊我的人从路边大院一幢红房子前向我走来，是意大利人米沫。米沫比画了一个睡觉的手势，蹦出了一个英语单词——free，我看懂了，也听懂了，他是说住在这里免费，让我住下来。我不想停下来，想多走几公里，想明天能走到菲斯特拉。我坚定地跟米沫说再见。

又走了一个半小时，徒步7公里，走到小村Maroñas。进村不远有一块广告牌，箭头指向一个客栈，走到近前一看，我决定不住，因为客栈的对面是墓地。我不喜欢住在阴森森的墓地旁边，继续向前走，二十多分钟才走出这个村子，看见公路那边的圣玛利娜客栈。

汉莎大叔昆铁

圣玛利娜客栈是一栋石头房子，旁边是村吧。走进客栈，有人告诉我去村吧办手续。办理入住，交8欧元订了一个晚餐。老板让我洗完澡就过来，说厨师快下班了。

客栈宿舍在二层，有6张床，里边只有一个床空着，好悬啊。在餐厅，路易丝和蕾拉坐一桌，吃点餐，喝红酒。一个大叔独占一桌，我问能否同桌，大叔把摊在桌子上的东西挪到了自己跟前。

厨师是一个三十多岁的女人，像是拉丁美洲人。女厨师给我这边铺上一张漂亮的餐桌纸，递上一张菜单。正餐一共有三道，每道是三选一或二选一，很好选。女厨师也是服务员，上餐很快，头道是意大利火腿螺丝面，还送上半瓶红酒。我给自己倒上一杯，也给同桌大叔倒上一杯。二道是主菜煎猪排，三道是甜点布丁。多少天才能吃上这样一顿丰盛晚餐啊！

同桌大叔是德国人，叫 Gunter，按英语发音叫冈特，按德语发音叫昆铁。走朝圣之路的人一般很坦率，愿意敞开心扉，跟同行者讲自己的故事。昆铁不仅不是例外，还是个讲故事高手。

昆铁说：我今年 55 岁，15 岁进航空公司做地勤学徒，最近 30 年在汉莎公司客机装饰部工作。我们给很多国家的空军一号做内装饰，也给中国的空军一号做过内装饰。我是结构工程师，我们的工作有保密性质，有摄像机监控。我在汉莎干了 30 年，以前项目多，我存的加班也多，存了 400 个小时。最近公司没项目，我就休假走这条路，从圣让·彼耶德波尔出发，走到圣地亚哥，走到穆西亚，走到菲斯特拉，再走回圣地亚哥，要用去 45 天，回到德国后我还有两个月的假期。

昆铁还说：我的妻子是加利西亚人，她的家就住在这个岛上。

加利西亚人挺有创意的，把餐桌纸设计成一张漂亮的淡绿色加利西亚地图。昆铁指着地图给我找他老婆的老家。

昆铁说：加利西亚有一种酒特好喝，你一定要尝一尝。

昆铁吸烟，到柜台买了两包烟，买了两杯加利西亚酒，送给我一杯。他举杯一口闷，我细品一下，口感甜而黏稠，感觉不出酒精度数，是一种甜酒吧。

路易丝和蕾拉早就走了。她俩讨厌客栈的呼噜声，在野外搭帐篷露营。下午还下了一点雨，不知她俩选在哪里搭帐篷。

Part 39

>>> 马鲁纳斯—维拉尔 – 科尔库维翁
（Maroñas-Mazaricos）（Vilar-Corcubión）

7 月 23 日　07:22 出发　19:48 到达　徒步 12 小时 26 分　33.8 公里

晨曦送别

客栈二楼是顶层，因有屋脊，放不了上下铺，平摆 6 张单人床。我这一侧，里头儿是法国大叔和大妈，年龄可能比我大，外头儿是我，我的床挨着厕所、楼梯。对面一侧，里头儿是两个德国女孩，高个儿是白人，小个儿是亚裔，中间隔着一个黑色皮面无靠背沙发床，外头儿是昆铁。

天不亮，房间的灯亮了，一群人都是早起的鸟。法国夫妇和德国女孩不见了，昆铁在收拾行装，笑呵呵的，一位非常和善的德国大叔。

一屋子六个人都聚集在餐厅。

六个同行者，两个法国人，三个德国人，一个中国人，恋恋不舍，纷纷合影留念。天还没亮，照片上的法国夫妇、德国女孩、亚裔女孩、昆铁的脸上都是黑乎乎的，打开闪光灯也无济于事。

亚裔女孩昨晚一直玩手机，睡前放在沙发床上充电，早上把手机忘在了那里。我拾起手机，穿着拖鞋跑出去，交给正要出发的原主。

在客栈小院，一群年轻人在吃早餐。他们每人佩戴一条蓝红条的领巾，像是一个组织，原来是十字军。他们10个人睡在一层，有的睡在一个小房间，有的睡在厅里的地板上，老板给点优惠，每人付8欧元。

告别圣玛利娜客栈，还是一路向西。回头一望，朝霞已染上树梢。

美女紫玛

路上遇到美女紫玛（Zemma）。紫玛个性直率，非常坦率表达喜欢什么，不喜欢什么。

她说：我住在巴塞罗那近郊，离父母家不远，周边是农场，有草地，有牛羊，有马，还有猪。我不喜欢住在城市。我36岁，在一家企业工作了20年，是工程

喜欢坦率表达的美女紫玛

师。我厌倦了年复一年的单调乏味工作，辞了工作，先走一趟朝圣之路，十月份去澳大利亚学习半年英语。

紫玛的英语不错，我们可以流畅交流。

紫玛还说：我前年去过中国，到过广西桂林。

我问她：你喜欢什么，不喜欢什么？

紫玛说：我喜欢中国的自然风光，不喜欢中国饭。我是素食者，在中国的饭馆很难吃到素食。

我想想，紫玛说得对，就是中国人去饭馆专点素食也很难，何况她不熟悉当地的饮食习惯，又不会中文。

说到饮食，一路上的西班牙乡村饭没什么可说的，朝圣者套餐送半瓶红酒倒是一个特色。这一带是葡萄种植区，产酒区，葡萄酒很便宜，超市里很多牌子的红酒售价不到一欧元。

紫玛说：我从来不在超市买葡萄酒，也不喝几欧元一瓶的。我只去专卖店买三十多欧元一瓶的，喝好葡萄酒，第二天才不会头痛。

紫玛的个性很强。我手握照相机，看到有感觉的地方就停下来拍几张。紫玛只用手机拍了一张。我拍照时她也不停步，就这样我们走散了几次，之后又不期而遇。

早餐肉夹馍

一路走来，有丘陵有平原，很少见到湖。远处出现一个大湖，也许是一条大河，我没去查地图。我只能远眺，因为路标没有指向大湖，我不想浪费体力去看。

9 点 35 分，走进一个村子，迎面而来的几个朝圣者告诉我，今天是周六，村吧都不开。走出村口，公路对面路边有一栋房子，房前有一张绿色长椅，就在这里吃早餐吧。我的包里有昨天买的火腿、奶酪和法棍。火腿片还有小半斤，掰开法棍多放几层肉，中国有著名小吃肉夹馍，我这是西班牙风味肉夹馍。大块吃肉，肉就不香了。干吃肉加馍，掰几块奶酪，喝瓶里的凉水，吃出一点咸肉的生腥味，虽然没到倒胃口的程度，但感觉吃够了。微化的奶酪吃到嘴里也是油腻腻的。主人家的狗闻到了肉味，跑出来冲我一通狂叫，被主人叫了回去。早餐吃饱了，但不爽口。

沿着公路向前走，跨过一座老桥进入另一个镇界。

咖啡配油条

空旷的平地上有一座建筑物，不像酒吧，也不像开门的样子，但门外有人走动。走到近前，开着门，是一家村吧餐馆。

两个女人在喝咖啡看报纸，不用问就知道是本地人。我买了一杯加热奶的咖啡，没想到老板送我一根小油条。

西班牙小油条的外形有点像细丝瓜，有几道棱，吃起来竟有点天津果子的味道。好吃，单买两根，付半个欧元。一杯咖啡加三根小油条把我的中国胃理顺了，又灌了一瓶凉水。

来往的几个客人走到吧台前，点一杯浓缩苦咖，吃一根小油条，五分钟完事，抬屁股走人。路边酒吧的客人都是过路人，没有泡吧的。

喝咖啡的一个女士却没有走的意思，后来干脆走进吧台内，与老板一起干活。

O Logoso 村吧的笑脸

穿行在峡谷河流与山顶风车之间的碎石小路上。在骄阳开始灼人的时刻，我走到小村 Logoso，看到第一个村吧就进去了。这 1 小时零 5 分走了 3.7 公里。

我买了一杯啤酒，一根香蕉、一个苹果。村吧女孩，也许是打工女，也许是女老板，不管是什么角色，给你的是一张笑脸。村吧女孩在我的日记本上盖了一个纪念章，还签上了自己的名字 Alba。

我习惯先付账，酒钱先付了。香蕉和苹果是隔了一会儿买的，付账时村吧女孩又找我要了一份酒钱。钱不多，为了保持一个好心情，就别掰这个账了。

这个小村隶属Dumbria，只有这一个客栈村吧，叫O Logoso。吃饱了，喝足了，语言不通无法与村吧女孩聊天，上路吧。

暴晒15公里无村吧

出村之后是一段比较陡峭的沙石路，一支中学生十字军冲过来。这群学生拉起歌，有个人起头，众人就跟着唱下文；下文刚停，领唱的又起一个头，众人又接着唱下文。我听不懂歌词，但感受到了青少年那股朝气蓬勃的气息。学生们走得快，走十几分钟后就在旅游办公室门前卸下包休息。

这群中学生走得欢快，但我比这群欢快的中学生耐性好，我可以不停地走。

我继续向前走，上了一条公路。路边竖着一块广告牌，上面用西文和英文写着大字：至塞埃15公里　最后一个酒吧　在这里吃点喝点吧！

牌子说得很清楚，这里距塞埃镇（Cee）还有15公里，这是塞埃镇之前的最后一个酒吧。我却没把这块牌子当回事，感觉它就是一块广告牌。有人对广告有一种习惯的反应，认为广告语言夸大其词。半小时前我刚刚补充了能量，现在是不渴也不饿。一对青年人，三十来岁，可能是情侣，走了过来。他们也看广告牌，男青年对我说，这是塞埃之前的最后一个酒吧。说完，两人转身朝路边那座孤零零的红楼酒吧走去。

我还有一瓶水，没问题，走！

沿公路走到一个大转盘前，一块石碑上有两个黄色箭头，一个指向左——菲斯特拉28.807公里，另一个指向右——穆西亚27.005公里。

我原想今天走到菲斯特拉，在菲斯特拉住一晚。照这个速度走，我有可能晚上九十点钟走到那里，也许更晚才能走到。我必须坚守一个原则：天黑不走路，最晚不超过晚上9点就找到住处。

塞埃之前的最后一个酒吧

去过菲斯特拉的同行者讲，看到菲斯特拉海之后的风景特别美。海在西面，下午和傍晚走路正对夕阳，看海景，看山景，都是逆光，不好拍照。我瞬间决定今天走到塞埃停下。

一点半时到达里程碑：26.361 km。到目前为止，6 个小时走了 20 公里。水没了。牛在近处草地上吃草，有牛就有人家，远处有一些零星房屋，但越走离村落越远。

走到一个教堂院落。这里有片休息区，坐在石头凳子上挑水泡。

之后再出发。走在乡间的沙石路上，蓝天在头顶，骄阳在头顶。一路不见一个同行者，偶尔有几个车手带着呼啸声出现在我的身后，我朝路边躲让，他们飞驰而去，留下一声问候。

走在漫漫的长路上，风光单调，审美疲劳。骄阳暴晒，沾过水的方巾和遮阳帽一个来小时就被晒干了，我又把饮用水淋上一点，没一会儿又晒干了。方巾和遮阳帽一被晒干，头部就迅速升温，大脑也不那么清醒了。保护头部最重要，我把一瓶 500 毫升水基本上都淋在方巾上了。口渴了，咽一咽口水，咬牙坚持。

一路无人更枯燥。远远看到一个休息点，有一张木板钉的桌子，两个木板钉的长凳，还有几棵小树干戳在地上，木头箱子里有几个易拉罐和塑料瓶。这里似乎是有人经营的休息点，也似乎是无人管理的休息点。

走累了，解下包放到破桌子上，躺在半尺宽的破凳子上。松枝正好遮住骄阳，我扬脸看着从松枝和松叶间透过来的斑斑点点的光，听着林间风摇树动的涛声。我仿佛忘却了干渴、疲劳、枯燥，进入了诗一般的意境。

约有半个小时，我感觉太阳在移动，太阳洒下的光斑越来越大，太阳露出了半个脸。我感觉到火辣辣的烫，我必须起来继续走路。

我真的低估了这漫长的 15 公里，一路上很少有遮阳的大树，没有村吧，也不见泉水。

沙漠之中一眼泉

15 点 40 分，里程碑：20.985 km。当我干渴到极点时，眼前出现一条小岔路，岔路口上有一块小小的木头牌：深处 200 米有泉水。

我拐上岔路，看到远处有一拨学生坐在空场地的台子上，近处有一拨学生拥在一个泉水池旁。学生们喝够了，坐在池边玩。我弯腰喝饱了，把空瓶子灌满，接着洗方巾，涮遮阳帽，用方巾擦洗上身。喝够了，不渴了，也凉爽下来了，跟孩子们聊天。我挨个问这几个同学的名字，为了记住，一连几遍重复 Carlos、Estefa、Seville、Carmen、Julia、Gonzalo，发音不准的，引起同学们一阵大笑，笑过之后纠正我的发音。

他们来自塞维利亚，是 16 岁的高中学生，西班牙的义务教育是 13 年，再读两年高中就上大学了。正在这时，在“最后一个村吧”广告牌下相遇的那对年轻人出现了。他们居然比我走得还慢，这 15 公里无遮无掩的沙石路可不是谈情说爱的地方啊。

这一对青年人也围着长流水的泉水池喝水、灌水。年轻人毕竟是年轻人，大妞在池前尽情摆出几个姿势让大男孩拍照，后来脱掉鞋子袜子，腿伸到水池里，刚一沾水，即大声惊呼水凉。

大男孩文气一些，我们聊起来。

大男孩说：我是法国人，住在巴黎。

大男孩是法国人，住巴黎，说一口纯正的美国英语，这是怎么回事？

大男孩说：我爸爸是美国人，英语是跟老爸学的。

大妞是他的女朋友，不是白人，不是东南亚人，也不像阿拉伯人，我不想细问了。

我问大妞：你为什么要洗脚？

大妞说：书上说在这个泉水池洗脚会带来幸运。

我干脆也脱掉鞋袜，坐在池边，把双脚伸进泉水的水柱，立刻感到一阵透心凉。我皮实，多沾了一会儿水，还让大妞帮我拍了几张照片。

泉水洗脚有一个好处，可以冷敷踝关节和小腿肌腱，缓解脚上水泡的疼痛。

休息一个小时，凉快够了，出发。

塞埃湾

又走了几公里，拐过一个弯道，我看见了森林那边的村落，村落那边的森林，森林那边的大海，海那边的一条船。我也看到了船那边的一个长长的海角岛屿，那就是菲斯特拉角，欧洲大陆上最西头的一片陆地。

菲斯特拉角是模糊的，海上的船是模糊的，村落也是遥远的，我只能一步一步走近它们。

深蓝色的海越来越清晰了，村落的屋宇越来越清晰了。塞埃是什么样子？菲斯特拉是什么样子？走到“世界尽头”的朝圣者又是什么样子？

走在下坡的路上，脚步轻快了许多，仿佛有人在背后推你。一路上，盛开的

塞埃湾

鲜艳红花，深蓝的海，蔚蓝的天空，绿色的森林，渐渐柔和的阳光，走在这样的沙石路上，我心旷神怡。

身后传来一阵脚步声，比较快，也比较急，回头一看，是爸爸带着女儿和儿子，一路小跑下坡。他们可能也是一路未遇同行者，孤独了十几公里，放慢脚步想聊天。这一家是爱尔兰人，全家五口全部出动，爸爸四十多岁，带大女儿和儿子徒步走，妈妈带几岁的小妹妹乘车行，全家在塞埃会合，妈妈和妹妹早已到达了预订的酒店。老爸做 IT 行业，在瑞典找到工作，签了四年合同，全家迁居到斯德哥尔摩。

大女儿和儿子告诉我，他们在斯德哥尔摩国际英语学校上八年级和九年级。按七岁上学，姐俩的年龄是十五六岁，上下不差一两岁。我说，我就住在斯德哥尔摩，知道他们的学校。

我们四人越说越热乎，很快走到了海滨小镇塞埃。爱尔兰一家向西去找酒店，我按路标先向东，走一条之字形路盘旋而下。路边见一座石头平房，门框边上有朝圣之路的贝壳标识，有一块紫色牌子，上面写着：ALBERGUE MOREIRA（莫雷拉客栈）。此时太阳高悬，在西班牙还是下午，我自我感觉还有力量，还可以往前走。

我绕过客栈，沿台阶而下走向海滩。埃塞湾是椭圆形的，小镇环椭圆形海湾依山而建，民居小楼高低错落有致。莫雷拉客栈建在半山腰上，我在海滩上看到它的后院，后院空地是晒衣场，有几个朝圣者进进出出晾衣服。

沿海湾公园水泥路向前走，海滩是细沙，有几个人晒太阳，有几个人在浅水区玩。

科尔库维翁中世纪市场节

绕过这片海湾，爬缓坡向上走到一条主干道上。往来穿梭的汽车给我一种感觉，这个小镇今天有点忙。还有一个感觉，这个小镇客栈少，而家庭旅馆到处可见。我觉得应该找住宿了，就近登上一家旅馆的台阶。

女主人用简单的英语告诉我，房间没有了，让我稍等片刻，带我出门坐上她的车，上坡行驶一个路口停下，领我进一座楼。二楼有一间大房子是客栈，有20个上下铺，女主人说中间一个铺是空的，我可以住。她想了想，让我等一下，在床与床之间走了一圈。她盘点之后告诉我，刚才说的这个铺预订给别人了。

我感到住宿形势的严峻，恨不得央求一下不走了。

女主人说：你继续向前走，前面还有客栈。

天还早，也就7点钟，我还有一些体能，我的膝关节和肌腱也不疼，一句话，我还能走。我绕到临海湾的主路上，看见之前遇到的两个美国女孩，一个在露天酒吧吃三明治，另一个坐在马路牙子上，一手握着手机，一手捏着银行卡，看来是上网订客栈。

科尔库维翁中世纪市场节

吃三明治的女孩告诉我：她们在订客栈，这个镇只有一家客栈还有两张空床。

回头望去，我路过的莫雷拉客栈在海湾的那一面半山坡上，太远了，那里即使有床，我也不想走回头路。我只有一条路，继续前行。

女孩告诉我：周末这里有一个民俗节，才造成住宿这么紧张。

行走的方向似乎永远与海岸平行，石头路变窄，远道而来的西班牙游客越来越多，前面出现了一个露天集市。

7点16分，小街喧闹起来，狭窄的石板路拥堵起来，古老的小镇汇聚着川流不息的现代人，来自西班牙各地的，来自世界各地的，还有几个中国人。小镇也汇聚着一群古装人，在击鼓，在跳跃，在歌唱。小镇广场上架起了几口炭火大灶，炭火烧得通红，烤猪大排，烤香肠……小镇是在举办美食节吧？

我的运气不错，没有找到客栈，却撞上一个民俗节——科尔库维翁中世纪市场节。穿行于熙熙攘攘的人群之中，我却没有逗留的心思，我还没有找到住处呢。朝圣之路标识被民俗节淹没了，墙上的标识、地面上的标识仿佛都被藏了起来。我在几个路口不得不问路，问路还须辨识当地人，因为只有当地人才知道朝圣路线。

我将信将疑地按街上的小商贩、民俗节管理员指的路向前走，走到街心儿童游乐园，又向一个孩儿妈妈问路，还是说向前走。

穿过这个街心花园，小镇不再热闹。我走上一条弯弯曲曲的小路，一条前人踩出来的小路，非常狭窄，只能容一人通过。我踩着大块石头向上攀登，没有台阶，深一脚浅一脚。我突然产生一种感觉，暴走那漫长的15公里都没有的感觉——我累了，我背上的包沉重了。

登上了坡顶，已是精疲力竭，站定喘息片刻，向小镇回望，只见一片带脊的屋顶，只听一片鼓乐声。眺望大海，一片湛蓝，那是塞埃湾，被一片红顶房脊簇拥着，被一片翠绿的森林包围着。走在高高的山坡上，远离了喧闹的小镇，美丽的海湾却依然不远不近。

终于走到圣罗克客栈

走进一个小村落，一条小街只有几户人家，问村民哪里有客栈，还是向前指。我疑惑地向前走，一路上从来没有这种疑惑的感觉。还要走多远呢？我真的走累了。走出村子，跨上公路，远远看到圣罗克客栈大院。

路边大院子墙外竖立一块牌子：ALBERGUE SAN ROQUE OPEN ALL YEAR（圣罗克客栈全年开放）。院子有一个大铁栅栏门，锁着不开，旁边有一个石头矮墙豁口，左右两个黄色箭头指向豁口。

这个大院子叫圣罗克公园，没有人工的花草，只有一片大草坪和一栋二层小楼。

这座小楼就是圣罗克客栈。小楼一层两边各有一个大厅。左面大厅门口摆放一张小办公桌，墙角有一张床；右面大厅是厨房餐厅，几个人正在厨房做饭。

一位中年窈窕女士朝我走来，笑盈盈自报名字，欢迎我的到来。她坐在小办公桌前填写登记簿，告诉我宿舍在二楼，8点钟大家一起吃晚餐，只字不提收费。

圣罗克公园里的圣罗克客栈

我猜想这里是免费住宿，向四周扫了一眼，没有看到捐款箱。

二楼宽敞明亮的宿舍有十几个床位。我选择门口靠窗的床，上下铺都空着，令我惊喜的是，房间还有 Wi-Fi。走二三十公里到客栈后，我最大的享受是，躺在床上跟家人、同学和朋友交流一路上的见闻和感受；我最大的沮丧是，因为没有 Wi-Fi 而不能跟家人联系。

洗完澡，换上干净上衣，去楼下餐厅吃饭。主厨是女管理员和一个三十多岁大哥，做的是意大利通心粉、蔬菜沙拉。长条形大餐桌上一共是七个人，女管理员和六个朝圣者，餐前有一个祷告小环节，然后是轻松吃饭。六个朝圣者中有一对意大利母女，二十多岁的女儿会英语，做妈妈的翻译，有一个意大利大叔，两个三十多岁的大哥，一个来自西班牙南部，一个来自某个西班牙语国家。七个人，三个说西班牙语的，三个说意大利语的，一个说汉语的，大家用英语简单交流。

晚餐的甜点是拌水果块儿。吃罢晚餐，女管理员带我们出去转转。她指着远方说：那是菲斯特拉海角，离这里10公里。

我踩着砖头，隔着院子的铁栏杆，用30倍小长焦镜头把海角拉近拍了几张。

大家一起合影，纪念相聚于此。

在一眼泉水前，女管理员说：这眼泉水能给人带来好运。

意大利女孩单纯可爱，蹲在池边伸手接泉水，闭上眼睛许愿。

我逗她：是许愿找到一个好男朋友吧?

女孩说：我早就有男朋友了。

我感觉又累又冷，先回去了。

近10点天还没黑。厨房洗菜池里有一摞盘子、一堆刀叉。我来刷吧，找来围裙，倒上清洁剂，认真刷了几个，感觉腰杆挺不住，像折了一样。大家都回来了，做饭的大哥表扬我干得好。

我说：你来刷吧。

我撑不住了，上楼倒在床上。如果明天早上还是这个状态，我就真的背不动包，走不了路了。我二十来岁时当工人扛枕木腰部受伤，诊断是腰椎间盘突出症，走800公里圣地亚哥之路没出问题，明天将要走到菲斯特拉，一旦出情况，怎么收场呢?

Part 40

维拉尔－科尔库维翁—菲斯特拉

（Vilar-Corcubión）（Fisterra）

7月24日　07:53出发　13:53到达　徒步6小时　12公里

遛狗的马德里女士

这个小村距菲斯特拉（Fisterra）仅12公里。“世界尽头”是个什么样子？我想象着。

早晨醒来，天已微亮。感觉腰部很轻松，坐起来，站起来，活动自如，隐约担忧的腰伤没有犯，躺在床上休息八九个小时，我又恢复了体力。

宿舍的几个人都消失了。去洗澡，刮胡子，干干净净地走到菲斯特拉。

餐厅长桌上放着一个容器，里面有一个牛角酥，这是客栈送给我的早餐。

推开大门，正好遇到女管理员，她牵着两只可爱的小狗遛弯回来。

她告诉我：圣罗克客栈是加利西亚朝圣者之友协会创办的，全年免费向朝圣者提供住宿，还提供一顿免费晚餐。管理员都是志愿者，我是从马德里来的，在这里工作一个月。

女志愿者开自己的车来的，还带着两只可爱的小狗。

可能是疲劳影响了我的记忆力，我不记得女志愿者的名字了，现在只好称她“马德里女士”。

大院草地上扎着一顶帐篷。绿色帐篷的门帘紧闭，睡在里面的勇士或美女大概是天黑前后来的。

慢慢走向菲斯特拉

走出客栈大院，沿路标一路向西，走向菲斯特拉，走向天涯海角。这个小村叫 Vilar，今天路上的第一块里程碑：12.392 km。

走出 Amarela 村界。放慢脚步，悠闲地望着山景和海景，眺望远方的海角。

一路上，我很少思考走朝圣之路的意义。我的注意力被未知的路途牵引着；我的兴奋点雀跃起伏，被优美的风光或枯燥的风光拨动着；我的好奇心系在来自全世界的同行者身上。一路上，我还真的没时间思考走路的意义，偶尔思考一下也是快闪式地掠过。走到客栈，一身疲惫，我的思考力直线下滑，还剩下最后一点力气，那就是吃饭，跟家人报个平安信儿，写几行日记。

里程碑：11.270 km。我突然闪出这样一个思考：**直立行走，并能走很远的路是人类生存和生活的基本能力之一，所以走一趟圣地亚哥之路，只不过是一趟行走，是现代人保持人的基本能力的一次行走。中世纪人按中世纪的方式走，现代人按现代的方式走，就走路而言是一样的，只是方式不同。意义很简单，就是这么简单，一切深奥意义都是个体的独特体验。**

穿越一条公路时，又遇到西班牙大妞紫玛。紫玛昨晚住在塞埃，今早比我多走几公里。紫玛今天换了一条短裤，走起来兴冲冲的。我感觉她的个性非常强，我们之间也没什么继续聊天的气场，让她先走吧。

交流是一个双向的选择，两个人都想交流，交流才是自然流畅的。在一些场合，沉默，甚至保持一定距离，可能是一种最得体的交流方式。

我喜欢与同行者交谈，也喜欢一人独自行走。

到达海滨小村 Sardiñeiro。进一家面包店，买一个牛角酥和两块甜点，坐在一栋房子前的大红漆长椅上，一边吃早餐，一边看街景。

房子里出来一位大妈，我们互相望了一眼，没有打招呼。当我起身走向主街时，大妈喊了我一声，用手朝房后一指，哦，我走错路了。我掉过头来，按大妈指的方向走进房后的一条小街。这条山丘小路曾是国王之路，从丘顶可以俯瞰脚下的村落，也可以远眺海湾。

林间路上走来两个青年人，健步如飞，充满朝气，脸上洋溢着冲向终点的喜悦。男孩是意大利人，女孩是美国人，叫艾丽思，昨天在塞埃镇上见过。艾丽思在西班牙南部海滨城市阿里肯特做志愿者，利用假期来北部走朝圣之路。年轻人理念新，喜欢什么就干什么。

我的大脑又闪出一个思考：

走一趟圣地亚哥之路是现代人**回归本能**的一次长途行走。

走一趟圣地亚哥之路是现代人**回归自然**的一次长途行走。

走一趟圣地亚哥之路是现代人**回归内心**的一次长途行走。

里程碑：6.484 km。我在一步一步地走近菲斯特拉。一位大叔和大妈迎面走来，大叔叫鲍勃（Bob），大妈叫维维安（Vivian），两人已从菲斯特拉海角返回。大叔和大妈来自英国威尔士，从法国贝约讷出发，今天是徒步的第 43 天。鲍勃从上衣口袋里掏出一个小 GPS，看了一眼，很自豪地递给我。小 GPS 显示：1042 km。

我把大脑刚刚闪过的现代人行走的意义跟鲍勃和维维安讲了一遍，他们赞同我的想法。

湛蓝的海湾风平浪静，一人立于小舟之上，划单桨行于水面。一只黢黑犬和一只黑背犬跳入水中，追逐打斗。黢黑犬更喜水，更善游，几个回合就把黑背犬撵到岸上。这时，海滩上一个女人大声呼喊。我听不懂，问犬的主人——一群十几岁的孩子。一个男孩告诉我：海滩上的人说，这里只能人游泳，狗下海游泳是犯

英国威尔士鲍勃和维维安徒步 43 天，行走 1042 公里

法的。两只狗刚才撒欢戏水，它们才不理法律呢。狗不懂法律，几个孩子懂，把爱犬叫上岸来。

几个孩子都会说点英语，穿蓝白横条衫的男孩更爱交际，告诉我：我们是同村的 cousin（堂表兄弟姐妹统称）。黢黑犬是我的爱犬，叫卢帕（Lupa），黑背是我表哥的爱犬，叫赤斯帕（Chispa）。我叫桑（Xan）14 岁，高个表哥叫沙比艾（Xabier）16 岁，蓝衫男孩叫玛里奥（Mario）16 岁，女孩叫玛萨（Marza）10 岁。

我记不住这么多名字，让桑在我的本子上一一写下来。写完名字，我和四少年照了一张合影，我想永久记住他们可爱的笑脸。

四少年沿小路走回他们的村子。他们长大后还会待在这个海滨小村吗？

海滨大道叫 Corredoira de D. Camilo，是以加利西亚诺贝尔文学奖得主卡米洛·何塞·塞拉（Camilo Jose Cela，1916—2002，1989 年获诺奖）的名字命名的。

美丽的 Langosteira

16 世纪的石柱十字架 Cruz de Baixar

海滨大道用形状不规则的石板铺成，绿树成荫，清爽宜人。大道南侧是细沙滩和大海，北侧隔不远就有一个酒吧。我走进一家酒吧，空无一人，到厕所方便一下，在吧台上找到纪念章，自己在通行证上敲了一个章。

走着走着，开始上坡，走上了一条通汽车的大道。回头一看，海湾和沙滩构成一条美丽的弧线。

街上出现了漂亮的楼房，也有稀稀拉拉的朝圣者迎面走来。

英国绅士保罗

11 点 43 分，走进素有“世界尽头”之称的世界名镇——菲斯特拉。菲斯特拉是神秘的、美丽的，狭窄的，弯弯曲曲的。我徜徉在古老的小街小巷，不时看到小旅馆、小客栈夹杂在小楼间。

一位绅士风度的大叔站在客栈门口向我打招呼，拦住我的是他的一口典雅的英国英语。大叔说，他叫保罗，是这家客栈的管理员，请我进店参观。

保罗说：我们现在还有空床，下午三四点钟就住满人了。

我略有犹豫，想在菲斯特拉住一晚，体验一下这个天涯海角小镇，当然住在这里很合适，保罗肯定是一个有故事的人。

大厅里有一台自动售货机，投币买了一听可乐，坐在休息区，喝着冰爽的可乐，感觉凉快多了。

昨天一天没见的莉娜就坐在几米之外，但不见米沫。

我用英语问莉娜：米沫在哪?

莉娜用意大利语回答，语速极快，加上动作比画，我似乎明白了。他们准备住在这里，米沫一个人去取存在别处的背包。我与米沫和莉娜有三四天同行过一段路，互相之间有一种朋友的感觉。

我在一瞬间坚定了我的想法，不住菲斯特拉，当天坐大巴回圣地亚哥，观赏圣地亚哥之夜的烟火。

我告诉保罗：我不住了，但我包里有一点东西需要暂存在客栈的冰箱里。

保罗说：客栈不存外人的东西。

我说：是一点火腿和奶酪，天气热奶酪就化了。

保罗迟疑一下，还是同意了。我去厨房存东西，一个南美大妞正在做饭，笑呵呵地告诉我：商店下午 1 点关门，你要买东西抓紧时间去啊。

同行者之间，不论是陌生的还是熟悉的，总会有人提醒你，关照你。

这时一个背包朝圣者走进来。保罗迎上去，用英语说欢迎，接着用英语探询，你说英语，西班牙语，还是法语？保罗的英语纯正优雅，举止热情又不失矜持，十足绅士范儿。

我对保罗说：我今天就回圣地亚哥，如有可能的话，想拐个弯到穆西亚看一眼。

保罗说：今天是周末，菲斯特拉没有到穆西亚的公交车。

我去穆西亚的希望破灭了。

保罗拿出一张公交时刻表，上面有四趟大巴开往圣地亚哥：09:45、11:45、16:45 和 19:00。

保罗说：汽车站在镇中心，出这条街就是，13 欧元一张票，车程两个多小时。

保罗非常喜欢菲斯特拉，每年 4 月至 10 月都来这里工作，已经有 10 年了。

我打量着眼前的这位英国绅士。保罗身材高而瘦，蓝眼睛，花白头发和胡须，步履矫健，年龄 60 岁上下。我请保罗与我合影，他欣然答应。临别，保罗在我的日记本上亲笔赠言：

长顺！

在菲斯特拉遇到你很高兴。

祝你有一个美好时光，朝圣之路和生活愉快。

英格兰保罗

ALBERGUE CABO DA VILA

（布里斯托尔，西南英格兰）

我记住了，菲斯特拉海角有家客栈叫 Albergue Cabo da Vila，有个英国绅士叫保罗。

走向海角灯塔

小街南头，菲斯特拉镇政府小楼上飘扬着西班牙国旗和欧盟旗。主大街路边有一辆长途大巴，这里就是汽车站。小镇中心距离海角灯塔是 3 公里。

里程碑：2.369 km。San Maria das Areas 教堂。这又是一条上坡路，走几分钟路，向海湾回望，是一幅画；再走几分钟，向海湾又一回望，又是一幅画。走几步就是一景，走几分钟就是一幅画，我越走越慢，越走越留恋。

一湾海水是如此的色彩缤纷，有深蓝、湛蓝，还有碧绿。海湾的丛林树木，海湾的阡陌小路石阶，点缀着海湾的神韵，又遮掩着海湾的神秘。几艘漂亮的游艇穿梭游弋，给美丽的海湾平添了几分浪漫动感。

一尊黑色雕塑，一个古代朝圣者，头戴破帽，披毯为衣，腰间挂着水壶，双手撑着一根树枝，艰难地前行。

山坡底下有一眼山泉，石砌的泉池上刻着 Fonte Cabanas。这眼泉水微甜微凉，喝足了，浑身凉爽，又把晒干了的帽子和方巾涮了几把。

我又跨过马路走在海滩一侧。迎面走来三个人，一瞬间，我们同时认出了对方。这三人就是“意大利三人组合”，来自意大利北部的都灵，男士是邮局职员，叫吉诺（Ginoo），中间女士是银行职员，叫米尔娃（Milva），右边是英语女教师，叫罗伯塔（Roberta）。意大利三人组合从海角返回，我们相见就像是他乡遇故知，一一拥抱，合影留念。三人组合前天走到圣地亚哥，今早乘大巴到菲斯特拉，明天返回意大利。

前面是纪念品店。我对满屋子的朝圣之路纪念品没什么感觉，倒是一架子的菲斯特拉明信片吸引了我的眼球。这些明信片有鲜明的朝圣之路特色，有几张特别有意思。

一个女孩蹲在草丛里方便，她那双警惕的眼睛注视着随时可能出现的朝圣者。

一个女孩在前面走，越走越轻松，哈哈，后面有一个钩子轻轻钩起她的背包。

几百米之外是“世界尽头”的灯塔小楼，小楼之前有一块零公里路碑。我请一个同行者帮我拍了一张纪念照。从圣地亚哥到菲斯特拉，我又走了 89.40 公里。

从法国圣让・彼耶德波尔出发，我背包徒步 39 天，行走 900 公里到达西班牙菲斯特拉海角，平均每天行走 23 公里。

菲斯特拉的灯塔楼建于 1853 年。塔楼的一层现已辟为展览馆，对公众开放。

塔楼外有台阶通向大海，台阶下的礁石上矗立一座铁塔。很多人聚集在铁塔旁眺望大海，其中有一家人，男人牵着三条狗，女人怀里兜着一个婴儿。

铁塔是海角的一个标志性建筑物。朝圣者有一个习俗，走到海角的礁石上，聚集在铁塔周围，把走朝圣之路的破鞋子烂袜子、长衫短裤堆成一堆，点燃篝火，

徒步 900 公里走到菲斯特拉海角零公里

照明黑夜。不知从何年开始，警方禁止在铁塔周边礁石上燃烧任何东西。汉莎昆铁大叔告诉我，他悄悄地点燃了一个小篝火。

四个姐妹坐在一块大礁石上，热情地招呼我，请我为她们拍照。

几个小伙子望着大海发呆。

一个壮士光着膀子，盘腿坐在几十米外的一块巨石上，低头写着日记。

一个自行车赛手跨坐在海角最远端的礁石上，犹如骑在车鞍上。

重逢乔治奥　奥璐禾　歌子

塔楼几十米外是灯塔酒吧，进去喝点东西凉快一下。一跨进门，我就看见一个熟悉的背影，他就是走散 6 天的意大利大叔乔治奥。

我喊了一声乔治奥，乔治奥回过头，看见是我，非常惊喜。我买了一杯啤酒，坐在乔治奥对面，二人碰杯，共庆在海角重逢。

乔治奥说：我是 6 月 23 号从圣让·彼耶德波尔发出的，徒步 32 天走到菲斯特拉海角，今天是从穆西亚走过来的。

我羡慕乔治奥去了穆西亚，而我这次没有去成。

乔治奥的家乡是意大利蒙察省的林比亚泰。乔治奥与我同年同月，仅比我大9天。我们称兄道弟起来，十分亲热，请服务员帮我们拍张海角重逢纪念照。

欢聚片刻，我与乔治奥一起走回菲斯特拉。又看见那尊朝圣者雕塑，这回是从正面看，光线也好，是一位古代朝圣者。

绕过这尊雕塑，路变窄，乔治奥在前，我在后，边走边欣赏美丽风光。我的眼前突然一亮，亮点是一个迎面走来的风尘仆仆的女孩，正是仅隔一天没见，仿佛走散很久的瑞士女孩奥璐禾。奥璐禾历时71天，徒步1800公里，带着踝骨伤痛走到了菲斯特拉海角。奥璐禾出生于1992年，一个24岁的姑娘，一个意志与毅力超级顽强的90后！

我联想到国内的90后，在读高中，在读大学，或大学毕业不久，在爸爸妈妈的庇护下舒舒服服地享受美好生活。中国人的吃苦精神，在中国90后一代身上已

瑞士90后女孩奥璐禾历时71天徒步1800公里，带着踝骨伤痛走到菲斯特拉海角

经很难看到了。

一个幽静的小海湾有一片湛蓝的海水。乔治奥想下去游泳，我想去公立客栈领取菲斯特拉之路证书。这是美国科学家克莱斯特大叔告诉我的。我们只好各干各的，我觉得还会见到乔治奥。

在镇里遇到丹麦四口之家，爸爸、妈妈和两个儿子在台阶上休息。

小巷街角的蓝门蓝窗小楼就是菲斯特拉公立客栈。我走进去，大厅一角是办公室，窗口办公桌上有一摞菲斯特拉之路证书。

我问美女管理员：我不住在这里，可以得到菲斯特拉之路证书吗？

美女管理员微笑着问：你是走过来的吗？

我递给她我的通行证。

哇，有这么多纪念章啊！

美女立刻在一张印制漂亮的证书上写上我的名字，签署日期，郑重地递给我。

小巷外是大巴车站。我看见乔治奥走过来，喊住他，二进菲斯特拉客栈，陪乔治奥领证书。乔治奥计划在菲斯特拉住一晚，想住到条件好一点的家庭旅馆，我又带乔治奥走到保罗客栈那条小巷，那里有几家小楼旅馆。我知道这一次是真的跟乔治奥再见了。

从保罗客栈取走食品，我还有两个小时，我要去菲斯特拉海湾里游泳。我有一个从小养成的爱好——游泳。我有一个愿望——走到全世界的每一个海湾都能下海游泳。

接着又撞上一个同行者。她就是与我同住过一个客栈、同住过一屋的日本大妞山田歌子。

歌子说：我已经精疲力竭了。前一家客栈住满了，管理员帮我打电话联系了另一家，还给我画了一张草图。

我一看图，知道是在去灯塔的路上，离这里还有一公里。

我问歌子：你要不要菲斯特拉之路的证书？

歌子说：要。

我给歌子带路，三进菲斯特拉客栈。

我告诉歌子：这里还有床位，你不必再走很远的路。

歌子说：人家帮我联系好了，我不应该失约。还有，我要求客栈有洗衣机，我要洗衣服。

歌子问我：你是给我带路吗？

我说：我要去海湾游泳。

在菲斯特拉海湾游泳

西班牙人有长午休的传统，西班牙语叫 siesta，店家一般下午 2 点休息，4 点钟之后再开门营业。西班牙夏日炎热，晚 7 点之后餐馆才开始上客人，海滨广场的这几家餐馆现在还是冷冷清清的。

我昨天走得精疲力竭，今天才走了十几公里，感觉还有不少体能。菲斯特拉海滨浴场不漂亮，我继续往前走，走了很远也没找到刚才乔治奥下水的地方。时间不充裕，我急匆匆返回海滨浴场，四下张望，没发现一个熟人。我把背包放在离海边十几米远的沙滩上，放得太近了不行，一个浪头就可以把包打湿。我迅速脱掉衣服，把贴身的腰包塞进背包。

走进大海，海水是冰冷的，海水涌到膝盖以上，感觉更冷了。游吧，我向海浪扑了过去，先是游蝶泳，又换自由泳，一转身，游蛙泳回来。海水不那么冰冷了，尝了一口海水，很咸很涩。我仅仅游了几十米，体验了菲斯特拉海水的温度，也品尝了菲斯特拉海水的味道，虽不尽兴，也算“到此一游”。

匆匆上岸，沙滩上有净水淋浴设施，冲洗一下，穿上外衣短裤，背上包赶回汽车站。6 点半后，一辆大巴开来，这是最后一班车。

丹麦一家人也从远处赶回来。

丹麦大哥说：我带一家人去海滩捡贝壳去了。

十七八岁的大儿子给我看贝壳，跟朝圣之路的纪念品贝壳一模一样。

见证圣地亚哥无眠之夜

7点，大巴准时发车，徐徐驶出菲斯特拉，沿海湾顺时针驶去。我已用脚步丈量了海角的每一块礁石，已用眼睛看遍了海角的每一棵树，观景的兴致，困困意袭来，迅速褪去。我进入了睡眠状态。

当我醒来，大巴已经驶进圣地亚哥东郊。大巴进站，一车背包客全部下车。

丹麦大哥问我：你去哪里，住在哪里？

我说：去城里看圣地亚哥之夜烟火。我没查地图，不知道怎么进城。

丹麦大哥说：我们熟悉路，你跟我们走吧。

就这样，丹麦一家人成了我的向导。我们一路向西，路过一个高地大院，穿过一条狭窄的小巷，走在圣地亚哥的繁华大街上。

我没有预订住处。美国女士琳达讲过，圣地亚哥之夜所有的客栈和旅馆爆满，满大街的朝圣者根本找不到住的地方，背包到处游逛。我有这样的思想准备。

丹麦一家的大儿子跟我说：我去年到中国旅行两个月，最远到了云南。

我问他：如果中国人不会英语你怎么交流？

大儿子说：我学了一些简单的中文单词。

来到丹麦人预订的旅馆楼前，按某层门铃，一个女服务员下楼开门。

我问女服务员：还有床吗？

女服务员答：还有一张床，60欧元。

60欧元！我这是走朝圣之路啊，一路上客栈的床位都是10欧元上下，我没有这样高消费的心理预期。我告诉丹麦大哥，我不住这里。

我想好了，圣地亚哥之夜无眠，我也无眠，我与圣地亚哥共度一个无眠之夜。

圣地亚哥沸腾了，老城内外人山人海。我跟随人群涌进街心公园，这里是小吃夜市。我最想吃的是西班牙油条，现炸现卖，1欧元4根。我在村吧吃过这种油条，口味香甜，买一包。

林荫大道的斜坡草地是看放烟花的最佳位置。我挤进灌满人流的大道，双脚踩在草地边上，勉勉强强站立平衡了。

烟花的发射地似乎是地势高的大教堂广场，这里与大教堂广场之间是空旷的平地。我问周边的人，无人知晓放烟火的准确时间，有人说 10 点半，有人说 11 点。11 点半，第一炮烟花响了，刹那间，一簇又一簇的烟花姹紫嫣红，照亮了圣地亚哥的天空。烟花礼炮一直放到午夜 12 点。

为了看圣地亚哥之夜烟火，我曾向导游员询问放烟火的时间，导游员好奇地反问：烟花都是从中国买的，中国人还有兴致来圣地亚哥看烟火？为了体验圣地亚哥之夜的烟火晚会，我从菲斯特拉赶回来，值！

烟花熄灭，人群散去。洪水般人群涌向老城的大街小巷，城里的餐馆、酒吧、面包店、冰激凌店全部敞开大门，家家爆满。

我感觉特别饿，也感到冷了，钻进老城边上的一家汉堡烤吧店，买一份烤肉汉堡，要了一听含糖可乐。

午夜一时，流动的人群稍有减弱之势。大教堂后广场有一台露天演出，一个小乐队在演奏，小提琴手是主演，琴弓甩得如癫如狂。

直到露天演出结束了，还有不少观众坐在台阶上不走。我一个人神游，跟随狂欢的人群走古街串古巷。生性欢乐的西班牙人或聚集在酒吧窗外，大口喝酒高声谈笑；或围成一个场子，载歌载舞；或静静凑成一桌，悄悄聊点什么；或击鼓打拍纵情唱歌；或三三两两坐在小巷小饮小酌……

在这一刻，圣城不是圣城，而是一个狂欢的不夜城。我不是朝圣者，只是走在千年朝圣古道上的一个徒步者。在这一刻，我已经不是朝圣之路上的徒步者。

游走到一条小巷深处，坐在露天酒吧，要一杯啤酒，观赏往来不息的狂欢者。喝完一杯，略感寒意，又进餐馆大堂内要一杯热咖啡。年轻的女服务员热情，与我闲聊了几句。她叫莉兰，古巴人，二十多岁。全世界说西班牙语的国家最多，有几十个，如北美洲的墨西哥，中美洲的古巴，南美洲的哥伦比亚、玻利维亚、智利、阿根廷等，还有一些国家以西班牙语作为官方语言或第一语言。这些国家的

圣地亚哥狂欢之夜——击鼓打拍纵情唱歌

人因语言相通，很多人来西班牙打工。西班牙老板也愿雇用他们，可能付的工资低吧。

我在这家餐馆的露天和室内坐了一个多小时，因不胜酒力，喝一杯啤酒已晕晕乎乎，接着喝咖啡提神，先晕乎再提神，自己跟自己折腾。餐馆服务员开始吃饭，莉兰告诉我，她们快下班了。这时已近凌晨 4 点。

凌晨 4 点，古城的餐馆酒吧陆陆续续上门板了，狂欢的人群也渐渐稀少。走到古城南口，这里的酒吧还开，进去买一杯咖啡，与两个波兰女孩邻座闲聊。闲聊的功能就是别一个人发呆，一发呆就犯困，聊的什么我都忘了。波兰女孩告诉我，这家酒吧 5 点关门，她们马上去飞机场。

5 点，圣城的狂欢之夜已彻底归于寂静，大街上人迹稀少。我去哪里呢？火车站是彻夜不关的好去处。欧洲的火车站一般都在市里，我向火车站的方向走，路过中心公园，看到一些无家可归的人睡在长椅上。我还是远离黑乎乎的公园吧，贩毒和抢劫常常发生在黑夜的公园里。

我走在主路的便道上，路灯很亮，过一两个路口，看到马路对面的一家烤吧店灯火通明。

店里有不少年轻人，他们是圣地亚哥之夜的狂欢者，狂歌劲舞之后，血液酒精浓度降低了，也疲劳了，饿了。烤吧店通宵营业，大堂很宽敞，我坐在一个墙角，把背包放在墙根，倚着包，翘起双腿，眯瞪起来。

我不渴也不饿，只是困。昨天早上 8 点背包出发，走到菲斯特拉，走到海角灯塔，又走回菲斯特拉，在海湾游泳，坐大巴回圣城，站立看烟火，闲逛不夜城，我已经与包为伍二十多个小时了。困倦已达极点，我倚在包上睡着了。

Part 41

>>> 圣地亚哥
（Santiago）

7 月 25 日

圣地亚哥醒来

待我醒来，已是早上 7 点多钟，我从马路对面的老楼旧窗上看到了朝阳洒落的晨辉。

徒步第 39 天的夜晚，在圣地亚哥，我背包走街串巷度过了上半夜，在酒吧烤吧店倚包打盹度过了下半夜。这一夜，我看到了成千上万的陌生的狂欢者，却没有看见一个熟悉的同行者。我的同行者都去哪里了呢？不会都在几公里之外的客栈吧？圣地亚哥之夜，于我是好奇的、心动的，也是疲惫的。这是我心中的圣地亚哥吗？

清晨，烤吧店的生意是冷清的，远不如凌晨 5 点多时火爆。我饿了，点了一份最贵的烤肉堡，买了一杯加热奶的咖啡。一个裹着大片烤肉、生菜、西红柿的大个儿饼卷，一杯浓浓的咖啡，我吃饱了，又精神起来，抡起背包回老城去。走出这家店，我才看清店名叫“伊斯坦布尔”。

太阳升起来了，我的眼前是一个明亮的圣地亚哥。中心公园褪去了昨夜的喧闹，褪去了昨夜的神秘，花花草草沐浴在阳光之下。

公园中心有一个长方形喷水池，几只黑天鹅在悠闲戏水。一对情侣仍在长椅上栖息，男的短裤短衫披盖一件运动衣，仰卧酣睡；女的坐着低头打盹。他们没有背包，不带朝圣者的标签。

清晨的古城一片寂静。

又见林荫大道旁那家充饥避寒的快餐店，店名是“NEWROZ”，店牌上写着：烤吧　比萨　汉堡。土耳其的烤吧、意大利的比萨、美国的汉堡，总有一款是你喜欢的。

一家电视台在古城南口支起了摄像机，摄影师和主持人已经就位。他们是在播报早间新闻吧？今天是圣地亚哥节，圣城有什么大事要闻吗？

再向前走几步就是凌晨4点多喝咖啡的那家酒吧el makandro。酒吧大门的左右两侧各有一块方牌，上面写着：鸡尾酒、杜松子酒、葡萄酒、下酒零食。西班牙的这种店很多，你可以叫它酒吧，也可以叫它咖啡馆，酒吧的特点是酒的品种齐全。怎么也没想到，我的圣地亚哥之夜与这几家店扯在一起了。

气氛异常的圣地亚哥

我没有做功课，不知道今天圣地亚哥有什么活动。同行者告诉过我，大教堂每天中午举行大弥撒，有时还有摇摆香炉仪式。这是一个我不能错过的活动，先去大教堂参加弥撒，然后再去城外找客栈。

走进古城，圣地亚哥旅游办公室刚刚开门，幸运啊，我是圣地亚哥节这一天第一个造访的游客。女工作人员递给我一张圣地亚哥城地图，用笔圈上大教堂、朝圣者办公室、邮局等几个重要地方，告诉我：今天中午大教堂接待VIP，不对公众开放，你可以参加晚上或明天中午的弥撒。

我沿着老城石街向前走，没多远就走到了大教堂后广场，看见一条几十米的长队。待我排到教堂大门口时，保安拦住说：不能背包进去，台阶下的那座楼有存包处。我跑到存包处，看到窗口上贴一张西班牙语通知，意思是 7 月 25 日关门。

今天全城气氛异常特别，各色各款服装的军人和警察，各色各款的军车和警车，遍布大街小巷。

去哪里存包？一位持枪的警察指了一个大致方向，我也看到了存包处指示牌。我按指示牌箭头方向，穿过几条街，找到一座体育馆。这是一个临时存包处，工作人员都是三十岁上下的小伙子，像是身着便服的军警人员。工作人员验包，查护照，填写两个标签，一个拴在包上，一个是取包凭证。小伙子最后告诉我：存包处中午 1 点关门，1 点之前必须取包。我用十七八分钟跑到这里，折腾了半天就存两三个小时！

我跑回大教堂，又用了近二十分钟。大教堂广场上传来乐队演奏声，一队 VIP 走上高高的台阶，紧随其后的是头戴红缨帽的皇家卫队。乐队演奏戛然而止，围观的人群也立马散了。

我转到后广场。圣地亚哥节大弥撒吸引了来自世界各地的朝圣者和游客。原来几十人的队已延长为几百人的蛇形长队，尾巴已甩到广场的一个角落。我站在队尾计算时间，弥撒 12 点开始，就算是 1 点结束，取包也可能来不及。我只得放弃这场弥撒。

我的当务之急是先取包，然后找个客栈安顿下来。我慢慢悠悠地走回体育馆，去办这个急事。我突然体验到一种不背包的感觉——身轻如燕。

古街上军警人员奇多，还有一多是站在店门外向你微笑打招呼的女店员。她们端着盘子请游客品尝圣地亚哥特产食品，请游客进店光顾购买。军警绷着脸注视行人，女店员笑脸相迎行人，一个是在执行公务，一个是在热情推销，这反差比黑白都大。

一个熟悉的女士，四十来岁，在悠闲漫步。她就是在路上几次相遇的德国女士玛拉。玛拉站立的便道有半人高，不方便说话，她干脆蹲下来，告诉我，前面的 San Franscisco 教堂也颁发朝圣之路纪念证书。

玛拉还说：她在菲斯特拉休息了几天，下午就飞回德国了。

我们多天不见，圣地亚哥之路也走完了，同行者的认同感依然没有减退。

我去 San Franscisco 教堂领到了纪念证书，然后直奔体育馆。

高楼大院客栈

从体育馆出来，我又背上背包。我的直觉是，体育馆在圣城的东北部，而客栈大都聚集在东郊。我向东走，穿过一个郊区公园。

头顶上响起直升机的轰鸣声，一架直升机在上空盘旋。我用小长焦相机当望远镜，“把直升机拉过来”，看得清清楚楚，机身上标着：POLICIA（警察）。

上主路，向南走，我感觉这条路是环形的，是圣城的外环线。中午时分，阳光直射，便道上的树木低矮，不能遮阳，又热又晒，我感觉又走在朝圣之路上。

走了二三十分钟，我向一对西班牙青年询问，他俩打开手机查找，说附近就有客栈，不用去郊外。这对青年主动给我带路，过几个路口，又下几十级很陡的台阶，再沿一条长街向前走五六百米，最后在一个大院门口站住。青年人微笑说，这里就是客栈。

高楼大院的院子很深，楼特大，台阶也高。我登上高台阶，回转身去，圣地亚哥全城尽收眼前。高楼的大厅左侧有一间办公室，十来个背包朝圣者排成一队。

管理员是一个会说西班牙语、法语、意大利语、德语、英语等七八国语言的西班牙大妞。

她问：你预订了没有？

我说：没有预订。

她说：没有房间了，几天前网上就订满了。

我走出大厅，坐在台阶上看风景。客栈大楼坐落在圣城东部高坡上，古城就在它的眼皮底下。我坐了半个来小时，看无人排队了，又走过去碰碰运气。

会七八国语言的西班牙大妞对我说：有人退订，空出一间，15 欧元一晚。

我喜出望外，赶忙递护照，交钱，当然也不忘盖纪念章。

大楼结构像“非”字的右半边，我的房间在最上边那一横的 3 层。走几百米才走到那一横，那一横是一条筒子楼，左右两排单间。房间很干净，有一张单人床、一个小桌、一个嵌在墙里的衣柜、一个洗手盆，窗外有一排高大松树。淋浴间和厕所在隔壁不远，痛痛快快洗个澡，躺在床上，上网发微信，告诉家人一切都好。

在朝圣之路上，我这是第一次花钱住单间（有两次交床位钱住单间），独自享有十几平方米的空间。我美美地睡了一觉，自然醒来已是 6 点半。

匆匆洗把脸，穿上长裤，去参加 7 点半的弥撒。

又逢几拨同行者

晚上 9 点，走出大教堂，天还是亮的。刚才的一位获奖女士与她的团队在大门口高兴合影。

在大教堂的石墙根底下有一群人，几个男人倚靠石墙坐在地上，一个大妞在表演杂耍，一米外的地上有一个钱罐。这个大妞眼熟，四天前在朝圣者办公室门口见过她。

大教堂刚刚举行的弥撒跟这群人一点关系也没有，他们对大弥撒、摇摆香炉、表彰会全然没有兴趣。

我向钱罐里投了 1 欧元，问：你们是哪国人？在干什么？

他们一一与我握手，说：我们几个都是德国人，但素不相识，各自在朝圣之路上走了几个月。

我不知道他们每个人走朝圣之路是为何缘由，也无须问，他们也许清楚，也许不清楚，走朝圣之路就是走路，也许有宗教色彩，也许没有。

一拨人走过来，他们是在朝圣之路上相识的四个马赛同行者。这四个法国人是

这几个德国人，素不相识，各自在朝圣之路上走了几个月

两对夫妻，年龄与我相仿。一路上我们相见格外亲热，很遗憾，我的法语不够用，他们的英语更不行，无法深入交流，甚至不知道他们的名字。

四个马赛同行者一一与我拥抱，合影当然也是必不可少的纪念仪式。末了，“光膀子大叔”代表大家在我的手机上写下他们的名字：（从左至右）亨利（Henri）和安娜·玛利（Anne Marie），克丽丝廷（Christine）和杰拉德（Gerard）。我这才知道光膀子大叔叫杰拉德，另一位大叔叫亨利，亨利还给我留下了他的电子邮箱。

我一个人向古巷深处走去。我按记忆走到今天凌晨憩息的那个餐馆、那个酒吧。背着登山包，我是朝圣之路上的徒步者，放下背包逛老城，我感觉无异于一个游人。

同一个圣城，昨夜是圣地亚哥之夜，今天是圣地亚哥节。同一个我，昨天还是徒步者，今天成为旅游者。我喜欢徒步者的身份，但我身上已无背包，我失去

了徒步者的标签。

我从来没有想过到圣地亚哥旅游，所以我不喜欢把自己看作旅游者。我是徒步者还是旅游者，两种身份纠结在一起，伴我徜徉一条条古街老巷。我在寻觅着，希冀偶遇我认识的同行者，让他们证明我是一个徒步者。

在古城街口遇到丹麦一家人，又是一场短暂的他乡遇故知。丹麦大哥给我留下了他的名字 Gert（凯尔特）和一家四口的姓 Ågård。丹麦语里有一个字母 Å（小写 å），按国际规则 Ågård 拼作 Aagaard。

凯尔特说：我是做 IT 的。我们家住在丹麦中部的一个岛上，欢迎你来我们家做客。

独在异乡

古街老巷熙熙攘攘，朝圣者与旅游者混杂一起，来来往往，几乎看不到一个背包者。我忽然想起了唐代大诗人王维的名句："独在异乡为异客"。异乡好懂，朝圣之路就是异乡。独也好懂，在朝圣之路上我遇到很多同行者，同行又走散，我还是独行，但我没有孤独感。走到朝圣之路的终点圣地亚哥，一种隐隐约约的孤独感袭上来。

我感觉最妙的是"异客"二字。王维的第二个"异"字厉害。异乡谁没去过，旅游去的地方都是异乡，异乡很新奇，异客就别有一番滋味在心头了。从菲斯特拉回到圣地亚哥，我不想匆匆离去，准备在这里待几天，悠闲地体验一下这座圣城的魅力。第一个晚上我是在圣地亚哥不眠之夜中度过的，今天晚上我已经有了舒适的房间，拍拍口袋，我这里还有充足的银子。我有走完圣地亚哥朝圣之路的喜悦，我有舒适的住处，我有大把的时间，我有两条能走的腿，我有一双好奇的眼睛。一天没吃饭了，我突然感觉到我还有一个好胃口。

从大教堂台阶走下来，几条南北古街都是美食街，餐馆酒吧一家挨一家。我想好好吃一顿，庆祝一下走完圣地亚哥朝圣之路。

偏西那条古巷只有两三米宽，街面上都是餐馆，家家爆满。室内爆棚，室外还有露天座，依古街墙根一字排开。我看到一对中年情侣，脸对脸守着一张比小学生单人课桌大一点的餐桌，对视着侍者刚端上来的一个硕大海鲜拼盘。这对食客看到我好奇他们的大餐，不仅没有感觉个人隐私遭遇窥视，反而友好地朝我微笑点头。我猜想他俩肯定是西班牙人、法国人或意大利人，德国人、荷兰人绝对不会是这个反应。

我用西班牙语单词探问：España？

对方听懂了，也回答：España。

哈哈，我猜中了，他俩是西班牙人。在这种场合，与西班牙人搭话不算是冒犯。这个海鲜大盘有烤三文鱼、八爪鱼、生菜、西红柿，菜量够足，价格是32欧元，赠送一篮面包和一瓶红酒。

一对情侣，一个海鲜大拼盘，外加一瓶红酒，促膝对坐，低斟浅酌，与石街古巷融为一体。我也想点这样一份海鲜大拼盘，瞬间又感觉不对。我一个中国人面孔，孤零零坐在石街古巷的墙根，与一瓶红酒对酌，似乎不大对劲。我突然感到我是这条美食街上的一个异客。

这条街与它西面的平行街最热闹，游客和食客川流不息。一间海鲜小吃酒吧异常火爆，满屋子食客有坐吧凳的，有站立的，端着高脚红酒杯、白酒杯、大啤酒杯，人头攒动，人声鼎沸。我突然想起了哲学教授彼特鲁，想起了彼特鲁带我去吃奶酪大餐的情景。如果我与彼特鲁在这里重逢，我会把他拉进这家海鲜小吃酒吧，体验另一种加利西亚风情。我有彼特鲁的电话，但我不能打，朝圣之路已经走完，我们不再是同行者。

我在这几条美食街上走了几个来回，期待着惊喜地遇到熟识的同行者，一起共进晚餐，举杯同庆，但我失望了，甚至有点失落。

在路上结识的，在客栈结识的，我能叫得上名字的同行者有几十人，他们都去哪里了呢？我原以为，圣地亚哥是朝圣者的大本营，今天突然感到它是朝圣者的集散地，朝圣者走到这里，哗啦一下就散了。

人是铁饭是钢。我找到一家清静的餐馆，坐下来，点一份朝圣者套餐。年轻女侍者是加利西亚人，有点矮胖，动作麻利快，一看就是专业服务员。她端上来的第一道是加利西亚汤，说白了就是普通的洋白菜汤，没什么味道；第二道是鱼配青豆和土豆泥，鱼是新鲜的，口感清淡，美中不足是带一根脊梁大刺；第三道是冰激凌。女侍者也送我一小篮面包，给我斟上一杯红酒。

饭菜好不好，也算是酒足饭饱，已是晚上 10 点多钟，回客栈睡觉。

Part 42

>>> 尾　声

7 月 26 日

一觉睡到自然醒。昨晚到前台补交了今晚和明晚的房费，我要在这个客栈连续住三个晚上。圣地亚哥之路走完了，早晨起来再也不必匆匆整理行装，不必背上登山包上路了。轻松悠闲地洗个热水澡，多用点香波，不必计算剩余的香波还可以用多少天了。

英语弥撒

10 点来钟下山，去大教堂参加 10:35 的小礼堂英语弥撒。

圣城的早晨是安谧的。有人静悄悄地摆个地摊卖菜，有人静悄悄地在露天酒吧喝咖啡，一切都是那么安静和谐。

走一趟圣地亚哥，无论有无基督教信仰，都应该参加一场为朝圣者举办的大弥撒。大弥撒是西班牙语的，我没有听懂，也感觉缺点什么。我还需要人与人之间的交流，希望今天的英语弥撒能弥补这个缺憾。

又登上大教堂高高的石阶，又走进大教堂，走到一间小礼堂。这间小礼堂可以容纳二三十人，找个空位坐下，活动就开始了。

一位六十来岁的女士主持这场英语弥撒。今天的神父身材高大，也是红袍加身，笑呵呵站在布道台前，给人的感觉特别亲切。

高大的神父先介绍自己：我从美国来，昨天刚到，今天是我在圣地亚哥做的第一场弥撒。

神父请每一位参加者做简短的自我介绍。大家一一站起来，大叔蒂姆来自苏格兰，大叔约瑟来自新西兰，女孩娜吾歌来自菲律宾，玛德蕾娜女士来自爱尔兰，菡娜来自美国……

我说：我是中国人，从圣让·彼耶德波尔走到圣地亚哥，没有停步又走到菲斯特拉。

高大神父问：你走了多少天?

我脱口而出：39天。

高大神父讲了许多话，神父的助手读了几段圣经，苏格兰蒂姆大叔作为代表走到台前，带领大家读了几段圣经，接下来的仪式是饮圣酒、吃圣餐。神父的助手用洁白的方巾擦拭一个银盘和一个银碗，把小小的薄饼放入银盘，把红酒倒入银碗。全体教徒起立，唱赞美诗，低头闭目祷告，然后鱼贯而行走向神父，张口衔住神父递送的圣餐，抿一口助手递上的圣酒。

女主持人宣布：弥撒结束，有需要与神父单独交流的，请留下来。

蒂姆大叔说：有愿意一起喝杯咖啡交流一下的，请在门外集合。

信徒小聚露天酒吧

我们几个人在小礼堂外聚齐，来到广场上的酒吧literarios。这家酒吧与大教堂为邻，立于几十级石阶之上，俯临大教堂后广场，视野极为开阔。大家在遮阳伞下落座，侍者随即递上酒水单，我们各自点自己的咖啡、冰激凌。

侍者脑子极好，谁点的什么，给谁找零钱，一点也不乱。大家在轻松的氛围中开始随意交谈。

蒂姆大叔说：我来自苏格兰的一个小村子，走朝圣之路前，我准备了一个本子，全村的人在我的本子上写上各自要祷告的话，请我帮他们祷告。我走的是北方之路，从奥维耶多（Oviedo）出发，带着这个本子，一路上每天为全村人祷告一遍。走到圣地亚哥，我把这个本子交给了大教堂。

菲律宾女孩娜吾歌，二十五六岁，说：我是日本和菲律宾混血，现住在英国伦敦。这次我是从葡西边境米尼奥河北岸的西班牙小镇图伊（Tui）走到圣地亚哥。

美国女孩菡娜，恬静，爱笑，我以为她还是一个高中生呢。

菡娜说：我 20 岁，来自美国密苏里州的圣查理斯。我是伊利诺伊州惠顿学院的大学生，来圣地亚哥做志愿者。

我问菡娜：你在哪个客栈做志愿者？

菡娜说：我工作的地方叫 Pilgrim House（朝圣者之家），不是客栈。

菡娜问我：你知道 Pilgrim House 吗？

我答：不知道。

菡娜说：那我带你去看看吧。

我们几个人又聊了一会，拍了几张合影。有人倡议晚上 6 点半在此处集合，大家一起找个地方吃晚餐。

朝圣者之家

我、娜吾歌跟菡娜一起去朝圣者之家。这是老城的南北大街，石板铺砌，古朴宽阔，与狭长的美食街平行，它在东，美食街在西，通往老城南口。朝圣者之家坐落在靠近南口的一座骑楼下，是一套门脸房，窗上印有 PILGRIM HOUSE。

朝圣者之家有临街的落地窗，客厅有沙发、椅子可供休息，前厅深处的一角用一个办公台隔开，后厅是餐厅和厨房。

菡娜说：你随意参观吧。

厨房右侧有个小门，通向一个狭长的过道，有厕所、洗衣房、淋浴间，过道尽头是一间大书房，布置有沙发和书架。书房外是露天小院，可饮茶休闲。

菡娜介绍说：朝圣者之家每天早10点开门，晚8点关门，为朝圣者提供一个免费休息聚会的场所，可做饭、洗澡、洗衣服，还有打印等服务。

办公区墙壁上有一张价目表，办公台上有一个捐款盒，使用者可以根据参考价格捐款。

菡娜继续讲述。

这里的主人是一对美籍华人夫妇。他们两年前买下了这套房子，将它装修成朝圣者之家。这对华人夫妇住在圣地亚哥，平日亲自打理朝圣者之家，每年夏季6—8月三个月返回美国休假。菡娜所在的惠顿学院的学生轮流来这里做志愿者。

这批志愿者有三人，菡娜、阿诗莉和安妮，阿诗莉20岁，安妮38岁。菲律宾女孩跟阿诗莉和安妮也熟，看来不是第一次来朝圣者之家。几个女孩开始准备午饭。

我准备在朝圣者之家吃午饭，出去买点东西。一二百米外的喷泉广场边上有一个超市，也许老城只有这么一个超市。我买了一大袋薯片、一大瓶可乐、一大盒马蹄酥和一盒饼干，花了七八个欧元。

我把精美的饼干盒送给可爱的小菡娜，谢谢她带我到这个温馨的、奇特的朝圣者之家。我把一堆食品放到餐桌上请大家一起吃。菲律宾女孩娜吾歌有一半日本血统，自然喜欢吃日本方便面，煮好面分给我一小碗。

餐桌上有一位谈笑风生的西班牙大哥，是圣地亚哥本地人，去年在这里做过志愿者。厨房边上一个长满络腮胡子的大哥也被邀请入座。

络腮胡子大哥坐在我的左侧，低头吃娜吾歌递给他的一小碗面，神情略显抑郁，不说也不笑。我主动与他交谈，他才开口。

络腮胡子大哥是葡萄牙人，叫阿莱克斯，32岁。他5月17日从葡萄牙中部的家乡布朗库堡（Castelo Branco）出发，6 月 15 日走到圣地亚哥。

我问阿莱克斯：你下一步做什么？

阿莱克斯说：我要走到意大利罗马，计划 10 月走到罗马。

我问：你做什么工作？

他说：我 12 年前开始做销售，干了 11 年，去年 10 月底辞了工作。

我问：你住在哪里？

他说：睡在城里的街上，有时睡在城外郊区。

我问：你怎么吃饭呢？

他说：我经常去弗朗西斯科修道院吃饭，修道院免费提供一日三餐。

我问：你可以住在修道院吗？

他说：可以免费住在修道院，但那里条件太好了，我不能住在那里享受舒适，我需要艰苦磨炼。

我无意间发现，阿莱克斯出去了一趟，回来时身上带有烟味。

我问阿莱克斯：你抽烟？

阿莱克斯答：对，需要的时候我可以戒烟。

我问：你身上有钱吗？

他答：没有，我想在圣地亚哥打工，挣一点钱，为走罗马用，已经申请工作了，正等着面试。

我在听阿莱克斯的断断续续讲述，几次递给他马蹄酥和薯片，劝他多吃一点。

我不想问，可还是问了：你为什么走圣地亚哥朝圣之路呢？你为什么要走罗马朝圣之路呢？

阿莱克斯说：三年前，我祖母送给我一枚神奇像章。这枚神奇像章改变了我的生活，它告诉我：你应该走朝圣之路。

我请阿莱克斯展示那枚祖母传给他的神奇像章。阿莱克斯痛快地答应了，从脖领伸到怀里，掏出一枚精致的铜质像章。这是一枚小小的圣母玛利亚全身像。

朝圣者之家的气氛轻松融洽，三五个人聊得开心随意，也聊得人困马乏。菡娜几个女孩轮流上岗工作，阿莱克斯犯困了，躲到窗口沙发上打盹。我也感觉累了，回客栈睡了一觉。

圣地亚哥朝圣者办公室也搞一些活动。朝圣者之家的布告栏上有一张宣传单，上面写着："我们有了朝圣之旅的经历，但缺乏对意义的理解。"为什么不深入发掘你的朝圣之旅的经历呢？每星期一至星期六上午10点和下午3点在朝圣者办公室，马里奥和凯瑟琳带领大家分享体会。

老马车房

睡醒一觉已是下午6点，我想起6点半在广场酒吧碰头吃饭的事。

匆匆奔向老城。在路上我又想到外语。走朝圣之路之前我为什么不学一点西班牙语呢？学二三百个单词，能说十几句日常用语，不是一件特别难的事啊。从西班牙语又联想到当年上大学时学英语。我们那时学英语，是把英语当知识来学，当文化来学，却没有当作交际工具来学。这种思维是那个时代的产物，但思维一旦成为定式则很难改变。走一趟圣地亚哥之路，让我深刻理解到学外语最基本的用途是交际。还有，学外语不一定非得系统地学，比如为了能与西班牙人进行简单交流，也不必非学几册书，更不必系统学一遍语法。

两个小姐妹坐在广场骑楼下，用单反相机玩自拍，拍完了看片，笑得前仰后翻。

走到广场高台阶上的露天酒吧，中午聚会的熟人一个也没看到，一看表已近7点。这场聚会错过了。

没关系，我还有下一场活动。妻子告诉我，圣地亚哥有一家五星酒店每天为十位朝圣者免费提供三餐，先到者先得，满额为止。这个活动很有意思，一可饱口福，二可认识新的朝圣者，三可参观一下这家五星酒店。

免费晚餐的时间是7点。集合地点是在酒店大楼一角的"老马车房"。资料说的老马车房的地点也是模模糊糊，待我找到老马车房时已过7点。我只看到了老马

五星酒店的老马车房

车，不见一个人，又错过一场活动。

这家五星酒店原是古代朝圣之路的庇护所，老马车房就是当年庇护所的门房。庇护所是安置朝圣者吃住的地方，这家酒店为保持历史传统，每天的早中晚分别邀请十位朝圣者免费就餐。当然酒店也立了几条规矩：要求朝圣者出示通行证，要求朝圣者在圣地亚哥逗留三日以内，要求朝圣者穿着整洁，要求朝圣者不准带背包。

老马车房与大教堂正门广场在同一条街上。圣地亚哥节中午，西班牙国王参加大教堂的弥撒，国王一行就是从正门广场进入大教堂的。

广场上一对青年男女躺在石板地面上无所顾忌地打闹嬉戏，与教堂周边的气氛不太和谐。

一个头戴草帽的青年坐在地上，倚着背包，望着前方静思，他肯定是一个朝

静思的青年人

圣者。

一个大肚子壮汉半躺半坐在大教堂的石阶上，举着手机与家人视频，不时放声大笑。

三个年轻人坐在台阶的最高一阶，看到我给他们拍照，双手伸出拇指，露出真诚微笑。我敢肯定，他们是朝圣者，很可爱、很健康的青年人。

拥抱圣雅各

我还有一场活动。

彼特鲁跟我说过，今年是特殊圣年，圣门向公众开放。大教堂石阶下的一个侧门前总是排着弯弯曲曲的长队，这会儿人少了。

我跟着队伍缓缓走进大教堂，绕到祭坛的背面，登上陡峭的楼梯，盘旋向上。走到圣雅各巨型座像背后时，前面的人伸出双臂虔诚拥抱圣雅各。这个仪式叫“拥抱圣雅各”。队伍不允许中途停留，必须鱼贯而行，向上攀登。走到一处平台，这里的空气仿佛突然凝滞，气氛异常神秘。前面的人一律转向右方，有的站立，有的跪下，有的嘴唇翕动喃喃祈祷，有的向洞穴深处凝视。洞穴深处摆放着一座金色的灵柩，灵柩里是耶稣门徒圣雅各的圣物。这里被视为朝圣者朝拜的终点。

从大教堂的内院绕出来，又回到大街上，庄严凝重的气氛才渐渐释放。我走进大教堂纪念品商店，看见一本熟悉的书，是巴西著名作家保罗·柯艾略（Paulo Coelho）写的，英译本名叫 *THE PILGRIMAGE*。我有这本书的中文版，书名叫《朝圣》。

漫无目的逛老城

广场一角的地面上有一个不到一米高的小雕塑——一双脚。雕塑基座上有一行西班牙文 CAMINO RECTO，CAMINO ERGUIDO，谷歌的英译文是 straight road straight road，中文可直译为“一直向前”，意译为“勇往直前”。

在大街上，我突然看见法国大妞索菲。在高卓山之前，我见过索菲。索菲三十多岁，一个人在餐馆露天座吃饭。索菲与美国人一家、德国人胡兰在高卓山上住了一晚，转天到圣地亚哥，一直待在圣城玩。索菲也为见不到熟悉的同行者而失望。

索菲问：你有没有美国一家人的联系方式？

我说：有。

我拿出随身携带的日记本，找到美国律师伊萨贝拉的信息。

这时，一个高个大叔举着一个火炬冰激凌走来，啊，是昆铁，我兴奋地叫住昆铁。昆铁站住，一脸惊喜，与我们一一拥抱。

昆铁舔一圈冰激凌说：西班牙的冰激凌太便宜了，两个球才 3 欧元，给你两个球还不行，还得给你往球上补点，把你的冰激凌整成多棱体。

昆铁一只手举着冰激凌，一只手指着自己的脑瓜说：德国人卖冰激凌，一定是圆球，一个球的是一个圆球，两个球的是两个圆球，差一点不圆都不行。

昆铁是德国人，是自嘲德国人呢，还是自夸德国人？

告别索菲，我与昆铁一起去大教堂广场看音乐会。

大教堂广场。圣地亚哥周的又一场音乐会开演了。背登山包的葡萄牙大哥阿莱克斯也在这里。我没有什么兴致看演出，独自走回一个熟人也没有的客栈。

所有的同行者终将散去，所有人又成为陌生人。

图书在版编目（CIP）数据

徒步圣地亚哥：九百公里欧洲文化之旅 / 岳长顺，佟爱萍著.
—北京：中国工人出版社，2019.11
ISBN 978-7-5008-7311-2

Ⅰ.①徒… Ⅱ.①岳… ②佟… Ⅲ.①游记—作品集—中国—近代 Ⅳ.①I267.4

中国版本图书馆CIP数据核字（2019）第282168号

徒步圣地亚哥：九百公里欧洲文化之旅

出 版 人	王娇萍
责任编辑	严 春
责任印制	黄 丽
出版发行	中国工人出版社
地 址	北京市东城区鼓楼外大街45号 邮编：100120
网 址	http://www.wp-china.com
电 话	（010）62005043（总编室）
	（010）62005039（印制管理中心）
	（010）62379038（社科文艺分社）
发行热线	（010）62005049 （010）62005042（传真）
经 销	各地书店
印 刷	天津嘉恒印务有限公司
开 本	710毫米×1000毫米 1/16
印 张	24.75
字 数	370千字
版 次	2020年2月第1版 2020年2月第1次印刷
定 价	48.00元